赵玉琪 ◎ 著

寸草心

青岛出版集团 | 青岛出版社

图书在版编目（CIP）数据

寸草心 / 赵玉琪著 . -- 青岛 : 青岛出版社 , 2023.12
ISBN 978-7-5736-1792-7

Ⅰ . ①寸… Ⅱ . ①赵… Ⅲ . ①散文集—中国—当代
Ⅳ . ① I267

中国国家版本馆 CIP 数据核字 (2023) 第 219649 号

CUN CAO XIN
书　　名　寸　草　心
作　　者　赵玉琪
责任编辑　张　潇　袁忠芍
装帧设计　林　源
封面设计　林　源
出版发行　青岛出版社（青岛市崂山区 182 号）
社　　址　青岛市崂山区海尔路 182 号（266061）
本社网址　http://www.qdpub.com
印　　刷　青岛国彩印刷股份有限公司
出版日期　2023 年 11 月第 1 版　2023 年 11 月第 1 次印刷
开　　本　32 开（890mm × 1240mm）
印　　张　9
字　　数　200 千
书　　号　ISBN 978-7-5736-1792-7
定　　价　80.00 元

编校印装质量、盗版监督服务电话：4006532017　0532-68068050

年轻时的母亲

我们一家人（前排左起：母亲马桂珍，妹妹玉美，父亲赵奉和，我。后排左起：二哥振文，大姐秀梅）

五世同堂（左起：大嫂凤英，大哥振武，侄孙女玥玥，侄子涛，母亲，侄孙子阳阳，阳阳媳妇，大哥的重孙子铭瀚，2016年）

庆祝母亲 95 岁生日。

献 给

我普通但不平凡的母亲

目 录

生命的轮回

13 在西方被认为是一个很不吉利的数字，若 13 号再碰上星期五那则是最不吉祥的一天。2020 年 3 月 13 日（星期五）北京时间下午 13 点 03 分，我亲爱的妈妈走了。她平静地躺在青岛海慈医院的病床上，神色安详。她悄然走了。那一刻，青岛的上空阴沉灰白，整个市区似乎笼罩在被抽干的真空当中，令人窒息。天气阴冷，凉风阵阵。周围一片寂静，听不到日常人声的喧嚣和川流不息车辆的鸣笛，远处海港的轮船也似乎暂停了呜呜的声咽。她老人家的离开，是那样的悄声无息，没有引起人们的注意。

母亲离开的第二天，美国太平洋时间 2020 年 3 月 14 日下午 13 点 24 分，明尼苏达州枫树林的一个小镇里，一个白色棒球突然出现在天空，自东向西呼啸而来，急驰的棒球突然在空中炸开，弥散出来一团粉红色的烟雾。那漫天飞舞的粉红烟雾从天上潇潇洒洒、婀娜多姿地飘落。猛然间，人群中迸发出一阵欢呼："是个女孩，是个女孩！"是的，是一个女孩！那是母亲的重孙女"念珍"出生了。时间是那么巧合！小念珍或许是母亲生命的轮回，因为小念珍传承太奶奶的基因，小念珍的身体里有太奶奶的血脉。应该是，一定是的。世界有兴衰更替，人的生命自然延续，骨肉亲人之间的血脉相连是世代基因遗传和精神的传递，老一代人的逝去和新一代生命的到来可以说是阴阳交错和生命的轮回。

母亲出生在山东省昌邑东冢乡马疃村。那是96年前刚刚秋收后的一个黄昏，渤海莱州湾的上空布满阴霾，浑厚的雷声在天上不停地隆隆作响，快要下雨了。来自北方的一股劲风突然转向，把一簇簇镶着发亮金边的棉絮状云朵从渤海莱州湾刮进了齐鲁大地。持续的风把簇簇云朵不停地向前推进，沿着潍河向南。云层下面是一马平川的大地，无数大小不一的方形农田镶嵌其上，秋收后被涂抹成了一片金黄。玉米、高粱收割过后留下的茬子依旧整齐地排列在田里。田地的周围是一堆堆高粱秸和成垛的玉米秸。在金黄的土地方格上零零星星散落着村庄，像是哪位文人墨客在那金色的画卷上提笔点缀留下的点滴墨迹，大小不一，形状各异。那簇拥的云絮从北面略过了昌邑县东下营村和刘家圈，在马疃村的上空停了下来。

整个马疃村由大小6个正方形部分组成，两条南北向窄胡同、一条东西向宽胡同将各家分开。村里最宽的胡同是那条东西向的土路，它东面连接着一条南北向的乡间大道，向西则通往潍河。马疃村的地势比较低，为了防御洪水，村子北面有一条圩子沟，圩子沟两面是防水护田的岸堤，人们还在靠近村子那面的圩子沟堤上筑起了圩子墙。村东北头的圩子沟上横跨着一座平面桥，没有桥栏杆，几块长条青石板作桥面，这座桥叫广济桥。据记载，广济桥建于清朝道光二十六年（1846年）间。据说是根据风水先生的提议而修建的，好与桥北面的张家庙遥相呼应。自然，广济桥也变成了去往马疃南北方向各村的必经之路。不知道是何年何月，在广济桥和张家庙之间北通大窑村的大道上竖起了一座贞节牌坊，据说是马疃村的张姓人家为他们家族里的一位媳妇张董氏而立的。在广济桥北和贞节牌坊前的路边有一口硕大的井，村民们叫它大口井，供马疃村民饮用。

马疃村里的房屋大小不等，但正房基本都是南北向，图个冬暖夏凉。根据房屋和院子的大小与形状、院墙及房瓦的颜色就可分辨出哪家是有钱有势的大户人家，哪家是无钱无势的普通佃户。有钱的大户人家住的是墙高院深的四合院，是大瓦房，也有的住二合和三合院，有青瓦、石垒砖砌的墙。那些穷家佃户们则住在破瓦断墙的简陋的土坯房里。

村头不远处竖着一块村碑，上面刻着"马疃"两个大字。在村东头，有一棵古老的大槐树，大概有几百年了，粗大的树干向南微微倾斜，苍劲有力、粗细不等、弯曲交错的树枝向上顽强地伸展着，好像是在诉说着马疃几百年的历史。远处打谷场上木叉满天飞舞，男人们把玉米秸打成捆，把高粱秆抡上垛堆。飞扬的黄土夹杂在玉米秸和高粱秆之间弥漫盈天，浑浊的空气让人透不过气来。村子里，孩子们在胡同里奔跑，戏耍，尖声喊叫。老槐树下，三三两两的农家妇女在做针线活，又交头接耳，似乎悄悄地谈论着张家长、李家短。大树下有一个陈年的石碾子，一头蒙着脸的黑驴正在碾盘前颠颠地转悠着，不时发出不耐烦却高低有序的嗷嗷声。不远处，土墙根边上有几位穿着布满油腻灰尘黑色夹袄的白发老人蹲在那里，几乎都是一个姿势，擎着长烟袋，头碰头地凑堆围在一起，吸烟吐雾，正在闲聊。

空中的云终于覆盖了马瞳村的上空，隆隆的雷声似乎向乌云下达了指令，顷刻间，麦粒大的雨点像门帘上那碧透晶莹的串珠，从天上挣脱，倾盆宣泄了下来。一阵秋风携带着清澈的雨露把马瞳村从南到北、从东到西仔仔细细地洗刷了一遍。先前的人声喧闹、鸡鸣鸭欢、猪哼狗叫，还有那头在石碾盘前转悠得不耐烦的黑驴的嗷叫声也戛然而止。那突然来袭的秋雨把浑浊的空气和飞扬的黄土服服贴贴地淋到了地上，把打谷场也冲刷得干干净净。空气变得透气清爽，热闹的村子也慢慢安静了下来。

虽然还没到做晚饭的时间，村西头一家屋顶上的烟囱却早早地升起了袅袅炊烟。一阵阵不急不慢，一会儿高，一会儿低，但却清脆明亮的婴儿啼哭声随着那炊烟时隐时现地飘散在雨后的空气中。哭声来自一个普通农家院子。那方形院子的院墙是由黄泥混着麦秸堆砌起来的，由于年久失修，经过多年日晒雨刷后的墙沿残缺不全，墙头上的黄泥砖也像人的溜肩一样耷拉了下来；黄泥抹的墙壁也变得坑坑洼洼，墙壁上裸露的麦秸争先恐后地破土挣出。门楼下有一约半尺高的破旧门槛，两扇黝黑的槐木大门裸露着青筋，木板之间是宽窄不等的裂缝，门上对称挂着一对生了锈的叩门环。院里是平房，有三间屋——东屋、西屋和当中的灶间。灶间炉灶里的火苗随着风箱来回的拉动一会儿扑面而出，一会儿又收了回去。灶台上一个硕大的生铁黑锅里冒着热气腾腾的水雾，熊熊的灶火不停地给里屋的炕加热，湿润的水蒸汽温暖了整个屋子。一个刚刚出生的胖胖的女娃在东屋的热炕上哇啦哇啦地哭着。刚刚出生的婴儿眼睛还没完全睁开，粉红透亮的皮肤上还沾挂着从母胎里带来的橘黄色乳斑。

她有着一张小小的方形脸、胖嘟嘟的腮帮子和宽阔的前额，前额上布满了一道道抬头纹，活像一个小老人。她湿漉漉的头发黝黑发亮，柔软，还有些卷曲。她两眼间的距离似乎比一般孩子要宽一些，眼睛上面那淡淡的眉毛像用毛笔刚刚描画上去的两根小天鹅的羽毛，毛羽间纹理清晰。她有两个大问号般宽厚但柔软的耳朵，左耳朵中央还有一个"拴马桩"，据老人说那是能拴住财富的象征。她的人中沟很深，直通鼻下厚墩墩的小嘴，嘴角似微笑抿成一线。她那两只小手和两只小脚又粗又壮，一双小胖手上有喜人的肉窝。随着有节奏的哭声，她的小手小脚也在炕上不停地挥舞着。房外，猛然间，一道道金碧辉煌的霞光刺破了厚厚的乌云，像舞台上那七彩聚光灯灯柱，一下子照亮了农家院子，同时也"刷的"照亮了整个马瞳村。突然间，村东头的一只公鸡"格格格"地打起鸣来，那公鸡的叫声激发了全村的公鸡，百鸡齐鸣，声调各异。此起彼伏的"格格格"叫声，犹如雄鸡报晓。那明亮耀眼的晚霞像三春的太阳，金碧辉煌。那天是 1924 年 10 月 16 日，农历甲子年九月十八，我的母亲出生了，起名叫枝。

🌸 春晖升起的地方

　　孙中山领导的辛亥革命推翻了清王朝的统治，同时也结束了在中国大地上延续了两千多年的封建君主专制制度。民国的成立给中国带来了前所未有的新气象。首先是男人们终于把梳在脑后的长辫子剪掉了。过去人们认为"身体发肤受之父母"，所以自出生以后头发就得一生留着，不能剪掉。农村仍然保留着自宋朝流传下来的"裹足"习俗，社会仍然视"三寸金莲"为女人之美。民国成立后，袁世凯被举为第二任临时大总统，但袁世凯不安于当民国总统，一心想做皇帝。然而，刚刚称帝的袁世凯就一命呜呼，"驾崩"了。他死后中国陷入各军阀派系拼杀混战的局面。那时山东在北洋军阀皖系段祺瑞的掌控之下。各外国列强也趁机在中国操纵，尔吞我并，争斗不已。虽然外面的世界打得火热，变化莫测，可是，山东农村的多数人仍是每天早晨鸡一打鸣就下地晨耕，太阳一落山就收犁回家，"老婆、孩子、热炕头"是一个农民所追求的美好和圆满的梦，所以还是一如既往，一切照旧。

　　母亲的出生给沉寂多时的农家带来了一时的欢乐。我的外公叫马正方，外婆是马张氏。在旧中国，女人结婚后的名字一般冠夫姓，把自己的父姓放在中间，"氏"即是人士的意思。外公和外婆总共生了4个孩子。我母亲排行老二，她有一个哥哥叫高厅，但很小就生病死去了。母亲还有一个妹妹，叫吉兰；一个弟弟，叫长江。外婆马张氏33岁时在生下弟弟长江不久后去世了。那年我母亲才12岁，就开始和6岁的妹妹吉兰一起帮助奶奶照顾刚刚出生的弟弟长江。据母亲回忆，她们不知道怎样照顾婴儿，便每天不停地给弟弟喂饭喂水。突然有一天，弟弟不再呀呀地张着嘴要吃的了，胳膊和腿都变得硬梆梆的，无论怎么推他，他不哭，也不动弹了。她们惊慌失措，不知道该怎么办，猜想弟弟大概就是大人所说的"死了"。匆忙之中，姐妹俩学着大人的样子在弟弟的身上盖上了芦席，把弟弟停放在炉灶前面等着大人回家。母亲一直认为弟弟的死和她有关，认为是她和妹妹把弟弟给撑死的。为此，她一生感到心灵不安，充满内疚。

　　母亲的老家当时属山东省昌邑。昌邑由于北邻渤海莱州湾，南靠齐鲁大地，更有潍河可以连接海路，从而成为兵家必争之地。历史上几次著名的潍水之战都发生在这里，包括楚汉战争中的"韩信攻齐"和"项羽救齐"。公元前203年冬，汉将韩信攻打齐军。齐王田广仓皇逃亡，并紧急遣人向楚国求救。楚国项羽得知后随遣大将龙且率领精兵迅速反击韩信以救齐。韩信让士兵用装满沙土的麻袋截住潍河流水。当楚兵企图过河时，韩信便下令把潍河水放开，突然而至的大水阻止了大半楚兵渡河，汉军赢得了楚汉相争的决定性胜利。除了作为军事要地，潍河流域也是中华民族古老东夷文化最发达的地区之一。在那里不仅发现了 7000 年前新石器时代的石磨盘，也出土了距今5000 年前刻画在器皿上的古文字。这些足以展示这个地区人民丰厚的文化底蕴。自古至今，在潍河两岸出现了很多文化艺术大家并留下了流传千古的优美故事和文学艺术作品。家喻户晓的"孔融让梨"的故事就发生于潍河流域，最早应见于《世说新语笺疏》记载，讲的是孔子后代孔融 4 岁的时候就知道尊敬哥哥，把好的、大的梨让给哥哥吃的故事。弘扬儒家思想的蒙学《三字经》引用此故事，目的是鼓励孩子们崇尚"仁，义，诚，敬，孝"。《清明上河图》作者张择端是山东诸城人，这也再次证明潍河地区人民高超的文化艺术才能。

据历史记载，昌邑东冢乡马疃村起源于元朝末年。在至正二十二年，即 1363 年，由来自河北枣强的马氏家族人氏马继祖携其 4 个儿子马商、马玄、马锡和马原首次落户昌邑建立了马家庄。明太祖朱元璋在位的明朝洪武初年，张、刘姓也开始迁入马家庄。后来由于潍河经常闹水灾，邻乡的孙、王、黄、朱、阎以及更多的张氏家族的人也逐渐聚集到马家庄形成了以姓氏命名的多个小自然村。随着各姓间的密切来往和通婚，小自然村的名称也逐渐淡化，遂以马疃统一代之，改名马疃村，一直沿用至今。马疃村周围方圆几十里内散落着大小不等的村落。那时，马疃村东面有东石桥村，北有东下营村，西有西石桥村，南边有夏店镇和三教堂村。距马疃村南面大约 10 里（1里 =0.5 公里）地的三教堂村算是周邻各村中最有名气的一个村。

马疃村的地理优势在于地处渤海湾，距离莱州湾南岸只有

15 公里，而且处在潍坊、烟台和青岛 3 个城市的交界处。距它最近的是潍坊市，在其西南方约 30 公里。烟台在其东北方约 220 公里处，青岛在其东南方向约 164 公里处。因为靠海很近，渤海的特色海产品有三疣梭子蟹、对虾和鲅鱼等，所以马疃村和周围的各乡镇多为捕鱼之乡，靠海吃海是很多村民的基本生计。马疃村的另一有名产业是丝绸业，由马氏家族的马承翰兄弟及马绍慈兴起，也曾经名噪一时，一度垄断过烟台乃至胶东半岛绸缎市场，产品出口多个国家和地区。马疃村虽然村小人少，但几百年来人才辈出，贤者如流，绵延不断。马氏家族及后代自清朝康熙年间到现代，曾经出过诸多有贤之士，武将中出过将军，文生里有举人、院士等。

我的外公马正方是一位多才多艺的人，也是一位不安于务农的人。他心灵手巧，会抽丝、织布，平时做些小买卖，以买卖鱼虾等海产品为生。他个头高挑，眉清目秀，英俊潇洒而且能说会道，很讨村民的喜欢。他能唱歌、唱戏，会扭秧歌，喜欢帮助左邻右舍。村里有红白喜事，人们都找他帮忙打理。我外婆去世后，外公到邻村夏店镇的一个大户人家做工，帮助织绸子。在那里，他被大户人家的大小姐看中了，后来大小姐嫁给了他。听说那大小姐长得很漂亮，是当地的一大美人。她虽然个头不高，但人长得"鼻子是鼻子，嘴是嘴的"，是"要腰有腰，要腚有腚"的女人。母亲说：她脸盘瘦长，鼻梁高高的，单眼皮，尖下巴，薄薄的嘴唇上下紧闭，一看就知道是一位争强好胜的女人。除了人美，她还很会打扮自己，喜欢描眉画黛。她用头油把秀发抹得黝黑透亮，头发总是梳得贴着头皮，整整齐齐，额头前面有齐刷刷的刘海。她时常把头发在脑后挽成髻，再从右边插上一支飘荡着花坠的发簪子。脑后圆髻的外面还留出一缕头发，弯弯地向上翘着。因为腰身好，她不喜欢穿一般农家女人穿的那种上下一般齐的筒式棉袄，她总要穿略有掐腰而且色彩鲜艳的斜襟棉袄以凸显她那前后有形的身材；走路时穿着一双厚底绣花面黑鞋，掐腰的斜襟上在琵琶纽扣处还挂着一条绣花丝绸手绢，走起路来左右轻盈摇摆，但不夸张。虽然她人长得好，而且家境富裕，但可惜外公认识她的时候，该大小姐已经抽上了大烟，而且已经成瘾。随后外公也就跟着学会了。自从染上抽大烟的恶习，外公便完全变成了另外一个人，沉湎于抽大烟，不思劳动赚钱。外公也曾经几次试着戒烟，但他戒了又吸，吸了又戒，后来便不能自拔。为了买烟土，他四处借钱，变卖家产。从此，他的生活一发不可收拾，由此也导致了他悲剧的余生。

因为外公经常不在家，母亲和她妹妹——我的吉兰姨，就由她们的奶奶（我的太奶奶）照看。据说太奶奶是一个非常能干的小脚女人。她嫁到马家后，丈夫在23岁时就闯关东去了。清朝末年，百姓迫于生计，或者为寻找新生活，也包括一些淘金投机者，相继踏上关东大地。闯关东的人群当中数山东人最多，除了地理位置方便之外，主要原因是山东地面历来人多地少，地主和农民贫富悬殊，土地分配不合理，大多数少地或无地的佃户们生活极端贫困；加上山东半岛自古以来就经常发生战乱而且灾荒频繁，兵荒马乱，兵连祸结，旱灾、水灾、蝗灾轮番发作，山东百姓常常无田可耕，无粮果腹，无房可住，从而颠沛流离，背井离乡去闯关东。

　　我太爷爷离家去闯关东是在清朝光绪年间。他说是要趁着年轻出去闯一闯，待他在关东找到能过上好日子的地方，混好了，就回来接太奶奶和全家。他随着很多同乡一起满怀希望地离开了家乡。然而，自从他离家以后，就杳无音信，直到太奶奶过世他也没有回来。在旧中国，按照传统习俗，当媳妇就要照顾全家，所以太奶奶要照顾马家全家上上下下，包括6个小姑子和一个小叔子马崇方。记得母亲告诉我，太奶奶经常受她婆婆的虐待，全家每天的饭都是由她一个人做。那时候，在农村，人们缺食少粮，经常吃不饱。有一次过节，太奶奶的婆婆拿出一小袋子面粉让太奶奶给全家烙面饼吃，改善生活。面饼烙好放到了桌子上，眼看着一大摞酥脆焦黄的面饼，闻着扑鼻而来的香喷喷的气味，饥肠辘辘的太奶奶实在挪不动腿，磨磨蹭蹭地不想离开，她也太想吃那面饼了。可是心狠刻薄的婆婆坚决不让她吃，把她轰赶到一边。像以往一样，她只能蹲在桌子旁边的一个角落里，眼看着那些香喷喷的面饼，吞咽着唾沫，独自一人吃她的棒子面加萝卜缨菜团子。由此可以想象太奶奶一生历尽苦难，尝尽了凌辱。虽然如此，她对马家还是忠心耿耿，兢兢业业地照顾着马家一大家子人。等到她"千年的媳妇熬成婆"的时候，她的儿媳妇（我外婆）却过早地去世了。不得已，她还要继续照顾着我母亲姊妹俩。母亲说太奶奶对她总是特别好，非常溺爱她，经常偷偷地给她做好吃的。因而母亲跟奶奶很要好，她们之间亲密无间。为此母亲经常怀念自己的奶奶，对她的恩情终生不忘。

　　母亲虽然没有留下少年时代的照片，可是根据母亲成年后的照片和吉兰姨的描述可以推测，母亲小时候长得一定很可爱。

她黢黑发亮的头发常常扎成山东小女孩特有的那种向上翘着的两个小马尾辫子。她身材匀称，喜欢蹦蹦跳跳。她的脑袋略微偏大，脸庞有些像韩国人，却具有蒙古人那样的宽阔饱满的前额；两眼间的距离比较宽，与苗族人较为近似；杏仁般的一双大眼睛炯炯有神，双眼皮；两个耳朵虽然不是"双耳垂肩"，却也是双耳宽大，耳垂丰满，加上那特有的"拴马桩"，为有福人之相；母亲嘴唇厚厚的，嘴角两边微微向下，犹如弯月，微微一笑便会抿成一线。母亲的长相最大的特点是有一个几乎没有鼻梁的内弧形趴鼻子，从而形成了一个非常独特可爱的面容。母亲全基因组和血统分析结果也基本确认了母亲的这些面目特征。母亲有 78.21% 汉族血统，有 20.8% 蒙古族、0.32% 通古斯族、0.29% 苗族和 0.31% 韩国族裔的遗传痕迹。另外，对母亲全基因组序列分析的结果表明母亲是一个几乎完美的人，她的全部 30 多亿个碱基对的遗传基因图谱里几乎没有瑕疵。对她的多巴胺 - β - 羟化酶（DBH）基因和神经蛋白 NTM 基因的分型分析结果显示母亲非常有个性，坚强，反抗暴力行为的能力很强。后来的生活经历也的确证实了母亲意志坚强的性格。

中国自北宋开始提倡女人裹小脚，又称"缠足"。那时候社会的审美观是女子以有小脚为美，社会上还出现了"三寸金莲"之说，即脚要小至三寸，才能达到女人完善之美。裹足得从小时候就开始，越小越好。母亲小时候还处在民国初年，那时候的社会依旧崇尚女人裹足，所以家人就开始给母亲缠足，经常强迫她将双脚裹上绷带以阻止双脚继续增长。因为疼痛难忍，晚上睡不着觉，每一次缠脚后母亲总是大哭不停。太奶奶心疼孙女，便一次又一次地偷偷将绷带解开；缠起，再解开，最终不了了之。所以，和那个时代的大多妇女不同，我母亲有着一双正常的大脚。太奶奶很无奈，常常会戳着母亲的额头数落她："像你这样的大脚将来没有人会娶你。"母亲便会咯咯地笑着跑开。

母亲和她妹妹——我吉兰姨相差6岁。因为母亲的小名叫枝，所以吉兰姨出生后就起名为叶，可能是寓意金枝玉叶吧。听说母亲小时候和吉兰姨姊妹俩长得很像，她们俩都有一对大眼睛、方脸庞，而且还同样拥有一个明显特征——没有鼻梁的趴鼻子。因此她们俩站在一起，没有人会怀疑她们不是姊妹。不过，以整个人的轮廓相比较，母亲比吉兰姨大一圈。另外，母亲的头发油亮乌黑，皮肤白里透红，个子也高出吉兰姨半个头，还有一双像正常人一样的大脚。吉兰姨的轮廓则小很多，头发略黑偏黄，脸部萎黄不泽，个子也矮一些。听说吉兰姨小的时候比母亲听话，她在裹脚的时候老老实实。幸亏后来在抗日战争期间，共产党领导成立妇救会，教育妇女反帝反封建，号召妇女打开枷锁，不要裹小脚，裹了的也要放开，要彻底推翻封建旧习俗。因而，吉兰姨的一双脚也幸运地被"解放"了。

虽然母亲姊妹俩都出生在农村，自幼丧母且家境贫寒，但母亲出落得天生丽质，特别是她那与众不同、炯炯有神的大眼睛预示着她未来会拥有独特和波澜起伏的人生。当然，幼时的母亲并不知道自己的未来。记得母亲向我讲过她小时候发生的一件奇事。有一天，她和妹妹在村头玩耍，一位拉骆驼长途经商的老客路经村里。他身着一件脏兮兮的浅棕色翻毛羊皮大衣，那张饱经风霜的老脸埋在一顶肥大的狐狸皮帽子里面，一路走来，驼铃叮当，风尘仆仆。经过母亲和吉兰姨身旁的时候，那位拉骆驼的老客突然停了下来。他在母亲和吉兰姨之间看来看去，稍后片刻，指着母亲转身向旁边的村民们说："这闺女有福相，将来一定会远走高飞。"临走他还加上了一句："她将来会越老越有福气。"旁边的一位村民笑着讥讽那老客说："她在家里连饭都吃不上，哪来的福气？"俗话说："吉人自有天相。"母亲的一生不知是否真的验证了那拉骆驼人的预言。

逃 荒

　　1942 年对母亲一家来说是一个灾难性的年份，也是母亲逃荒离家的一年。其实那一年对栖息在中国中原大地的百姓来说也是灾难性的，大家所熟知的"河南大饥荒"情景早已深深地烙在了人们的记忆当中。河南大饥荒爆发，蔓延至河南周边各省，东抵安徽、山东，南边达湖北，西边至陕西，北边至河北、山西等地。2012 年上映的由冯小刚导演、张国立等主演的电影《一九四二》把河南大饥荒中河南农民一路西行逃荒的场景演绎得淋漓尽致，那些饿殍遍野、狗食人尸的恐怖景象惨不忍睹。

　　自 1941 年夏起到 1943 年春，河南省发生了大旱灾，导致粮食连年绝收。天气持续干燥，无雨，为蝗虫繁殖创造了有利条件，从而酿成了蝗灾。据说蝗虫袭来的时候，遮天蔽日，一瞬间整个天空都会变得黑漆漆如乌云压顶。蝗虫发出的嗡嗡声如同鬼神哀嚎，也似成群轰炸机索命的低吼。蝗虫乌压压一落地，顷刻间就把方圆千顷农田里的农作物一扫而空，吃得一干二净。蝗虫所到之处，寸草不留。河南大饥荒不仅是天灾，也是一场人祸。1942 年中国正处于抗日战争胶着时期。国民政府顾不上老百姓，没有及时救灾。日军趁机轰炸灾区，导致灾民死伤无数。大难来临，为了活命，灾民们只好四处逃窜，背井离乡到外面去寻找生路成了灾民们不得已的选择。河南省约有600万人逃离了河南，大多数人一路向西逃难，沿着陇海铁道线，路经洛阳向西进入陕西一带。

这场天灾人祸也蔓延至山东。与河南类似，由于灾荒和战乱，山东生灵涂炭，大批灾民背井离乡，外出逃荒。与河南人不同，山东逃荒的农民基本上是一路向东北，直奔东三省，也就是闯关东。在大饥荒期间，由于灾乱，仅山东临朐县一个县的人口就从38万降到8万人，其中有近13万人闯了关东，可见一斑。

除了旱灾，根据中国水灾年表可知，1942年在全国范围内还发生了多处大洪水、大水以及中小河流洪水暴发，水灾波及包括山东在内的109个县市。母亲的老家山东昌邑的潍河，有历史记载以来，每到大暴雨洪水季节来临，常常会决堤、山洪暴发，泛滥成灾，所以当地百姓曾称其为"坏河"。1942年，潍河又闹水灾，洪水淹没田地，地里颗粒无收。大水冲毁了房屋，使得许多农民无家可归。村民因水灾背井离乡逃难的不计其数。外公一家也深受其害，外公无帮工可做，海鲜买卖也做不成了，不能在家等死，外公便决定带着两个女儿离开老家，到外面去寻找生存之路。那年母亲18岁，吉兰姨12岁。与成千上万去闯关东的人不同，外公决定一路向东南方向直奔青岛。

昌邑距离青岛有300多里路。外公父女3人一路步行。离开马疃村后，在新河镇穿过胶莱河，沿着今天的青新高速和北胶莱河右岸的人工河道泽河一路奔向东南方向。和其他逃荒路上的景象一样，一路上灾民拥挤不堪。浩浩荡荡的灾民饥肠辘辘，疲惫不堪，个个面黄肌瘦，愁眉苦脸，低头步步前行。当然，即使在逃荒的队伍中也能看出三六九等。有钱有势的人家有马有车，带两个高大轮子的车上装载着满满当当的家资，有保镖护车。老爷、太太和少爷、小姐们坐在车里，车夫斜坐在马车前沿挥舞着马鞭，依然是夺路霸市，耀武扬威。稍微有钱人家的车会小一些，由驴拉车，当家的则自己驾驴赶车。很多略有点家当的人家会自己推着一个木制独轮车，推车人将一条宽大结实的布带子扎在左右两个推把上，横搭过肩膀，用身体把握着车体，保持左右平衡，然后两手紧紧握住车把向前推行。木轮车上面有一个木头做的棱子，可以保护车轮，也把车隔成左右两边。往往是车的一边坐着抱着娃的媳妇，另一边放着捆绑结实的麻袋。然而，大多数人家都是男人肩挑着一根长长的扁担，扁担两边是所有的家当。男人在前面挑担前行，女人则斜挎着篮子和孩子们在后面追随。挑担人走起路来时，随着左右腿轮流弯曲向前踏步，扁担两端的物品就像天平的两端一样上下颠悠着，挑担人的身体也随着向前走步的节奏左右晃悠摇摆着。远处看去，那些挑担步行的人们个个都像是在扭秧歌或是跳大神，一番独特凄凉的景象。外公也是挑着一副担子，母亲和吉兰姨随后紧紧跟着。他们穿过平度门村镇，渡过大沽河，路过胶州湾，一路昼夜兼行，艰苦奔波，直奔青岛。

青岛地处中国华东地区，位于山东半岛东南部，西接广阔的山东腹地，东濒黄海，处于中国北方海岸线的中部。

19 世纪末，西方传教士来华人数不断增多。1897 年 11 月，山东发生了有名的"巨野教案"。德国政府以其传教士被杀为理由，出兵占领胶州湾。次年，德国政府强迫清政府签订了丧权辱国的《胶澳租界条约》，租借胶澳及其周边地区为期99年，并开放青岛为自由港。

1914年7月，第一次世界大战爆发。日英联军随即向德国宣战。因德国忙于第一次世界大战的欧洲战场，无暇东顾。于是，日英联军乘势出兵，于11月7日攻占了德国胶州湾租借地，从而掠夺和统治包括青岛在内的胶州湾租借地。1918年底，第一次世界大战以德国战败而告终。然而，青岛和胶州湾租借地并没有马上归还给中国政府。在战后的巴黎和会上，中国虽然是以战胜国身份参加，可是各国列强不顾中方归还领土的要求，居然在《凡尔赛和约》上把德国在山东的特权全部转让给了日本。卑躬屈膝的北洋政府竟准备在《凡尔赛和约》上签字。消息一传出，激起了中国人民的强烈反对。1919年5月4日，北京3所高校的3000多名学生在北京天安门打出了"拒绝在和约上签字""誓死力争，还我青岛""宁肯玉碎，勿为瓦全"等口号，最终激发了全国学生和各界人士的响应、示威、游行，这就是著名的"五四运动"。直到1922年2月4日，中国和

清朝时期的青岛老栈桥

日本在美国华盛顿重新签订了《中日解决山东问题悬案条约》，中国政府才正式收回了青岛和胶澳租界地。

1931 年 9 月 18 日，日军发动了震惊中外的"九一八事变"，并很快占领了东北三省。日本并未就此罢休，企图继续扩大其在东亚的版图和势力，1937 年 7 月 7 日又在今北京丰台永定河上的卢沟桥以一名日本士兵失踪为由挑起事端酿成著名的"七七事变"。日军借此发动全面侵华战争，中国全面抗日战争由此开始。1938 年 1 月 10 日，日本海军从崂山的山东头、汇泉湾等处登陆，第二次侵占了青岛。次年，青岛市傀儡政府将即墨县、胶县划归青岛市，总称为"大青岛"。那时青岛市的海岸线长 431 公里，青岛市东西最宽 130 公里，南北最长 90 公里，陆域面积约 6000 平方公里，形成了坐落在山东半岛南端的海岸都市。

次年，1939 年 9 月 1 日，德国纳粹党领袖阿道夫·希特勒下令侵略波兰，第二次世界大战全面爆发。日本为了保护其在东亚的实力，担心美国对其干扰，决定先下手为强。1941 年 12 月 7 日，日本空袭了美国在太平洋夏威夷的海军基地珍珠港。美军太平洋舰队损失惨重。然而珍珠港事件并没有阻挡住美国，美国在珍珠港被袭击的第二天就向日本宣战，太平洋战争爆发。美国的参战成为第二次世界大战的重要转折点，也是日本最终走向失败的开始。驻扎在青岛的日本人也已经开始感到末日的来临，惶惶不安。

我外公和母亲姊妹俩就是在整个中国处于战争、一片疮痍的 1942 年的春末夏初进入青岛的。

日伪时期的青岛

　　和全国其他地方一样，日伪时期的青岛也是兵荒马乱，民不聊生，局势多变。这一边有第一次世界大战期间在青岛住过的日本人重新返回青岛，另一边又有大批劳工从青岛被掠往东北和日本本土去做苦力。太平洋战争爆发后，英、美等国侨民也迅速撤离了青岛，工厂企业大批倒闭或停产。仅一年间，青岛市的人口总数从原来的 63 万减少到 44 万，流失了近 18 万人，占青岛总人口的近 30%。

　　刚从乡下进入大城市青岛，外公父女们对所看到的一切都感到那么陌生和新奇。面对宽阔敞亮、弯弯曲曲、高高低低的街道，还有那参差不齐的洋楼大厦和川流不息的汽车、马车和三轮车，他们目不暇接，有些惶恐不安和不知所措。那时候的青岛市区既有德国式的楼房建筑，也有日本式的庙宇会社。1899 年开始，德国人拆除了原来的中国村落，斥巨资按照城市规划创建了一个完全德国风格的港口城市，奠定了青岛城市建筑风貌的基调。直到今天，青岛仍以"东方瑞士""红瓦、绿树、碧海、蓝天"的风格而著名于世。1942 年，刚刚踏进青岛的外公和母亲姊妹俩所看到的是让他们感到复杂烦乱的洋都市。在青岛前海沿一带，他们看到的是一座座德国式洋楼，市中心高坡处有两个以前从未见过的圆锥顶塔楼，上面矗立着两个硕大的十字架，听说是一个天主教堂。在前海，还有一个延伸到海里的栈桥，桥头上有一座中国传统式、两层高、由金色琉璃瓦覆顶的八角亭子，也就是回澜阁。回澜阁由24根红色圆柱支撑着。阁檐八角末端向天上翘起，似乎要腾飞起来。在离回澜阁不远的东南方向有一个与陆地相连接的小海岛，人称小青岛，岛上竖立着一个白色灯塔。在夜晚，小青岛的白塔里会不时地发出耀眼的光柱投向大海，好像是在大海不同的角落里搜寻着什么，可能是在为回家的船舶照明引路，也或许是向那些出海未归的船只发出呼唤。大海似乎也在回应着小青岛那召唤的灯光，胶州湾远处时不时地传来船舶的鸣笛声。在有雾霾的夜晚，面对灯塔透过厚雾映来的光柱，前海的海底下也会回应出缓慢而且沉闷的呜呜声。那声音从海底的深处时隐时现地浮出海面，整个市区的人都能听到，听老人们说那是青岛胶州湾里的海牛在叫。

在日本占领青岛的日伪时期，青岛市区被划分为市南、市北、西镇、东镇、台西、四方和沧口7个区。其中，市南、市北、西镇、东镇为市内四区，市南和市北区是中央商业区。那时候的中山路和北京路就已经是一个商业非常繁荣的地区，分别被日本人命名为所泽町和山东町。和乡下老家的道路不同，那时青岛市中心的大马路就已经很宽敞平坦，路面当中高两边低，呈弧形。有趣的是在马路两边有很多下水道，路面上每隔一段距离就有一个煎饼锅那么大的黑铁盖子，上面刻着一些看不懂的洋文。听说这些黑铁盖子只有青岛才有，青岛人叫它们古力，覆盖在德国人在青岛修建的排放地下污水的管道的污水进口处。汽车在所泽町的马路上来回穿梭，川流不息。马路两边各有一行排列整齐、枝叶茂盛的法国梧桐树。法国梧桐树树干是淡黄色的，表面疙疙瘩瘩，有污浊的斑斑点点，似乎是在脱皮。每一棵树的粗大树枝都向上弯延伸展，有点像一个老人把历尽沧桑、青筋裸露、关节变形的手举向天空，苍劲而有力。成排的法国梧桐树不仅把马路装饰成了美丽的绿荫道，也把中心马路与两边的人行道分开。

马路上来回奔驰的车辆形形色色，各式各样。黑色西洋式小轿车，4个轮子闪闪发亮，像一个可以自己移动的小房子，跑得飞快。车四面有闪光耀眼的玻璃窗户，透过窗户可以看见轿车里面稳稳当当地坐着西装革履的有钱人。马路上还跑着一种人拉的洋车，两个大胶皮轮子上面架着一个舒适的座椅，座椅上方搭着一个可以折叠的车篷。坐在车上的那位阔太太服饰鲜艳，脸上涂脂抹粉，很惊艳漂亮。她富富态态，坐在车上，身体后仰，纤细的手掌向上，大拇指和食指间夹着一支套在长长烟嘴上的香烟，桃唇玉口吐着白烟。她的脸向上仰着，脚向上翘着，和她那趾高气昂的派头很协调。拉车的车夫却两手紧握着车把，弓着身子拉着车飞快地在街上奔跑。马路上还会时不时出现载着全副武装的日本宪兵的三轮摩托车。一个日本宪兵坐在左边驾车，双手与肩膀平齐，紧紧握着车把，目视前方，表情严肃。另一个坐在右边的车斗里，手持着日本三八大盖枪，身穿草绿色军装，头上戴着紧绷在脑袋上的船形军帽，外边扣着闪光的钢盔，军帽后面那像被剪刀剪过的布条随风飘飞。摩托车前挂着一个随风瑟瑟颤抖的太阳旗，在马路上急驰而过。那摩托车发出的咚咚声振动着市区的空气，给人恐慌的心里带来一种不祥和不安的感觉。

因为那时候的青岛是在日本人的统治之下，青岛主要市区马路两边人行道上处处可以见到日本人。除了军人之外，也经常有成群结队的日本浪人游荡在大街的各个角落。他们大多留着怪异的发式，身穿日本和服，脚蹬一双木屐——青岛人叫"呱嗒板儿"的，腰上有时还会挂着一把佩刀。他们可能是脱掉军装在休闲的日本军人，也可能是一帮游手好闲的游荡无赖之徒。在街上，他们目中无人，经常横行霸道。与蛮横无理的日本浪人不同，日本女人们则往往是花枝招展，娇艳妩媚。特别是逢年过节时，盛装的日本女人们便会三三两两地出现在青岛繁华的街头。每一个女人都从头到脚打扮得很漂亮，她们的发型很独特也很讲究。年轻女子往往是把头发拢到脑后挽成一个大大的篡。多少年长一点的特别是结了婚的妇女则经常把头发分成3份，两边头发向后梳盖住耳朵，当中一大撮头发则在脑门上高高卷起，然后再用一个很长的漂亮发簪别住。发簪一端或两端会挂着成串花形各异的装饰，在眼前晃来晃去。头顶当中或者侧面还会再插上一把像梳子一样的装饰品。日本女人化妆也很独特，脸上往往涂抹着一层很厚很白的粉，口红的颜色也是浓厚鲜艳。日本女人的服饰中最独特的要数那色彩缤纷艳丽的和服。和服色彩夸张，面料讲究。依照四季时令的不同，和服的花色可配上春梅、夏蒲、秋枫、冬松等花样。和服的总体样子基本类似。几乎所有女和服都如长裙拖地，领子在前面是三角形，左襟搭右襟；后领则为圆形，向下稍微拉开露出抹了白

23

粉的脖子。在阳光明媚的青岛前海沿，三五成群穿着呱嗒板儿
的日本女人们，白脸谱，樱桃红小嘴唇，身穿花样各异的和服，
后面背着一个小布袋子，走起路来，木屐拖地，步履细碎，婀
娜多姿，左右摇摆着向前蹭，也曾经是那特殊年代的一道独特
的景色。

那时候的中山路和北京路一带已经是非常繁华的商业区，
有著名的瑞蚨祥和谦祥益布庄、盛锡福帽店、新盛泰和浮德鞋
庄、震泰洋服、亨得利钟表眼镜店、宏仁堂药庄、天德塘洗澡
堂等老字号商铺。那时候老青岛人常说，若是你能"头戴盛锡福，
脚踏新盛泰，身穿谦祥益，手戴亨得利"，在青岛港上那你就
算得上是上等人。谦祥益布庄是外公和母亲后来最爱光顾的布
庄。谦祥益布庄在北京路北头，进门要先上几阶石头台阶，高
大洋式的门脸，里面有上下两层。店内各种绸缎棉布，色泽鲜
艳，一匹一匹的布按照颜色、质地和价格在布架子上顺序摆放
着。卖布的伙计们个个脖子上挂着一个量布的皮尺，笑容可掬，
讨好般地照顾着每一位顾客。店堂空中挂有发票和现金的金属
夹子在售货员和收银员之间穿梭般地飞来飞去。我外公在乡里
算得上是一个织绸好手，可是他从未见过这么多色泽不同的绸
缎棉布堆在一起，那阵势和场面之大让他目瞪口呆，眼花缭乱。
当然，母亲姐妹俩最感兴趣的还是吃的。在中山路和天津路交
叉处有青岛著名的春和楼。春和楼建于 1891 年，是一个纯正
欧洲格调的二层楼，东临中山路，南靠天津路。正门入口处在
中山路和天津路拐角，门厅高大，楼顶上有一尖顶向上的三角
形西洋式装饰物。门和所有窗户都是维多利亚式的，正方形门，
窗上部成弧形，略有装饰。春和楼以鲁菜著称，有很多名吃和

招牌菜。但母亲对春和楼印象最深刻的还是那时候的猪肉白菜大包子。虽然那时她们还没有钱吃包子，可是那猪肉大包子飘出的阵阵诱人的香味溢满整个中山路，远远就可以闻到。在经常食不果腹、饥肠辘辘的年月，那香味就足以惹得肚子咕噜咕噜直叫，口水难止，使母亲难以忘怀。

在中山路、胶州路和北京路交叉处还有青岛最有名的"劈柴院"。与繁华商业区不同，劈柴院是一般劳苦百姓喜欢光顾的地方。它是由中山路、北京路、河北路和天津路合围而成的一个贫民大众吃喝玩乐的集市，在中山路、北京路和河北路三面都有入口。那时候大院里的房屋简陋，往往是用劈柴凑合着搭起来的破木板房，所以称劈柴院。院内除了江宁路比较宽外，其他都为巷径狭窄的小路。劈柴院里总是日夜灯火通明，热闹非凡。各种各样小吃，最常见的有馄饨、锅饼、炉包和豆腐脑，零食有糖果、花生、瓜子和糖炒热栗子等。江宁路中心院子里有一稍大的门楼，上面悬挂着"江宁会馆"的门匾。江宁路两侧是招牌各异的饭店，有记载的饭店包括元惠堂、瀛海楼、福兴楼、新美斋、同顺楼、异美斋、三盛公、增盛楼、增源楼、新顺馆和郝家煎饼铺等，所有饭店都可堂吃也可以外卖。各家门前总是摆着各种下酒菜肴，如豆腐干、花生米、红烧猪头肉、红烧鸡、酱兔心、酱鸭肝、酱牛肉和坛子肉等。江宁路的中心广场是最热闹的地方，有唱戏的、唱大鼓的、说书的、说相声的和玩杂耍的。看戏的人可以站着不花钱看戏，若坐下来看戏是必须给钱的，往往是戏演完一段就会有人到观众前拱手作揖收钱。

外公一家刚进青岛举目无亲，人生地不熟，在劈柴院里可以与别人搭伙廉价住宿过夜，所以他们就经常躲在劈柴院里打零工。有时候实在找不到活干，因为没有饭吃，母亲和吉兰姨也曾经讨过饭。外公父女们经常沿着北京路往西走，跨过天桥，在西镇一带做工、乞讨。西镇是青岛市旧市区在日伪时期划分时得的名，位于现在的市南区西部，包括青岛火车站以西全部地段，著名的街道有贯通西北的广州路和云南路。西镇特别是团岛一带过去曾是外乡人、穷人和劳工聚集的地方，那里曾经有10个贫民大院，比如很多今天的青岛人都知道的二院和八院等。在西镇，平民老百姓经常去的一个地方叫"西大森"，青岛话是"西大深"。和劈柴院有些类似，西大深也是穷人的集市，可是与劈柴院不同的是那里唱戏的和说书的不多。除了有名的西大深戏院（也叫天成戏院）外，多为卖吃的和各种日用杂货的小摊。为了生计，外公经常穿梭于劈柴院和西大深之间，打零工，走街串巷，沿街乞讨。后来因为实在养活不了两个女儿，同时自己也需要钱抽大烟，外公就把年仅12岁的小女儿卖给了河北路81号的东海楼做童工，暂时把母亲留在身边，准备找个好人家也换些钱。

邂逅进宋家

　　一个初冬的晚上，一天的乞讨奔波后，外公和母亲决定在青岛西镇宝善斋的楼洞里过夜。他们刚刚把铺盖卷打开在地上铺平准备睡觉，一阵踢踏踢踏皮鞋撞击石头路面的走路声由远而近，一位身材高大、衣冠楚楚的绅士从黑影里显现出来。他身高五尺九，身体有些发胖，肩膀宽窄适中，略有溜肩，壮年的肚子有些隆起。他人长得富态，仪表堂堂：长方形的脸盘大于一般人，皮肤白皙，前额高挺，鼻梁笔直；嘴唇略薄，上下紧闭；眼睛不是很大，单眼皮，眼角两边有些鱼尾纹，布满了和善；特别引人注目的是他那耳轮分明的大耳朵和两个宽厚的耳垂，恰如其分地护着那方形大脸。他身穿一件深蓝色中式斜襟长大褂，外边套着一件咖啡色对襟薄夹袄，脖子上还围着一条厚厚的深咖啡色长围巾，一头跨过肩膀，搭在右边。他头戴一顶西式黑色圆形礼帽，脚蹬一双上过油的黑色皮鞋，皮鞋在夜晚微弱的路灯下闪闪发亮。这个过路人不紧不慢、节奏均匀、步履坚实地路过楼洞，经过外公和母亲的地铺时，他的眼睛偶尔瞥见了这对农村父女。当他看到坐在地上的一位衣衫褴褛但颇有姿色的年轻女子时突然愣怔了一下。略加打量后，他便匆匆地走开，回到了他附近的家中。此人名叫宋继先，号进卿，邻里百姓都知道这位在青岛铁路局当班的宋领班。宋领班就住在宝善斋附近的广州路5号（在广州路小学隔壁）的一栋小洋楼的二层楼上。那是一栋木质结构的绛紫色洋楼，楼梯在楼的右边，楼梯顶上有个挡风棚罩着；楼梯和二楼阳台走廊上的栏杆都是雕花圆木柱，木柱从上到下的花样由圆形、菱形和四方形交替组合整齐排列而成，非常漂亮。这栋房子是宋领班刚进青岛时用几锭金子兑的。洋楼的楼下是饭店和杂货店，楼前有卖烧鸡的，卖稀饭的，卖豆浆和大饼、油条的。据说宋领班是一位心地慈善、熟谙人情世故的人，周围的邻居包括楼下那些拉洋车的、街头卖烧饼的人他都很熟悉，他对人从来都是和蔼可亲，出手大方。同时邻里也都知道他在社会上结交了很多有钱有势的朋友，也有一帮子拜把子兄弟，在社交场合，人称他宋二爷。他社交广泛，三教九流有来往，红白黑道都熟悉，是一位在青岛台西一带颇有影响力的人物。

据他自己后来回忆，那天恰好碰上他晚间外出应酬回家比较晚。回到家后，不知道为什么，他心里总是放不下睡在楼洞里的那父女两人。鬼使神差，他又穿上衣服，下了楼，重新回到了宝善斋楼洞。经过仔细询问，才知道他们父女俩是刚刚从昌邑逃荒来到青岛的，举目无亲，不得已才在楼洞里过夜。思量片刻，宋领班便邀请他们父女俩到宋府暂时住上一夜，等到天亮再从长计议。

次日天光大亮，宋领班让家人款待了外公父女俩，让他们饱饱地吃了一顿后，泡上一壶茶，才问起了他们的经历。外公就将老家遭灾，发大水，地里颗粒无收，没有饭吃，不得已来青岛逃难的过程一五一十地说了出来。外公说到因为他们在青岛无亲无故，找不到工作，只好把小女儿卖给东海楼为童工时，声泪俱下。宋领班坐在太师椅上，认真地听着，他时而抬起头来看着外公，和外公交谈几句，时而低头不语，默默饮着茶。听完了外公的哭诉，宋领班表情沉重严肃，一会儿眼睛向上看着房顶，一会儿双手来回不停地对搓着。过了很久，他转向外公，很认真地说他愿意帮助外公。他说如果外公愿意，他可以将母亲先收留在宋家，并给外公一些钱希望他能在青岛先找一个地方暂时住下来，慢慢商议出路。无从考证，也没有人会知道那时候宋领班脑子里究竟想的是什么。青岛那么多的穷人，为什么宋领班会愿意帮助外公父女。根据母亲后来回忆，有 3 种可能：一是宋领班是一位心地善良的人，缘分使他们邂逅相遇。他可能是很同情外公父女的遭遇，真心想要帮助他们。二是宋领班是一位侠义之人，喜欢结交朋友，他可能跟外公谈得来。根据母亲对外公的描述可知，外公兴趣广泛，头脑活络。他虽然那时候非常贫穷潦倒，但还是生气勃勃，而且他也是一位能说会道的人。想必外公的那番哭诉和他们的遭遇打动了宋领班。当然，另外也有可能是宋领班见到 18 岁的母亲年轻可爱，于是就想收留她。无论如何，外公和母亲与宋领班邂逅，在青岛总算暂时有了一个安身之地。

宋领班 1890 年出生，祖籍山东即墨县石门满贡村。他父亲是当地的大地主。宋领班总共兄妹 6 人，宋领班为老大，有 4 个弟弟和 1 个妹妹。当宋家五兄弟长大成人的时候，宋老爷子决定要向外扩展家业，让老大宋领班带着四弟继颜、五弟继孟和三弟继曾的儿子振赢到青岛去闯天下。老二继孔和老三继曾继续留在老家陪伴父母务农。

进城以后，通过宋家在青岛的关系，宋领班和五弟继孟很快各自在青岛铁路局谋上了一份差事。那时候能在铁路上有一份工作是一件很令人羡慕的事。宋领班在铁路局机务段货运调度部工作，继孟在扳道部工作。宋领班脑子灵活，工作也卖力，很快就得到了老板的赏识并被提升做了领班。除了工作努力，宋领班为人活络，喜欢交际，在工作中他知人善用，安排下属做事令人心服口服。没有几年他就变成了大家公认的头，大家都很愿意跟他干，听从他的工作安排和调遣。铁路局机务段货运调度部的主要职责是安排各种货物铁路运输的车皮和调度车头的时间。那时候中国货物长途运输主要依靠铁路，从家用百货、家具到医药、军火都要经过铁路运输，铁路局货运部是一个肥得流油的部门。俗话说："县官不如现管。"为了能争取到车皮并保障所需的货物能及时运出，到达目的地，各行各业的老板们都会极力地巴结、讨好甚至贿赂铁路局货运部的负责人。因此，宋领班的职位虽然不高，但他身份很重要，加上他人缘好，为人侠气豪爽，做事可靠痛快，说话算话，在青岛社会各界结交了很多朋友。他跟当时青岛港上不少有头有脸、红白黑道的名流都有来往和交情，比如跟青岛有名的震泰洋装和天德塘的老板是至交。在诸多拜了把子的兄弟当中，他排行老二，圈内的人都称他为宋二爷。

宋领班的四弟继颜到青岛后没有参加工作，进了学堂学习法律，毕业后成了一名挂牌律师。他的律师事务所就在青岛天桥东头的圆形广场处、大沽路35号青岛市物品证券交易所里。

30

在当时，那是青岛比较繁华的一个商务中心。圆形广场四通八达，放射状延伸至济南路、北京路、天津路、大沽路、肥城路和泰安路，直接通向市区的各个方向。交易所大楼在天津路和大沽路之间，门脸向西，东边直通繁华的中山路，西南边靠近火车站，正西连接着青岛人人皆知的"天桥"，那时候叫"国民桥"。天桥横空跨过纵横交错的火车铁轨将西镇和中心市区直接连起来。因此，交易所的地角很好，周围的交通也很方便。青岛市物品证券交易所于1933年7月正式开业。这个交易所主要用于中国商人之间的来往贸易。

然而青岛市物品证券交易所开业后营业并不顺利，日本人认为华人交易所的营业在很大程度上影响了他们在馆陶路22号开办的青岛取引所的贸易经营额，因而中日商界竞争激烈，摩擦不断，经常引发法律纠纷。作为业内的律师，宋继颜帮助中国商人打赢了一些案子，受到青岛商界中国人的好评，所以他在业内树立起了一些威信。1945年日本投降以后，在美军的支持下，国民政府收复了青岛，国民党军队在海军陆战队的引领下也迅速进驻了青岛。由于战乱，青岛社会一片杂乱无章，国民党部队的进驻侵扰了青岛当地正常的社会秩序和商业活动，民间各界纷纷状告国民党驻军的非法行为。青岛的国民党驻军聘请继颜帮助打官司。没想到，继颜连续打赢了几场官司。驻在青岛的国民党海军陆战队司令喜出望外，干脆下令把宋继颜拉入部队，授衔少校。

虽然宋家兄弟们在青岛都混得不错，但宋家兄弟对大哥还是尊崇有加且颇为敬畏。据母亲回忆，四弟继颜那时已经是国民党海军陆战队少校军需官了。他身着笔挺的全副美式草绿色呢子军装，内配淡绿卡其衬衫，整整齐齐地打着一个同一颜色的领带；大盖帽、衣扣、衬衫上的军花和肩章上军衔的军星都是金色的，在阳光下闪闪发光。他腰间别着美式的史密斯威森点三八左轮手枪，穿着上宽下紧的马裤，脚蹬带马刺长皮靴，走起路来威武雄壮。有一次，四弟回家探望大哥，他刚刚跨进门坎，听说大哥正在午休，便马上停下来，悄悄地弯下腰，将长皮靴慢慢地脱下来，赤着脚蹑手蹑脚地进了家门。此情此景可显示大哥在他心中的分量。

遇到母亲那年，宋领班 51 岁，已经有两房太太。大太太宋华氏留在即墨老家，二太太宋刘氏住在青岛，遗憾的是二位太太都不能生育。因着传统观念和孟子学说——"不孝有三，无后为大"，宋领班经常忧郁不安。自从见到母亲，因母亲年轻漂亮，他便有意娶为三姨太。那年母亲年仅 18 岁，年龄差距太大，宋领班怕邻里亲戚笑话，就假称母亲是来自即墨老家的妻妹，取名华蕊枝，没有正式举行结婚仪式，母亲便算嫁到了宋家。第二年，1943 年 11 月 18 日，农历十月十一日，19 岁的母亲生下了大哥振武。宋领班那年 52 岁，他们继续住在广州路的小洋楼里，生活还算舒适，后来又生了大姐秀梅和二姐淑梅。

虽然没有正式举行婚礼，但为了迎娶母亲，宋领班还是为外公准备了一些钱作为彩礼。另外，作为结亲条件之一，宋领班也赎回了母亲的妹妹——我的吉兰姨。他们先是把吉兰姨送到日本人在青岛孟庄路开的颐中烟草公司的卷烟厂当童工。那时卷烟厂童工的工作很辛苦，工作时间特别长，工资也少得可怜。因为睡眠不足，吉兰姨上班经常打瞌睡，所以经常挨工头的打。当时卷烟厂里有一个很奇怪的规矩，那就是会抽烟的人可以有抽烟休息时间，不抽烟的人不能休息，所以吉兰姨为了能在工间也休息一下便学会了抽烟，从此一生没有戒掉。因为卷烟厂童工的工作实在太辛苦，在母亲的恳求下，宋领班在青

2003 年，吉兰姨和母亲

岛铁路局机务段给吉兰姨找了一份工作。那时候在铁路上找一份差事很不容易，宋领班谎称吉兰姨是他的妹妹，并取名宋吉兰。吉兰姨便从此改名宋吉兰，一生都没有变，也算是对宋家的报答。吉兰姨在铁路上工作以后，为了能让妹妹也过上安稳的日子，母亲便四处张罗着为吉兰姨找婆家。后来由母亲做主，吉兰姨嫁给了一位老实巴交、在青岛国棉三厂烧锅炉的工人高右江。吉兰姨从此生活安定了下来，后来一生基本平安无事，

生活美满，和右江姨父生下了两个儿子、三个女儿——学成、瑞萍、爱萍、学亮和莲萍。吉兰姨在青岛铁路机务段工作至退休。吉兰姨一生对姐姐感恩不忘，她感激姐姐使她脱离苦海，并帮助她成家立业、过上了平安幸福的生活。从我开始记事就记得，每逢过年过节，吉兰姨总是大包小包地给我们家买一大堆东西。每次母亲都过意不去，回回推让，吉兰姨却执意要买，几十年一如既往。她们姊妹俩一生情投意合，终生为伴。

外公结识了宋家以后，宋领班很快就知道他抽大烟，而且嗜毒成瘾。但为了迎娶母亲而且希望外公能够戒掉烟瘾重新做人，宋家还是给了外公一笔彩礼钱，并且帮助他在青岛费县路开了一家杂货铺做点小买卖糊口谋生。外公先是住在费县路的杂货铺里，认真地打理着小店，每天一大清早就把店门打开，晚上很晚才打烊。很快，小店的生意好了起来。因为外公能说会道，很会招揽生意，回头顾客也逐渐多了起来，有了顾客就有进项，外公的生活也很快有了起色，在青岛终于有了安身之地。后来，外公把他的太太也从昌邑老家接到了青岛。为了能让太太住得好一些，外公就在青岛最有名的"五起楼"的楼上租了一个房间。

说起"五起楼"，青岛老居民几乎无人不知，其实这是青岛老百姓对那时洪泰商场大楼的一个俗称。"起"在青岛话里就是"层"的意思。五起楼之所以在青岛出了名，因为它是青岛历史上第一座五层楼。五起楼是1933年由青岛四大家族之一、房地产商李涟溪先生出资建造的一个商业城，起名"洪泰商场"。它位于北京路和河北路的西南交叉口处，在北京路谦祥益布庄的后面，地址是河北路43号。在李涟溪先生盖五起楼之前，青岛的楼房没有一幢是高于三层的。起因是 1899 年德皇下令在青岛租界里兴建一座城市时，规定在市区的所有楼房都不得超过三层。所以洪泰商场以其现代、结实壮观的花岗岩外表和前所未有的高度拔地而起，竖立在青岛市区时，它成了青岛乃至整个山东的最高建筑物，从而成为青岛人的骄傲。

青岛"五起楼"

五起楼洪泰商场的地角很好。它在北京路的一边，与中山路隔得不远，对面就是劈柴院，在河北路一边的街对面是青岛有名的"天德塘"洗浴中心。从那里到西面海边的小港也只有两个街道。小港是一个渔港，打鱼船只往来频繁，港上新鲜海产品丰富。所以洪泰商场作为一个新商业中心，吸引了诸多商号在周围入驻，有洋行、贸易行、当铺、皮草行和杂货铺等。

　　五起楼的原址是一个叫"共和新舞台"的京剧戏院。为了继续招揽生意，方便老百姓，李涟溪还在五起楼的楼顶平台上建了一个娱乐中心，老青岛人叫它"游艺场"。百姓喜爱的京剧和山东地方戏曲包括吕剧、茂腔、柳腔和山东梆子等的各种剧目在那里轮番上演。到了晚上，五起楼的上空会不时地传出京剧武生粗犷、洪亮的唱腔，花旦和青衣柔肠欲断、凄凄切切、忽高忽低的曲调，还有山东吕剧的带有浓厚土语风情、抑扬顿挫的对白；京胡响，二胡应，扬琴乐，笛子鸣，鼓锣声声、铿铿锵锵，余音绕市，彻夜不息。

　　然而，彩云易散。洪泰商场的生意流量逐渐小了下来。骨牌效应，周围的各家商号的生意也开始跟着走下坡路，一些店面也纷纷关门。取而代之的是众多的妓院、大烟馆和当铺，河北路和小港周围的莘县路一带开始变成了红灯区。洪泰商场虽然还在继续支撑着，然而一楼商铺以上楼层的出租变得困难。本来二楼以上是为商社办公而设计的，因租赁办公楼的商家越来越少，李涟溪只好转向吸引一般居民房客。不巧的是那些为办公而设计的房间里没有住家做饭用的出烟通道，住进来的房客只好在窗户上开个洞把烟囱伸到户外，远远看去好像是大楼里面伸出了一门门黑黢黢大炮指向四面八方，使得本来体面壮观的高楼大厦变成了一个战斗堡垒，大煞风景。不得已，租金也开始吐血打折。福无双至，祸不单行，到五起楼游艺场捧场看戏的人也越来越少。为了继续支撑门面，李涟溪只好降低演出水准，请一些不知名的戏班子来唱戏捧场，演出内容也由正规的京剧剧目和地方戏曲变成了低俗惑众的节目。一时间，五起楼里聚集了社会上一些形形色色的人物，有大烟鬼、赌徒、嫖客等三教九流，整个楼里开始变得乌烟瘴气。

外公和他太太就是在那个时候住进了五起楼公寓的。在那里，外公很快认识了很多新朋友。外公能说会道，能歌善舞，有文艺天分，在昌邑老家，村民有红白喜事都来找他帮助主持打理。住进五起楼不久，外公就在楼顶游艺场里找到了差事。他白天在费县路继续打理他的杂货店，晚上便在游艺场里前前后后地帮工。因为外公和他太太都喜欢看戏捧角，他们也认识了一波波艺人，和这些艺人打得火热。和外公夫妇一样，很多艺人也抽大烟。酒逢知己千杯少，烟无朋友百袋多。自从认识了那些朋友，他们就天天吞云吐雾，夜夜畅饮狂欢。因为外公和他太太双双抽大烟，很快就把刚刚积攒起来的一点积蓄花光了，后来干脆把费县路的店铺也卖了，只在游艺场里帮工。可是游艺场里赚的那点钱买不了大烟，他们有时候连饭也吃不上了。为了找钱，外公便经常以看望母亲为由，到宋家哭穷，借钱。开始碍于面子，宋领班还会给外公一些钱。常常借钱，从来不还，久而久之，宋领班以冷脸相见，后来将他拒之门外。母亲为此感到非常难堪，害怕外公来。她常常在洋楼的二楼上远远眺望，一旦看到外公的身影，在外公还没有进门之前，母亲就在门外堵住他，悄悄地塞给他一些钱，赶紧把他打发走，唯恐宋领班知道。

一九四四年正月二十四我大哥振武过"百岁"。宋领班在中山路的春和楼大摆宴席庆祝，来赴宴的有青岛港上的不少名流。宋领班的拜把子兄弟们包括震泰洋服和天德塘的老板都纷纷前来祝贺。那天，宋领班身穿浅灰色高档绒布长袍，外罩一件铜钱花纹缎子夹袄，足蹬油光闪亮的黑皮鞋，满面红光，喜气洋洋。母亲也衣着富贵华丽。她穿着绸子雕花斜襟上衣、肥大宽裤脚舒适的裤子，脚上穿着一双西式黑色高腰皮鞋。她的头发盘成高高的向左倾斜的圆形发髻，斜插着一把雕花透明梳子，戴着一副玉坠耳环，左手腕的绿色玉石手镯与耳环的玉坠色泽匹配。那天母亲脸上扑了淡淡的粉，黑色的眉毛也描过，微微上挑，红色的唇膏配上淡红的胭脂，喜相，青春，格外妩媚。刚满百日的振武则是大红和银白色相间的绫罗绸缎加身，衣服、裤子和绣花鞋子采用相同布料制作；脖子上戴着一个很大的白色银圈子，上面挂的银色长命锁上刻着"长命富贵"；两个小手腕还戴着一对银手镯。据说"女戴金，男戴银"，孩子好养。

那天宴会的菜品也是鸡鸭肉鱼，应有皆有，春和楼老字号的各式招牌菜都上齐了。12道主菜有春和楼著名的香酥鸡、葱烧海参、五柳加吉鱼、爆炒海螺、油爆双脆、凤凰双腿和红扒肘子等。面食则有春和楼有名的银丝卷、水晶包子、牛肉蒸饺、豆沙包和开花馒头，外加长寿面。

席间，宋领班让母亲抱着振武来见震泰洋服的老板。震泰洋服老板是浙江人，他送上一大红包，问孩子的名字叫什么。母亲回答"振武"。"那小名呢？"母亲说还没有起。宋领班就顺势提出，借震泰洋服的光，小名就叫"泰"。震泰老板一听大喜，受宠若惊，赶紧深深作揖，连称"荣幸之至"。

正当大家推杯换盏、出手猜拳、兴高采烈的时候，一位神情恍惚、衣着褴褛的中年男人出现在宴会厅里。他怯生生地环顾四周，当终于看到了被簇拥在客人当中的宋领班和怀里抱着孩子的母亲时，他眼睛亮了一下，然后唯唯诺诺地蹭上前来跟宋领班打招呼。宋领班的脸色顿时一会儿红，一会儿白，脸上

38

的肌肉也不自觉地扭曲抽动了几下。周围各桌客人的喧闹声也戛然而止，客人们好奇地看着这位与宴席气氛格格不入的不速之客。宋领班赶紧把老丈人推到了隔壁的一个房间，关上门，正想招呼跑堂的给外公弄点吃的，不料外公哆哆嗦嗦地说："不麻烦了。借给我点钱，我马上就走。"打发走外公后，宋领班回到了宴会厅，若无其事地打着哈哈，继续招待客人。

那天，宋领班被外公那穷势势和唯唯诺诺的大烟鬼的寒酸相彻底震怒了。当着宋家诸多亲朋好友的面，外公居然不顾体面、不知羞耻地上门要钱，让他在客人面前难堪，颜面扫地。第二天，宋领班余怒未消，差人给外公外婆夫妻俩买上回老家的火车票，告诉他们从此再也不准踏进青岛和宋家一步。外公烟瘾过后，后悔莫及。不过外公也还算有骨气之人，跺脚离开了青岛，从此再也没回过青岛。听说他后来饿死在逃荒的路上。

在宋家的日子

　　母亲嫁到宋家以后生活基本是安逸、舒适的。大哥振武出生后，大姐秀梅和二姐淑梅也相继出生。转眼间，宋领班从无子嗣变成了有儿有女。心情舒坦了，宋领班也很快变得身宽体胖，发福了许多。宋领班手下的兄弟们都私下逗笑说他是"远看是一座山，近看是宋领班"。当然，母亲也变成了宋家的有功之人。母亲作为宋家的"功臣"，宋领班对她呵护有加，经常带着她逛街，赴宴，去戏院看戏。

　　出门看戏，最近的是"西大深"南村路 22 号的天成戏院，它离广州路 5 号的家只有一街之隔。天成戏院是一个百姓剧院，和劈柴院里的露天剧场差不多。天成戏院主要是由流浪卖唱的艺人在"西大深"南村路撂地演出发展起来的。后来搭起了草棚子，逐渐有小剧团来演出。看戏的人多了，小棚子就变成了有门有窗的木制结构小型简易戏院。戏院子里也搭起了舞台，舞台下摆起了长板凳。天成戏院起初起名五福戏院，在 20 世纪 40 年代已经改名为天成戏院。因为观众大多是西镇周围的中下层百姓，所以演出的剧目除了不多的京剧片段和评剧以外主要是山东地方戏，如吕剧、茂腔和山东梆子等。

　　和青岛其他大戏院不同，天成戏院刚开始的时候采用的是传统戏园子形式，也就是戏院里没有固定座位，戏台下的桌子、椅子的安排和餐馆里的桌椅板凳一样是可以移动的，一般靠近舞台正面有桌子和椅子，距离舞台远一点的后面是成排的长板凳。在戏院子里看戏有不同等级。有钱人可以包一个桌子，坐前排座，有吃有喝。次一点的坐后排的长板凳，但没吃的。没钱的则可以买站票，站着看戏。演出期间，前排看戏的人坐在包桌的椅子上，一边看戏一边喝茶、嗑瓜子、吃零食。所以在戏院里会看到跑堂的伙计们腰系围裙，肩搭白毛巾，手拎着一个长嘴发污的铜水壶在各桌子之间转悠，跑来跑去，倒茶献水。宋领班的家就在附近，天成戏院好像是自家的戏园子，所以他们全家经常去看戏。宋领班是西镇一带有名有势的宋二爷，每逢宋领班带着家眷和亲朋好友前往看戏，前排当中的桌子都提前为宋二爷准备好。

　　母亲说，有一年她自己带大哥振武去天成看戏，那天唱戏的是一位名角，戏院子里爆满，走道上都坐满了人。戏正在紧锣密鼓地演着，大家也都在兴头上，突然间戏院子里起了火。戏院子里一下子炸了锅，看戏的人都乱了套，四处逃窜，戏院里一片鬼哭狼嚎，黑暗中人踩人。因为怕伤着孩子，母亲脱下套在旗袍外面的衣服，把振武包在里面，双手紧紧地把孩子裹在怀里，拼命地向外冲，前拥后挤，最后好不容易逃了出来。虽然没伤大碍，但大人和孩子都受到了惊吓。后来母亲每次提起那场火灾，都心有余悸，但也总不会忘记唠叨在火灾逃亡中那件自己特别喜欢的旗袍刮得不成样子了，她那双带缨子穗的绣花鞋也在匆忙之中丢在戏园子里了。那场大火以后,天成戏院变成了一片废墟。后来,在原址上建起了一个砖木结构的新剧场,能容纳 500 多人,天成戏院也算是因祸而旧貌换新颜。

值得一提的是,天成戏院也是中国著名评剧皇后新凤霞出名的地方。1943 年,新凤霞随母亲的剧团第一次到青岛演出,就在天成戏院。她们演出的剧目主要有《花为媒》、《三笑点秋香》和《杨三姐告状》等。没想到,那些剧目大受青岛观众的喜爱。为了感谢天成戏院的观众,出了名的新凤霞后来又回到天成戏院演出过,向她的戏迷们致谢。在那段时间,新凤霞和宋家也有些来往。据母亲说,名噪一时的小凤霞后来回到青岛,还曾经来宋家做客,有一次还在宋家住了一晚上。母亲说新凤霞比她小两岁,人长得特别漂亮,穿戴时髦大方,为人也很好,特别是她满身的香气非常好闻。

说到去戏院看戏,那就不得不说一说青岛在 20 世纪 40 年代那几家有名的戏院,前 3 名要数永安大戏院、光陆大戏院和华乐大戏院。

华乐大戏院是青岛最早的戏院,建于 1903 年。它位于中山路北端,中山路 212 号,靠近大窑沟。戏院有两层,能容纳750 名观众。自建成以来,戏院多次改名,从中国戏院、乐乐座、青岛大戏院、国民大戏院、中和戏院到华乐大戏院。因为华乐大戏院距宋领班在西镇广州路的家不是太远,从广州路出发,跨过天桥,经北京路到中山路戏院步行也就是 20 分钟左右,所以,华乐大戏院也是宋领班和其家人经常光顾看戏的地方。

光陆大戏院是那时候青岛的第二大戏院,位于台东福寺路

4 号，现在台东万达广场处。初建于 1928 年，叫商业茶台，主要演出当地百姓喜欢的一些地方戏曲和素衣京剧清唱等。戏院的营业形式也基于中国传统模式，在戏院里面看戏能喝茶吃点心。商业茶台后改名同乐茶园，再后来转为正规商业戏院。戏院的规模也随之扩建成上下两层，能容纳 700 多人。在 20 世纪 40 年代时又改名为光陆大戏院。虽然光陆变成了一个大戏院，但因为不在市中心，所在的台东也是社会中下层普通百姓聚集的地方，因而很少有名剧团或名角愿意到那里去演出，因而光陆大戏院基本还是一个大众戏院。解放后光陆大戏院改名为遵义剧院。因为距离比较偏远，宋家基本不去那里看戏。

那时候青岛最大、最上档次的戏院非永安大戏院莫属。永安大戏院建于 1924 年，地处市中心平度路 22 号，靠近天主教堂。永安大戏院是一座很现代化的摩登大型戏院，戏院门脸的设计也很巧妙，为中西合璧，其外貌既新颖又寓意深刻。比如：步入戏院的正门要踏上 6 个台阶，寓意六六大顺；入口处开有 3 个很宽敞、象征吉祥的朱红色大门，方便众多观众同时出入；门楼顶端酷似中国春秋战国时期铲形布币，呈凸字形。这些设计寓意进了戏院就六六大顺、吉祥盈门、钱财立到。除了中国元素，方形布币门楼的下面则是典型美国好莱坞式的剧院门脸。剧院门口上方窗户的上面是 3 个巨大的圆弧形装饰曲线，当中弧形的中央竖直悬挂着一个巨大的好莱坞剧院风格的招牌，写着“永安大戏院”。3 个大门上方还覆盖着一个长方形的玻璃招牌柜子，玻璃柜子里镶嵌着演出广告、当天演出的曲目和主要演员的名字。玻璃招牌外面上下挂着多排排列整齐、明亮而刺眼的灯泡，夜晚时把整个戏院入口处照得犹如白昼。这种典型的美国老剧院门脸直到今天在美国各大城市还经常可见，如美国著名的芝加哥大剧院和纽约百老汇大剧院。除了华丽的外表，永安大戏院里面的装潢也是富丽堂皇、绚丽多彩。戏院总共可以容纳 1000 多名观众，分上下两层。和其他戏院一样，随时间和历史的推移，戏院的名字也多次更换，刚刚建成时起名新舞台，后更改为大舞台、新新大舞台，到 20 世纪 40 年代末更名为永安大戏院。

永安大戏院里看戏的位置也分三六九等。有钱人可以订包间和前排包座；其他一般座位的票价按座位位置的优劣而定；没钱的可以买站票，站在戏院一层两侧，由栏杆与有座区隔开，称为"码票"。永安大戏院是正规大戏院，演出剧种以京剧为主，当然也会演出其他受青岛观众喜爱的剧种如评剧等，中国戏曲界的名角几乎都曾在那里表演过。永安大戏院也是宋领班经常看戏的地方。宋领班是个戏迷，每逢有名角来青演戏，他总是要带着家眷前去看戏捧场。他们看过梅兰芳、马连良、裘盛戎、袁世海、杨宝森、李少春、张君秋、叶盛兰和新凤霞等诸多名角的演出。因为他是永安大戏院的熟客，每逢宋领班带着家眷和亲朋好友来看戏时，门房接待主管总会满面笑容，匆匆地跑出门来迎接，告诉宋二爷前排的包座早已准备好了。

1947 年，有一次宋领班又带着母亲去永安大戏院看戏，恰逢永安大戏院请来了一位年仅 18 岁刚刚开始出名的正宗梅派青衣顾正秋率戏班演出。顾正秋人长得很漂亮，扮相俊美大方，唱腔也清脆甜蜜，很受青岛戏迷们的喜欢，她的拿手剧目是《四郎探母》《玉堂春》和《王宝钏》等。她在永安大戏院演出，观众天天爆满，一票难求。那天，宋领班他们看的是京剧《四郎探母》，讲述的是北宋年间宋朝和辽交战期间发生的一个既有争议也充满亲情的故事。故事的大概情节是：辽国佯装向宋太宗赵光义示弱求和，特意在幽州设下"双龙会"。忠臣世家杨家的8个儿郎前往护驾，不料中途中了埋伏，杨四郎被俘虏。因四郎杨延辉长相英俊，辽王的女儿铁镜公主一见钟情，强行嫁给了四郎，四郎屈从。后来宋、辽再次相遇，摆下天门阵决一死战。当四郎得知母亲余太君亲自率兵来到阵前时，他思母心切，不顾生死，说服铁镜公主合谋盗取令箭前往宋营探望母亲。母子短暂相聚，倾诉衷肠，然后洒泪而别。四郎返回辽营后被萧太后发现，险些被处死。经铁镜公主舍命求情，四郎才活了下来。《四郎探母》情节曲折，有惊无险。忠与孝，家与国，各难取舍。爱情与爱国，孰轻孰重，亦难定夺。亲人亦敌亦亲，人间真情，即使苍天也难以裁决。演到动情时，台上唱腔凄切，台下哭声呜咽。演到精彩处，戏迷们都如痴如醉，高声喝彩。

据母亲回忆说，那天有件事很奇怪。看戏时，后排的一个男人的嗓门特别独特响亮。出于好奇，母亲回头瞭了他一眼，那是一位肩宽体壮、身材匀称、长相英俊的中年男子。他身穿深蓝色毛料中山上装，上衣口袋里插着一支钢笔，挥舞的手腕上露出闪闪发光的手表。他头发右偏分，梳得整齐光亮，长长的脸盘有棱有角，鼻梁高高，一对眼睛炯炯有神。他似乎是入了戏，脸因为激动而涨得通红，前额也是热汗涔涔。他略带不安的眼神却时不时地向母亲的方向投递过来，母亲感到身后传过来一阵阵焦灼的热浪。当母亲再次回头，她和那男子四目相对时，那男人火辣辣的双眼瞬间亮起了异样的光芒，犹如丘比特的飞箭直射过来，穿透了那黑暗的戏院，迸发了后话。

生活虽然过得舒适，有个小病小灾也是常有的事。可是在医学不发达的旧中国，老百姓对生病原因没有足够的认识，社会上就自然会滋生出各种各样的说法来解释人为什么会生病。比如：如果孩子受到惊吓，人们就会说那是孩子丢了魂，得把魂找回来，孩子的病才能好。若人生了病发高烧，昏迷不醒，说胡话，那就是被狐狸仙附身，就必须请通仙的大师来驱逐狐仙。随着这些妖言惑众的迷信在社会上流传，随之而来便出现了形形色色的奇闻怪事。

振武大哥小的时候，母亲经常带着他出去玩耍。有一年夏天，她们母子俩到青岛前海沿栈桥边上去赶海。赶海就是趁着大海退潮的时候，到海滩上去捉螃蟹、钓蛏子、挖嘎啦（青岛人把蛤蜊叫嘎啦）等。青岛前海栈桥边的海滩非常干净漂亮。海滩上铺着一层很细的颜色各异的沙子，沙子下面铺衬着的松软黑色淤泥特别有利于嘎啦和蛏子繁殖生长。所以很多住在市北或市南的青岛人在夏天会趁着前海退潮的时候，带上孩子、小米达罗（青岛方言，即水桶）和小铲子去海滩，把藏在淤泥里的嘎啦挖出来。如果运气好的话，退潮的几个小时内就可以挖到至少半米达罗嘎啦。把挖出来的嘎啦直接扔进盛有海水的米达罗里，米达罗里的嘎啦便会把胃里的沙子自己吐出来。等回到家里，米达罗里的嘎啦基本上会很干净，没有沙子。用清水洗过后，加水煮开，嘎啦双壳自动打开，这时候就可以吃啦，嘎啦肉原汁原味，非常鲜美。退潮时也可以钓蛏子。不过钓蛏子是一个技术活，不知道窍门，一般人钓不到蛏子，因为蛏子一般比较狡猾，藏得很深。但是，藏有蛏子的地方也会有蛛丝马迹。它们会在沙滩上留下一个圆圆的小洞，为了呼吸交换氧气，下面的蛏子会不断地向上吐出串串气泡。把一根细铁丝插进去，蛏子处于本能就会立即关闭双壳，咬住铁丝，人们往上一提铁丝，蛏子就被俘虏了。赶海的最佳时间一般是清晨或傍晚。和其他青岛人一样，那一次母亲一大早就带着振武大哥去赶海。清晨的青岛，由于其海洋性气候，温度还是比较低，冷风习习。可能是着了凉，赶海归来，振武就发起烧来。大少爷生病，在宋家可是一件不得了的大事，全家都骚动不安起来，上上下下忙个不停。热敷，喝姜水，发汗，用了不少办法，几天过去，振武的烧还是没有退下来。宋领班焦急不安，赶紧派人去请一位在西镇很有名气的瞧病大师。大师来后，先把孩子检查一遍，仔细听母亲讲述了生病的经过，然后告诉家人诊断结果，他说那是孩子在赶海的时候受到惊吓把魂给丢了，得把孩子的魂找回来才能治好病。根据那时候的巫医理论，人有三魂七魄，正常人的魂魄平常会聚集在一起，遇到意外或惊吓，人的魂魄就会分开，叫丢魂落魄。如果所有的魂魄都丢落散尽，人就会死掉。为了把魂找回来，大师建议把振武那天去赶海穿的衣服放在一艘小船上，送回大海。然后再由当事人，那就是母亲，亲自回到当事地点——前海沿栈桥的海边，去把魂叫回来。遵从大师的指点，宋领班请楼下的杨木匠给做了一艘小木船，将振武那天穿的所有衣服都放到船里，送回到前海里。在放船回归大海之前，母亲按照大师的吩咐在前海沿的地上用粉笔画了一个大大的十字，然后抱着振武站在那十字的当中，一边眼睛盯着在海里随着波浪忽上忽下飘摇的木船，一边虔诚地叩念着大哥的小名："泰呀，回来吧！泰，回家吧！"神奇的事情真的发生了，振武的烧很快就退了。到了第七天，他已经是大病痊愈，果然好了。全家人都称神赞奇，认为是大师神通广大，妙手回春。当然，若稍有一点现代医学知识，你就会知道其实那是谎言。如果一个人着凉感冒发烧，即使不吃任何药，通常一个星期也会自己康复。

　　说起流传在民间的封建愚昧和迷信，那时候社会上还经常会有一些其他令人匪夷所思的活动。母亲回忆说，那时候她和周围的亲戚朋友们经常参加一些香会。所谓香会，在传统意义上就是那些吃斋念佛的善男信女们在重要的纪念日，比如观音菩萨生日或曹娥娘娘的忌日等前往寺庙去祭拜。祭拜活动一般由"香头"组织大家一起前往。在寺庙大殿里，七八个人一起念诵经文，祈求佛祖保佑。这本是老百姓一种善良的信仰和对美好生活或祛邪、避灾的良好的愿望。可是在大都市，有些类似的活动就变了味道。1949 年青岛解放前夕，宋领班四弟继颜的办公室在中山路北端，原美军司令部的驻地。他办公室的对面就是当时的华乐戏院（现在的工艺美术商店），戏院的左面有宏济大药房、永康绸缎局、宏仁堂、卖土产的元厚成、一个洗染店亚东商行和记，还有修理钟表和眼镜的三聚福；办公室楼下有福生德禄庄和天顺当典当铺。此处是一个很繁华的地带，宋家的亲朋好友们经常在那里聚会。1949 年春，解放战争激烈地进行着，国军节节败退，国民党内部人人自危，不知何去何从。继颜决定去请当时在青岛很有名气的香头大仙"铜罗锅"来给大家占卜测算一下吉凶、运气与前程。据说"铜罗锅"精通奇门遁甲术，上通神灵、下知魂魄。香头聚会的规矩是必须在晚上。宋家的七八位亲朋好友都到齐了，各自带来了送给大仙的礼品，有送烧鸡的，有送饺子和煮鸡蛋的，也有送红包直接给钱的，礼品都放在门口。大家进屋后，依照生辰八字顺序围着桌子坐成一圈。时间一到，有人把灯关上。在黑暗中大家手拉着手，恭候着大仙。果然，不一会儿，大家就听到有像风沙一样的瑟瑟的声音传来，似乎有一个人随着风沙飘进了屋里。他首先用低沉沙哑的声音向大家问好。大家还没来得及回答，大仙突然说他不能呆在这里，必须马上离开。有人问为什么。大仙说，在座的有人心不诚，身上还带着枪。大家哗然。经互相询问以后，大家都一起赞叹大师厉害，因为的确是继颜在后腰上别着一把手枪。继颜赶紧把手枪摘下，放到抽屉里。在大家的极力挽留下，大仙留了下来。大家请求大仙显灵给大家指点迷津。给在座的各位稍作占卜之后，大仙沉吟了很久，然后慢慢地用凄凉的语调说，他要向大家告别啦，他要带着他的儿孙们走了，再也不回来了。他也请大家都好自为之。随后，又是一阵瑟瑟的风沙声后，留下了一片寂静，大仙走了。电灯重新打开时，大仙的确已经无影无踪，门前的饺子、鸡蛋和钱都没了，烧鸡也只剩下了一些骨头。

解放青岛的战斗还在激烈进行时，青岛大港、小港和团岛的海边码头上停满了载运物资人员准备撤退的船只，远处的海里还有挂着青天白日旗和美国国旗的国民党军舰和美国白吉尔将军所率领的舰队在为撤退船只保驾护航。人们纷纷涌向码头，码头上杂乱无章，一片混乱，撤退和逃跑的人犹如洪水般地扑向那些船，狂奔的人群里有军人、军人眷属、政府官员、机要人员和专家。每一艘船停靠的码头边都挤满了人，人们争先恐后地爬上船的扶梯，船的扶梯在重压下左右摇曳，好像随时都会把那些人从上面弹下来。母亲带着大姐秀梅和二姐淑梅也夹杂在那些惊恐万分的撤退人群当中。宋领班的四弟继颜已经随着部队带着他的家眷登

上了另外一艘船。继颜嘱咐侄子振瀛带着母亲、大姐、二姐上另
外一艘船。几天前，宋领班和四弟继颜商量决定他和儿子振武先
留在青岛探探风声。因为在抗日战争期间宋领班曾经帮助过八路
军购买、运输军火和药物，他想共产党不会把他怎样，若情况缓
和再把家眷接回来，若不行再走也不迟。因为要远行，母亲一行
带着大大小小的各种行李，在拥挤的人群当中艰难地向船边靠近。
振瀛年轻力壮，帮母亲扛着行李，在前面开路。他们好不容易挤
到了船舷的边上，振瀛率先登上了扶梯。那艘船发出了两声长长
沉闷的"呜——呜——"声，那是航船准备启航的气笛信号。船
上的水手们已经准备把扶梯收起，起锚出发了。身后的人们催促
着母亲几人赶紧上扶梯。到了扶梯边，母亲的手搭到了扶梯上，
正准备登上扶梯时，她转过身来，低头看了看两个孩子——大姐
和二姐，又抬起脸来向青岛西镇的方向望去。突然间，她泪流满面，
在后面人们一片不耐烦的催促声中，她好像想起了什么，拽起了
大姐和二姐，不顾一切匆匆忙忙地离去。母亲后来说，她舍不得
她的家、她的儿子和青岛。

　　1949 年 6 月 2 号的凌晨，青岛西北方向的娄山、李村和
沧口方向传来了隆隆的炮声，随后密集的枪声由远而近从水清
沟、四方方向传来。接近中午时刻，中国人民解放军三十二军
的九十四师和九十五师挺进入了市区，占领了青岛市府大楼，
青岛完全解放。

三番两折

　　新中国成立之前的几千年，中国社会一直存在一夫多妻制。对此，中国的历代皇帝推崇备至，妃妾成群，女婢无数。那时娶妻纳妾是令上层社会男人深感荣耀的一件事，家里有多房太太是男人成功的象征和荣华富贵的门面。新中国的成立，彻底打破了中国几千年的封建旧习惯。1949年9月29日通过的《中国人民政治协商会议共同纲领》明确提出："中华人民共和国废除束缚妇女的封建制度。妇女在政治的、经济的、文化教育的、社会的生活各方面，均有与男子平等的权利，实行男女婚姻自由。"1950年5月1日，《中华人民共和国婚姻法》正式实施，决定在中国完全废除一夫多妻制，实施一夫一妻制。

　　除了私有制和一夫多妻制，刚刚成立的新中国面临的另外一大问题是全国5亿多人口当中有4亿多人不识字。城市和乡镇文盲率约为80%，而农村文盲率高达95%以上。那时候，受过教育的女性更是凤毛麟角。毛泽东主席指出，不仅要把中国的妇女从夫权制里解放出来，而且还要帮助她们提高文化素质。因而，新中国举国上下开展了扫除文盲的运动。当时，青岛也办起了各种各样的扫盲班、妇女识字班和夜校。母亲不识字，在区公所妇女主任的鼓励和催促下，母亲走出了家门，和许多家庭妇女一样加入了在西镇举办的妇女识字班。在识字班里，母亲学习很认真，她很快就能认识不少字，而且学会了写自己的名字。除了学习识字，妇女们还认识到了旧中国的各种封建陋习，意识到要废除旧习俗，打破封建腐朽的一夫多妻制，男女平等。

　　形势所迫，大势所趋，母亲和宋家都必须做出决断。因为母亲那时还年轻，与宋领班年龄相差很多，所以政府建议母亲离开宋家。那时，母亲已经为宋家生了 3 个孩子。为了孩子，母亲不愿意离婚，而且若是离开了宋家，她便会再次变得无亲无故、无依无靠。可是国家法律不允许，虽然很不情愿，不得已她还是离开了宋家。离婚时，宋家不愿意让母亲把所有孩子都带走，经过协商，决定让大哥振武和二姐淑梅留下。大姐秀梅小时候生过天花，身虚体弱，母亲执意要把她带在身边。当时在医院里与大姐同样染上天花的还有另外4个孩子，她们都病得很厉害，感染

母亲和她的孩子们（右：大哥振武，左：大姐秀梅，中：二姐淑梅）

住院后基本昏迷。最终其他 4 个孩子都死去了，只有大姐一个人奇迹般地活了下来。天花幸存者往往会留下后遗症，脸上会留下诸多黄豆大的痘痕。幸运的是，大姐不仅劫后余生，而且没留下任何后遗症，正可谓"大难不死，必有后福"。母亲心疼大女儿，坚持要求带走 7 岁的大姐，宋家同意了。虽然父母亲达成了协议，但孩子们都不愿意，特别是年仅 10 岁的大哥振武，他坚决不同意母亲离开宋家。央求不行，他就威胁母亲说："你若要改嫁，将来你就不要指望我会给你养老。"母亲虽然对儿子说狠话心痛万分，可她还是点头答应了大哥。离开宋家后，母亲一生坚守此诺言，到了晚年也从未向大哥提出过养老要求。当然，大哥在晚年也终于体会到了那时候做母亲的是多么无奈和悲苦。

离婚后，母亲带着 7 岁的女儿离开了宋家，她们在附近的东平路 9 号租下了一个小房间。东平路 9 号是一个住着几十户人家的居民大院，有上下两层楼，一楼院里有一个很大的天井；二楼各家环绕在天井的四周，由走廊上的木栏杆相隔。她们租的那个所谓的房间，其实就是通往二楼楼梯下面的那个空间，在楼梯下钉上隔板便隔成了一个狭小房间。隔间里面刚刚能放下一张床，做饭要在走廊上。因为离婚，失去了依靠和经济支持，那一段时间的生活突然变得非常艰难、拮据，让母亲感到无所适从。通过政府有关部门介绍，母亲到青岛税务局局长家当保姆。

当时的青岛税务局在广西路上的一个洋楼大院里，局长是一位入城干部。那时候局长夫妇刚刚生了一个孩子，母亲的工作就是帮助照顾孩子，其他什么事情都不需要做。经过协商，他们还允许母亲带着大姐，一起住在税务局的大院里。

听母亲说，那时候他们是国家供给制，政府干部及其随从和家属都统一在食堂吃饭。那时候的局长还有勤务兵，也是每天跟随着局长在食堂吃饭，一顿饭发一个馒头、一碗稀饭外加咸菜。母亲和大姐也随着在食堂里吃饭。据说局长人很和蔼，太太也很大方，母亲和大姐休息回家的时候，局长太太经常给母亲一些洗衣粉和其他日常用品。局长太太不愿意在食堂吃饭，所以她经常自己在家里做饭吃。做好了饭，她有时也会请母亲、大姐和勤务兵在家里一起吃。平常她做的所有饭都可以随便吃，可是有一个例外。太太做打卤面条很拿手，她自己动手擀面条，打卤子，做好的卤面再淋上香油，特别香。这是她唯一不舍得给别人吃的饭。局长太太还有一大嗜好，就是打麻将。除了在家里打，有时候她和其他太太们会约局在青岛东海饭店里打。

在青岛，"东海饭店"是一个著名酒店，是那个年代青岛最大也是最豪华的酒店。它位置优越，在青岛地角最好的汇泉湾东南部，酒店的建筑结构也是青岛独一无二的。从汇泉湾西北的鲁迅公园远远望去，它矗立在海滩上。它的每层楼外面都有半圆的扇形结构，从天空往下看，它如一波波海潮的涟漪冲向岸边。整个楼体的颜色和海水的颜色极其接近，天气晴朗时，天蓝色的天空和海蓝色的海水浑然一体，东海饭店飘逸在海天之间，犹如海市蜃楼。局长太太那时候还处在哺乳期，得按时给孩子喂奶。但是她打麻将经常会忘记时间，流连忘返，她就会吩咐母亲把孩子送到东海饭店去，一边打麻将，一边给孩子喂奶。

母亲后来跟局长太太熟悉了，局长太太知道母亲的婚姻情况后就开始张罗着给母亲找对象。局长太太介绍了一位税务局的杨科长。杨科长人长得不错，有文化，一身中山装，文质彬彬。双方见面后，彼此印象都不错。经过短暂交往后，就开始谈婚论嫁。杨科长要求母亲放弃对孩子的抚养权，只身一人跟他结婚，母亲断然拒绝了。母亲说，为了孩子，她宁愿不再嫁人。屋漏偏逢连夜雨，就在这时候，母亲发现她在离开宋家时，又怀上了二哥振文。不得已，她只好辞去保姆工作，另寻出路。

母亲是一位性格倔强、不怕吃苦、不怕累的人，她从来都认为世界上的事只要认真去做就没有做不成的。为了生活，母亲决定去速成班学习助产。可是学成以后，几乎没有接生的机会。她又重新回到速成班去学习缝纫技术，计划一边帮助接生，一边在家帮助人家做一些针线活。她相信有了这两个手艺，她就一定能养活自己和孩子。大约就在那个时候，母亲遇见了她的一个老乡马玉珍。马玉珍也是从昌邑老家逃荒来到青岛的。老乡见老乡，两眼泪汪汪，很快她们就成了好朋友。经过她的介绍，母亲在西镇西大森的一个裁缝铺里找到了一份做缝纫的工作。那个裁缝铺的主要经营项目是帮助客户做来料加工，帮助顾客量身定做各种衣服。店里有一位老师傅专门负责接待客户，为客户量身、设计、剪裁布料。其他人负责把裁好的布料用缝纫机做成衣服。刚开始，母亲主要是打下手，做些简单的粗活，比如跑平针、锁边和缲布边等。母亲聪慧伶俐，很快就学会了一些更加复杂的缝纫技术，如沿边缝、折边缝、包边缝、双边折缝和Z字缝等。虽然怀孕的肚子一天一天大了起来，她依然坚持上班，工作十分努力。而且她很有眼神，能及时帮助大家做各种琐碎的杂事，所以她很讨店里的师傅和各位姊妹的喜欢。再后来，母亲也开始学习为客户量身、设计、剪裁布料，还用缝纫机绣花。没有多久，店里的师傅就干脆请母亲也一起入伙，和大家一起经营打理那个裁缝铺。在大家伙儿的努力下，裁缝铺的生意越来越红火，每天会接到很多活。逢年过节，来料加工的衣服和布料经常会多得顶到天棚上。工作虽然很辛苦，而且常常加班，但大家都一起工作得很愉快。

正当母亲在裁缝铺的工作开始安顿下来，1953 年 7 月 15 日，二哥振文出生了，母亲只好请假回家做月子。在做月子期间，裁缝铺的姊妹们经常上门探望问候，带些好吃好用的东西。母亲的好朋友马玉珍也不断地送汤送饭，帮助照顾婴儿。没等到孩子满月，母亲就迫不及待地回到裁缝铺继续上班。为了照顾孩子和工作两不误，母亲就干脆带上孩子去上班。随着时间的推移，母亲靠着缝纫工作赚了一些钱，她做的第一件事就是买了一台崭新的黑色英国进口的五斗式"英伦牌"缝纫机。母亲说要想做好活就得有好家什。所谓"五斗"就是整个缝纫机有5 个盛东西的空间。缝纫机两边上下各有两个抽屉，共 4 斗，用来盛针头线脑、剪刀和量尺等。缝纫机使用完毕后，为了保护缝纫机机头，可以把它折叠放进下边的中心斗里。中心斗上边有一个可以折叠的盖子，再次使用时，把缝纫机机头从中心斗里提上来，向左打开折叠的盖子，缝纫机的工作台面马上就增加了一倍。为了一边干活，一边看着孩子，母亲干脆把二哥振文放在缝纫机的折叠盖上。听说，随着振文体重的增加，那折叠盖子后来被压裂了。

不管怎样，缝纫工作顺利了，家里开始有收入了，母亲的生活也就随之逐渐改善。因为母亲已经学会做衣服，逢年过节，

56

母亲也会用裁缝铺里做衣服剩下的下脚料给每一个孩子都做上一套新衣服。听大姐说，那时家里也开始能偶尔吃上猪头肉了。随着生活的改善，也因为振文开始跌跌撞撞地走路，楼梯下那狭小的房间实在住不开了。凑巧有一天，负责收房租的小张告诉母亲，二楼上的房客因付不起房租很快就要搬走了。母亲赶紧说，那就请把那间房租给她吧。小张同意了。母亲就高高兴兴地带着两个孩子搬到了二楼上的那个新的房间里。那房间虽然不大，但很敞亮。楼上的这个房间在二楼拐角的一个单元，单元里面总共可以住两家，隔壁住的是肖爷爷和肖奶奶老两口。单元里有一个与肖家共同使用的卫生间。那个卫生间很独特，里面有一个西洋式带座位的马桶，还有一个窗子冲南，面向冠城路，所以白天卫生间里总是阳光明媚，坐在马桶上就能看到远处的青岛前海沿及栈桥。

母亲的日子好起来了，有了一个属于自己的家。她的个人生活也开始有了起色，在社会上认识了一些朋友，其中包括马玉珍和另外一个叫春红的老乡，她们有机会也会一起出去逛街。马玉珍跟母亲特别要好，为了表示她们姊妹情深，而且她们还都是老乡，本家都姓马，马玉珍就极力鼓动母亲把在宋家起的名字"华蕊枝"改成与她相近似的名字"马桂珍"。母亲很高兴地同意了，随后在马玉珍的陪同下到东平路派出所把名字正式改成了"马桂珍"，这个名字也就从此伴随了母亲的一生。

1949年新中国成立后，中国发生的另一个翻天覆地的变化就是在中国共产党领导下的中央政府在农村打土豪分田地，在城市改造资本主义私有制搞公私合营，采用赎买的办法将资产阶级的生产资料收为国家所有。宋领班的五弟继孟在青岛铁路局做一般职员，所以历次运动基本没有受到严重冲击。四弟继颜因为是国民党的军官，他在解放前夕携其全家随着国民党军队撤退到了台湾，住在台北。后来继颜退伍，带领他的家人在台湾做生意，开起了电厂，逐渐发达了起来。几十年后，宋家在台湾的那一分支发展成了一个几十个人的宋氏大家族，人丁兴旺，家业繁荣。

然而，宋领班的晚年却时运不济。前面提到，在青岛解放前夕，他决定继续留在青岛看看风向，其中的一个主要原因是他自认为是一位爱国人士。在抗日战争期间，他利用在铁路上的工作关系和影响帮助过八路军购买、运输军火和药物等物资。在那期间，他曾经还一度辞去了他在铁路上的工作，专门走私军火物资。大陆解放后，他又重新回到了青岛铁路局继续工作。然而，因为他在解放前曾一度离开过在铁路上的工作，工龄不连续，按照规定，他退休后没有退休金。另外，也因为他家庭出身不好，后来他本人被划为所谓的"三开人物"，就是日伪时期吃得开，国民党时期也吃得开，新中国成立后还想吃得开的四面威风、八面玲珑的人物。于是宋家被赶出了广州路5号的小洋楼，被政府安排搬到朝城路22号的铁路工人宿舍。总而言之，宋领班老年运气不好，生活拮据，穷困潦倒，于1958年12月10日离世。

大约在1954年，母亲通过春红和马玉珍的牵线搭桥认识了我父亲。我父亲那时在青岛泰安路21号的建华轧钢厂当炼钢工人。青岛轧钢厂起初是在1934年由烟台义昌信商行青岛分号发起建成的。在日本占领青岛期间，该厂被日商用87箱"红锡包"香烟强行购买，更名为"大和铁工厂"。日本投降后，义昌信商行青岛分号又重新从南京国民政府手中赎回了工厂，改称为"青岛建华制铁厂"。新中国成立后，青岛建华制铁厂改制为公私合营青岛建华压钢股份有限公司，1956年改名为"公私合营青岛建华轧钢厂。那时候父亲在青岛建华轧钢厂刚刚工作了几年，但是作为炼钢工人，工资待遇还不错，所以父亲积攒了一点钱。有积蓄了，手头上也比较宽裕，像今天的年轻人一样，他也开始讲时髦，喜欢进口的洋货。听说那时父亲出门时经常身着毛呢子衣裤，脚蹬闪光的黑皮鞋，还骑着一辆进口的德国钻石牌自行车，戴着德国进口的手表，连行李箱都是进口的牛皮箱子，宽宽大大很气派。年轻时候的父亲人外貌英俊，个子高大，有1.78米高，身材匀称健壮；因为长期从事体力劳动，所以肌肉发达，很有男人相。他的脸型也长得很好看，修长，颧骨略高并有棱角，尖下巴，细薄的嘴唇。他还有一对锐利明亮的大眼睛，双眼皮，高鼻梁，鼻尖略呈鹰钩状。虽然父亲那时已30多岁，但他还是朝气蓬勃、风度翩翩、风流倜傥。私下里，很多姑娘都悄悄地称他为"俊巴"（即英俊帅气的小伙子）。然而，父亲虽然表面上洋气时髦，可骨子里的本性却是老实巴交的，为人忠厚诚实。

那时我父母两人都还年轻，郎才女貌，情投意合，一拍即成。有趣的是，初次见面，父亲一见到母亲就说，我早就认识你。母亲诧异，感到有些不解。父亲很神秘地眨了眨眼，然后微笑着说他们曾经在永安大戏院看戏时见过。母亲会意地笑了。可见父亲对母亲不是一见钟情，而是一往情深。父亲则狡辩说，他之所以和母亲结婚是出于同情。因为他们一起交往的时候，母亲不会做饭。有一次为了款待他，母亲在东平路的家里用一个茶盘笨手笨脚地给父亲烙了一张面饼。看着母亲笨拙但认真做饭的样子，父亲很感动。父亲会做饭，所以他就决定和母亲结婚。正是因为母亲不会做饭，他们婚前有约定，结婚后母亲不做饭、不刷碗，父亲负责做饭刷碗。在以后很多年里，他们都一直基本维持着这个约定。这对今天讲究男女平等的青年男女来说，可能不是一件什么难事。特别是在中国南方，男人理家做饭是理所当然的事。然而这对当年一个北方的，特别是山东的男子汉来说是一件很不容易的事，可见父亲对母亲的挚爱。1956年，母亲与父亲正式结了婚。结婚以后母亲经常取笑父亲，说他土气。因为我们在东平路的小家使用的是坐式马桶，在当时一般老百姓家里见不到。父亲住进来后，从未用过坐式马桶的他竟然不知道怎么使用厕所，他便两脚踩在马桶上，结果闹出了笑话。

父 亲

　　我父亲1918年2月18日（农历戊午年正月初八）出生在山东日照巨峰邱后村，属马，水瓶座。父亲原名叫赵公和，按照家谱，他属于公字辈，但父亲后来改名赵奉和。据他自己说是因为进青岛后结拜了几位兄弟，为了表示他们兄弟间的友谊情同手足，他们哥几个都把自己名字当中的字改成了"奉"字。

　　既然我家姓赵，那就先说一说赵姓的来源和我们赵家这一支是从哪里来的。赵姓是《百家姓》里的首姓。"赵钱孙李，周吴郑王"大概是中国人老幼皆知、口耳相传的《百家姓》中的前几大姓。《百家姓》是一本关于中国姓氏的书，出自北宋初年，书里记录了中国400多个姓氏。赵姓之所以被列为第一，那是因为北宋开国皇帝赵匡胤姓赵。然而，赵姓并非中国最大姓氏，赵姓人口在当今中国只占总人口的2%左右，排名第八位。中国人数最多的姓氏曾经是李姓。但时过境迁，现在中国的第一大姓是王，人数约占全国14亿多人口中的7%。中国目前的前十大姓氏为王、李、张、刘、陈、杨、黄、赵、吴、周。现在全国赵姓人口约为 2700 多万，多见于中国北方。赵姓在中国分布最多的省份是山东，赵姓人口约占全国赵姓人口的 9.8%。同全国比例一样，在日照，还是王姓第一，赵家第八。不管怎样，赵姓依然是我们引以为豪的姓氏。

根据家谱和祖辈们的传说，我们赵家这一支是在大约 600 多年前的元朝末年才迁移到山东的。这时的元朝已经走到了穷途末路，开始彻底衰败。经过多年的征战，元至正二十七年（1367），朱元璋认为彻底消灭元朝的时候到了，遂命徐达为征虏大将军，率领大军北伐，与元军决一死战。徐达的北伐灭元之战历时两年。明军首先攻取了山东，继而转攻河南，然后夺取了河北及元朝大都（今北京），最后从根本上推翻了元朝的统治，从而建立了明王朝。

由于多年的战争厮杀，山东、河南和河北军民百姓死伤无数，老百姓就像一茬一茬的野草被一片一片地砍倒在中原大地上，战争导致山东、河南和河北一带的人口大量减少。朱元璋建立明朝后，启动了在中国历史上空前的、在世界历史上也是罕见的长达 50 年的全国范围内的移民大迁移。著名的"洪洞大槐树"处就是那时明朝政府在山西洪洞县设立的移民中心。今天的山东特别是莒县、莒南县一带的赵氏家族就是来自全国不同地方的不同移民分支，据说有密云赵、南方赵、山西赵、江苏赵，我们家这支应该是属于江苏赵的后裔。

据说，在明朝洪武初年那次移民大潮中，有赵氏三兄弟——赵学、赵习和赵芝，自今天的江苏东海一带一起来到了山东临沂临港的朱芦镇赵家土山落了户。后来赵氏三兄弟分了家。分家后，三兄弟便各奔东西自谋生计。大哥赵学及后裔留在赵家土山和址坊、石场和横沟一带，老二赵习迁往北边的莒县，老三赵芝进入东边岚山一带。因为我们的先祖是来自朱芦镇赵家土山，所以我们应该是长支赵学的后代。印证这一点的根据是先辈留下的家谱，辈份依次是洪、同、学、泉、宗、公 / 恒、玉 / 良、忠 / 吉、祥、广、加、庆、西 / 自、安 / 然、康。另外，在大约两百年前，我的太爷爷赵泉和太奶奶赵杨氏依然住在赵家土山附近的址坊庄。在那里，他们生下 4 个儿子：老大赵宗德，老二赵宗茂，老三赵宗盛和老四赵宗成，我爷爷就是老二赵宗茂。到了我爷爷那一辈，因家乡常年闹饥荒，他们就决定离开址坊老家到外面去碰碰运气。爷爷的大哥宗德带着三弟宗盛和四弟宗成去了东北，闯关东。我爷爷和奶奶赵李氏没有走远，他们离开了址坊后先在青墩住了一段时间，后来又搬到了邹北岭北山，在日照巨峰邱后村落了户。

父亲出生于 1918 年，那年恰逢西班牙流感在全世界开始大流行。那场瘟疫来势凶猛，蔓延得很快，最终感染了大约 5 亿人口，约占当时全世界人口的 1/3，大约造成了 5000 万到 1 亿人死亡。和 2019 年年底开始的新冠病毒的全球大流行不同，那是由一种流感病毒的传播而造成的全球性瘟疫，死亡最多的不是老年人而是青壮年，那次大流感的死亡率也比 2019 年新型冠状病毒感染的死亡率高得多。由于对病毒感染的认识不足，很多人把那场大流感形容为"骨死病"或"五日瘟"，特别是感染者脸色发青、咳血死亡的现象，给那时候的老百姓带来了极大恐慌。幸运的是那场大流感没有波及到赵家，父亲的到来还是给赵家带来了很多欢乐。

因为父亲是长子，爷爷和奶奶都非常疼爱他。但父亲生下来后身体虚弱，经常生病。那时候家里穷，而且在农村一般农民也请不起郎中瞧病，所以就用各种各样的土方子治病。用艾蒿灸身体治病是在中国农村流传千年的一个非常普遍的治疗方法。艾是菊科蒿属植物，干燥的艾蒿燃烧时会产生非常特异浓烈的香气。据中药理论，艾蒿有祛湿、散寒、止血、消炎、平喘和止咳等作用。用艾蒿治病的一种方法就是首先将艾叶晒干后捣碎成艾绒，再用棉纸把艾绒卷成像雪茄或蜡烛一样粗细的艾蒿卷。将艾蒿卷的一端点燃，缓慢燃烧着的艾蒿可以直接或间接放在需要灸治的身体部位，透过艾蒿散发出的灼热和香气即可以治病。听父亲说，他小时候爷爷和奶奶经常给他灸艾蒿，头疼灸头，脚疼灸脚，哪里不舒服就在哪里或者相关的穴位灸诊。其中一个见证就是父亲的脖子后面一个铜钱大的疤痕，据说就是直接灸艾蒿留下的。

父亲说，他小时候冬天农田里没有事情做，爷爷便和村里的一伙人到沂蒙山区伐树挣钱。沂蒙山是山东中南地区的一大片山脉，人们听说最多的应该是沂山、蒙山和孟良崮等大山。从日照老家到沂蒙山区一带有几百里路，每到冬天大家伙儿便一起推着三轮木车携带家眷，像赶集一样蜂拥前往沂蒙山区过冬伐树。沂蒙山上有落叶松、黑松和刺槐等，树的高度都在20米以上。在没有现代化工具的年代，在森林里伐参天大树需要大家伙儿齐心协力，否则是会出人命的。比如要伐掉山坡上的一片树，大家要从山底开始伐，逐渐往上移。在砍树前，得有人先爬上树用绳子把树上面拴住，绳子另一端要在下面固定好。每个人都要从面向山下的一面开斧，砍树人也要保持一定的距离，同时开始。用斧头砍树也很有技巧。为了避免树倒下来时落错了方向砸着人，伐树工要一斧一斧地把树干的一面砍成一个斜三角形的开口，三角形的长边在上面，尖端在下面。三角形的深度要恰好，砍得太深，树会突然倒下，极其危险；砍得不够深，树倒不了。在一切就绪，把树拉倒之前，大家就都会一齐停下来，大声吆喝、相互响应。一声令下，大家喊着号子，拼命地拽拉着拴在树上的绳子。就这样，一排排的参天大树随着有节奏的阵阵吼声，如海涛汹涌，排山倒海般呼呼啦啦地倒了下来。

男人们在山上伐树，女人们便会满山遍野地拾柴火，挖野菜，采野果子和野蘑菇等山货下饭充饥。父亲说，在他很小还不能走路的时候，奶奶每天都背着他在家做饭或下地干活。那年头背孩子就是用一条破被单把孩子包在里面，背到后背上，然后在胸前打个死结。有一年奶奶背着他上山挖山货，山上的雪特别厚。奶奶是一个小脚女人，在冰天雪地里还背着一个孩子，本来走路就不稳当，加上冰冻路滑，一脚没踩稳，她就从山坡上滚了下来。奶奶脚崴了，脸和头也都碰破了，鲜血淋淋，疼得她站不起来。孩子也被石头撞得哇哇大哭。奶奶大喊："救人呀！救人呀！"可是满山遍野没有人烟，只听到远处山谷那边传来了"救人呀！救人呀！"的阵阵回声，没有人响应。天渐渐地暗了下来，温度也变得越来越低。奶奶怕把孩子冻死，也怕野狼来袭击他们，她挣扎着，拽着父亲，连滚带爬地找到了一个背风且上面盖有很厚的雪的一个雪窝子，用树枝把雪窝子上面遮住，藏在里面。傍晚时分，爷爷回家发现家里没有人，就马上招呼了几位乡亲一起上山，打着火把吆喝寻找，终于在雪窝子找到了奶奶和父亲。父亲晚年经常唠叨起此事——没有奶奶的舍命救护，就没有他的一生。因此，父亲非常感恩，在奶奶的有生之年，父亲在奶奶膝下尽心尽力地照顾，非常孝顺。

我爷爷是一个地地道道的农民。爷爷和奶奶搬到日照巨峰邱后村落了户以后，在那里先后生了5个孩子，四男一女：赵公兰（大姑）、赵公和（我父亲）、赵公臣（二叔）、赵公瑞（三叔）、赵公元（四叔）。虽然搬了家，可是日子还是没有很大的改善。爷爷那时年轻力壮，为了养家糊口整天东奔西跑，竭尽全力地撑着那个家。奶奶也是起早贪黑，辛辛苦苦地拉扯着孩子们。孩子多了，张口吃饭的人也多了起来，家里开始变得更加窘困，但赵家时来运转的机会很快就到来了。

从1937年的"七七卢沟桥事变"到1945年8月15号日本天皇正式向全世界宣布无条件投降的整整8年时间，中国大地惨遭涂炭，民不聊生。也就是在这8年期间，父亲和他3个兄弟都逐渐地长大了。赵家在邱后村本来是个来自外乡的独姓独户人家，刚刚搬到村里的时候，很受村里大姓人家的歧视。但随着赵家4个小伙子逐渐长大，家里有了壮劳力，下地干活的人也多了，家里的生活开始明显好转，在村里的地位开始上升并趋于稳定。特别是赵家的4个大小伙子，个个浓眉大眼、身高体壮、俊俏迷人，很受村里许多年轻姑娘的青睐，甚至村里的各大姓人家都打破了男家向女家提亲的传统，通过媒人不停地前来攀亲。

虽然赵家兄弟们有些高傲，看不上那些被提亲的姑娘，但爷爷非但不敢得罪村里的那些大户人家，还要讨好他们，与他们搞好关系，于是就决定先后与大姓的崔、叶和邹3家联姻。崔家是村里的首富，崔家的大当家人因曾经生过天花，脸上落下了满脸麻子，所以村里的很多人都背后称他"崔麻子"，他在村里是一位说一不二的人。崔家姑娘也是因为生过天花落下了一脸麻子。崔家向赵家提亲，迫于压力，爷爷只好答应了这桩婚事，让三叔公瑞娶了亲。二叔公臣娶了叶家的姑娘。父亲也与邹家的女儿邹乃蓉结了婚，后生下了一女一男，即我大姐赵玉英和大哥赵玉存。

山东是中国的主要抗日根据地之一。1940到1945年间，八路军的山东纵队和第一一五师迅速发展，在1940年10月已有7万余人。1941年8月19日，中共中央决定山东纵队归第一一五师指挥。11至12月，第一一五师同山东纵队在沂蒙山区粉碎了日伪军5万余人的"铁壁合围"大扫荡。1942年8月，根据中央军委指示，山东纵队改为山东军区。1943年3月，山东军区与第一一五师合并，成立新的山东军区。八路军一一五师的司令部就安扎在莒南县大店镇，距离我老家赵家土山约30公里。1945年8月中国共产党的第一个省政府"山东省政府"就是在那里诞生的。罗荣桓、朱瑞、陈光、黎玉、萧华、陈士榘、谷牧等老一辈革命家都曾长期在莒南生活、战斗、工作，所以莒南也一度为山东省党政军指挥中心，被誉为"小延安"。

　　1940到1945年间，山东莒南县和日照一带的抗日活动特别活跃。据父亲回忆，他奶奶的一个远房弟弟李春信那时带领着一小批八路军，经常在邱后村一带活动。我父亲虽然仅比他小一岁，但因辈分不同，还是要叫他姥爷。借着亲戚的关系为掩护，李春信白天在外边活动，晚上便躲在我爷爷的家里。那时候人们常说八路是"把脑袋拴在裤腰带上打日本"。战争年代，一般老百姓人心惶惶，天天提心吊胆，更何况我爷爷还是在保护八路，那可是冒着生命危险的。为了报答爷爷，李春信和中共地下县的一位庄县长给爷爷一些大洋和花生，建议爷爷开个油坊，那样既能赚钱又能遮人耳目，有利于抗日人员进出走动。爷爷按照吩咐和儿子们开起了打油坊，也称"榨油坊"。榨油，简单地说就是将花生、大豆、油菜籽、芝麻等原料通过烘焙、碾磨、上甑、过蒸、拧饼、开榨等工序榨出花生油、豆油、菜籽油、芝麻油等。榨油剩下来的油渣已压碾成花生饼或豆饼等。那时候的老百姓基本上吃不饱，所以花生饼和豆饼是难得的充饥好食物。开榨油坊是一件极其辛苦的营生，不但要起早贪黑，而且烘碾压榨是比下地锄地要累得多的活计。曾经有民谣唱到"幺妹相思在绣房，哥哥流汗在油坊"，可见榨油是要日日夜夜在油坊里靠上的。不管怎样，靠着榨油，赵家终于逐渐地富裕起来了。

　　新中国成立后，人民政府开始了土地改革运动，简称"土改"。据父辈们回忆，虽然我们赵家开了一家榨油坊，还算富裕，可是绝对不可能被划为地主阶级。另外，爷爷为人一向和蔼，他还胆小，从不得罪人，所以就更不可能是恶霸。但前面提到我爷爷为了不受大姓人家的欺负，决定和大户人家联姻，在土改期间反而受到了牵连。爷爷和亲家崔大麻子被土改工作组的人一起抓了起来，关进了一间小黑屋里等候处置。据说，有一位好人私下悄悄地给爷爷和崔大麻子送了口信，说明天就要"砸人"了，让他们赶紧逃命。爷爷胆小，害怕遭难，便趁天黑砸破后窗逃跑了。崔麻子因为曾经是村里的霸主，在村里是一位说一不二的人，他不相信村民真敢对他下手，所以他坚持不跑，想看看那些农民敢把他怎么样。结果第二天他真的被活活打死了。那位给我爷爷大洋的李春信，解放后进了青岛做了官，在北海舰队某部队当后勤部部长，被授于上校军衔。父亲进青岛后，李春信还帮助父亲找了一份稳定的工作，也算是对赵家在抗日时贡献的嘉奖。

解放战争时期，山东是国共双方的主要战场。1947年，著名的孟良崮战役就发生在今临沂市蒙阴县东南的孟良崮地区。有名的芭蕾舞剧《沂蒙颂》，就是以解放战争时期沂蒙山老区人民的拥军故事为题材创作的。那个时期，国民党在农村到处抓壮丁、民夫去支援部队。有一天，国民党军队给村里派名额，找农民去前线抬担架，名曰"出夫"。因为没有人愿意去，村保长就用抽签的方式找人，谁抽中谁去，结果父亲抽中了。不得已，父亲只好随着国民党部队去前线抬伤员。据父亲讲，那场战役打得很惨烈，天上有飞机轮番轰炸，地下有大炮和机枪不停扫射。眼看着前面的士兵们一片一片倒下，子弹在头顶上和身体周围嗖嗖飞过，他怕得要死，趴在地上不敢动，但后面有持枪的兵督战，不得已还是得硬着头皮上前去抬伤员。

　　到了晚上，国民党军队怕他们逃跑，便把他们一起关押在一个大通屋里，由一个士兵在门口持枪站岗看着。夜里，父亲怎么也睡不着觉，为如何能够逃跑辗转反侧。他寻思着，若继续留在战场上，看那战役的阵势，必死无疑，可要是逃跑不成，被抓住也得被枪毙。琢磨来琢磨去，反正都是死，不如逃跑碰碰运气。所以，在一个月黑风高的晚上，趁着哨兵睡着了，他从地上悄悄地爬起来，慢慢地蹭到哨兵的身边，确认他真的睡熟了以后，便蹑手蹑脚地从哨兵的身边跨过，溜了出去。在肯定没有人注意到他的时候，撒开双腿拼命地跑，一直狂奔没敢回头，结果死里逃生了。

　　逃出来后，因为害怕国民党报复，父亲也没敢回老家，就干脆一路奔向了青岛，投奔他在青岛的姥爷李春信。经过李春信的介绍，父亲在青岛泰安路的建华轧钢厂当了一名轧钢工人，从此算是在青岛扎下了根。

记忆里的家

　　1957 年 5 月 20 日，我出生在青岛市南区东平路的一个小医院里。据母亲说，我刚一出来就"大闹医院"：出生的第一个晚上，我在医院里哭了整整一宿，而且一边哭一边将两个小脚来回对着使劲搓，结果磨起了泡。我的哭声洪亮震耳，把值班护士搅得心烦意乱，睡不好觉。她几次过来给我换尿布，极不耐烦，她像拎青蛙一样拎起了我的两只小脚，撩撩打打且嘴里嘟哝着："这孩子到底是怎么了？"母亲也说我这个孩子"各路"，青岛话的意思就是另类。因为她说在怀着我的时候就感觉非常不一样，好像是怀了一个怪胎，后来还大出血。所以她就认定我跟其他的孩子不一样。

　　我出生的前一天傍晚，母亲开始肚子疼，估计可能是要生产了。那天父亲正好在上夜班，母亲就打发 12 岁的大姐秀梅赶紧去泰安路建华轧钢厂告诉爸爸，让他赶紧回家。大姐痛快地答应了母亲便匆匆忙忙地离开家，一路小跑，穿过青岛火车站，赶到泰安路建华轧钢厂的大门口。那时候，12 岁的大姐特别内向腼腆。到了厂门口，她看见那里有很多工人忙忙碌碌地进出工厂，没有人顾得上看她一眼，她不敢问路，也不敢进厂，结果就畏缩在厂门口等着。直到第二天早晨父亲下班，经过厂门口时才发现大姐在厂门口待着，问过后才知道她已经在那里等了整整一个晚上。幸好母亲那天晚上没有分娩。

　　大约在我3岁的时候，我家从青岛市南区的西镇搬到了市北区的聊城路。和市南区不同，在日伪时期，市北区曾经是日本人聚集的地方。我们住的那一带曾经被日本人称为"新町"，即新区的意思。聊城路是日本人居住区中最繁华的一条南北向街道，取名"中野町"，整条街的楼房建筑都是日本式的。聊城路南起禹城路，北至陵县路，南面的胶州路和北面的吴淞路是把聊城路割开的两条东西向的行车大道，聊城路东段自南向北有博平路、高唐路、夏津路和武城路与其相交，西侧自北向南有市场一路、市场二路、市场三路和李村路。聊城路上有商号各异的日本商店，当时青岛最高档的日式饭店"第一楼"就坐落在聊城路和胶州路交叉路口。聊城路周围的各条街道也曾经是日本人的娱乐和商业区，比如聊城路东面的临清路是日伪

日伪时期的聊城路。街左边的淡色二层楼就是我家所在的聊城路106号大院。

时期的吃喝玩乐一条街，有日本料理店和妓院，是日本人灯红酒绿、纸醉金迷的地方。

青岛聊城路 106 号新貌

我家住在聊城路 106 号大院 2 楼 22 户。106 号大院是一个日式的大杂院，院内的建筑结构错综复杂，是我在其他地方从未见到过的一种很独特的里院式楼宇结构。整个大院有前后两栋楼，在里院内相互连接。大院进口在聊城路和夏津路的交叉路口西端，是一个很深的拱形门洞。门洞右边有一个小房间，想必是过去的传达室或警卫室。后楼坐落在一个小山坡上，有3 层，每层 4 户人家，总共 12 户。前楼有两层。前楼一层朝东的一面在店铺林立的聊城路上。面对着大门洞，左侧朝市场二路方向有一个玻璃制镜厂的门市部，门市部里经常会看到一位年逾花甲、戴着老花镜、满面慈祥的老吴师傅。除此之外还有一个牙医诊所和一家洗衣店。右侧向市场一路方向是一家粮店、一家钟表修理商店和拐角处的一家修鞋店。前楼二楼是居民区，我家就住在二楼上。

如果从天上往下看，二楼院子的结构是南北向的长方形，被隔成 3 个方形天井。从当中的天井能看到一层进门洞的通道，也就是从聊城路进大院经过的门洞上端开出的露天口。南北两边的天井则在二楼，由 14 家围绕形成了两个正方形的院子。天井南边有 7 家共同拥有的一个方形水泥地的小院子；天井北面也有一个同样大小的小院子，围绕着 7 户人家。天井两面各有一间公共厕所，整个前楼的人家共同使用一个水龙头。最奇怪的是 14 家的门脸都不一样，也不对称，房内结构也各异，所以非常奇异。各家基本相同的地方是每家进门处都有一级石头台阶，上了台阶后才是木制地板，想必是日本人进门后换鞋的地方。记得我们院子里的个别房间里还有日式木格子的推拉门。

我家在天井西北角上，西北角总共住了赵、毛、孙 3 家。因为各家的门都在院拐角的房檐里面，3 家还共享一小块房檐下的三角地带。在这难以想象的狭小房檐下，除了保留进门的道路，3 家在各自门前都有一个带风箱的炉灶和一个盛油盐酱醋的柜子。每天起火做饭，3 个人拉风箱，3 个人炒菜做饭。在做晚饭的时候，各家的大人们会拉呱，扯天南地北，说东邻西舍，人声喧哗，各家的风箱也都会拉得此起彼落，气氛倒也其乐融融。

我们在聊城路 106 号的家小得可怜，只有一个房间，12.7 平方米。因为是日本式的建筑，屋内外大多都是木制结构，地板是由约 6 厘米宽的朱红色漆木板条拼接在一起的。整个房间由一个南北向、大约有 10 平方米的大长方形和一个大小恰好能放下一张单人床的小长方形相互连接而成。不知道是什么原因，小长方形的地面不是木板而是水泥地面，床东端有一扇小窗户能看到院里。10平方米的大长方形是房间的主体，西面墙当中有一扇大窗，可是因为那窗被后楼遮着，所以屋里很暗。整个屋子空间狭窄，西窗右边放着一张双人床，床左边的空间里放置了两个上下摞在一起的木箱。箱子除了盛放被褥外，压箱底的有母亲的各式旗袍和一套父亲穿过的呢子中山装。因为怕虫子把衣服咬坏，箱子里有很多樟脑球，箱子一打开便有一股非常刺鼻的味道。每年春天母亲都会把箱子里的衣物拿到院子里晒一晒，每当看到那套中山装时，母亲便会告诉我说那套衣服是专门给我留着的，等我长大以后才能穿。除了箱子，那里还能放下一台缝纫机，夹缝还能塞进一辆自行车。在那里，父亲的德国"钻石牌"自行车和母亲的英国"英伦牌"缝纫机也终于相遇，紧紧地贴到了一起。在剩余的空间里，窗子左边有一张四人大桌，桌子上摆着一个漆木老收音机，桌子上方挂着父亲的奖状和一个挂钟。桌子靠墙的两边各有一把椅子，桌子下面有两个凳子和一个盛粮食的大缸，大缸用一个芦苇盖件盖着。窗右东墙边摆着一个日本式对门玻璃立柜，里面放着一些杂七杂八的锅碗瓢盆。那个立柜本来是一个书橱。我小时候，母亲经常鼓励我要好好学习，说等我长大了，她会把那立柜送给我当书橱用。本来我家的那小房间已经够拥挤了，到了冬天，我们还不得不在屋里再装上一个煤炉取暖、做饭。炉子出烟依靠多节连接在一起的烟囱，一端接着炉子，另一端通向室外。可是我家那出烟口刚好在前后楼的夹缝之间，基本没有空气流通，没有风时，烟散不出去，我们只好在家里用蒲扇对着炉子口扇，把烟扇出去。但当冬天刮起西北风时，外面的风便会把烟倒灌回屋子里，青岛人称"倒烟"。在三九严寒的冬天，我们经常不得不把家里前后的门窗都打开以疏散倒烟。

　　虽然那时家里房子狭小拥挤，但那毕竟是我的家。有父母亲的疼爱，我童年的岁月还是过得五彩缤纷、有声有色。父母说为我长大有个伴，后来妹妹玉美也在那里出生了。二哥振文时常也会住在家里。所以我们全家 5 口人，有的时候是 6 口，就是那么拥挤地住在那样的一个小屋子里。现在我跟我的孩子们描绘我从小长大的家时，他们都不能想象那是真的。为了扩展空间，不让全家拥挤在两张床上，父亲就在小单人床的上面安装了一个尺寸同样大小的吊铺，并在床前挂上一个铁的扶梯。我睡在吊铺上，因吊铺离屋顶太近，所以在吊铺里面只能躺着或坐着。1977 年，中国恢复高考。我在准备考大学的时候，为了晚间复习功课，同时减轻对父母亲休息的影响，我就在吊铺的开口处装上了一个硬纸壳糊成的门来遮挡光线。我自己躲在吊铺里面，用一个盛衣服的大木箱作为书桌，盘着腿坐在箱子前，夜以继日地补习功课。就这样我考上了大学，从此改变了我自己的人生轨迹。

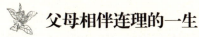# 父母相伴连理的一生

　　我家搬到聊城路以后，家里的一切开始按部就班地安顿下来，日子过得很有规律。父亲脱掉了他的呢子中山装，换上了普通工人穿的衣裳，虽然还是穿中山装，但那是一般的铁灰色卡其布装，皮鞋也换成了布底鞋。他还继续戴着那顶深蓝色的呢帽，一戴就是几十年。我家从西镇东平路搬到市北聊城路的一个主要原因是父亲所在的青岛建华轧钢厂在东镇昌乐路3号建起了青岛第三钢铁厂轧钢分厂（后改名为国营青岛轧钢厂），父亲被调到昌乐路三钢轧钢分厂工作，从市北聊城路到东镇昌乐路上班的路程能近很多。

　　在厂里，父亲工作非常努力，曾经屡获模范职工称号。作为轧钢工人，他做到了五级技术工人。在那时候，五级技术工人已经是很高的技术级别啦。父亲的绝活是用钢丝盘打各种各样的钢丝扣结，他能把各种需要捆扎的金属物件很轻松地捆扎得结实而漂亮。利用同样的技巧，父亲在家里也能帮着母亲编扎各种各样中式便服上的纽扣，比如斜襟棉袄上的那种很漂亮的琵琶扣、女式服装上的老婆扣和男式服装上的老头扣等。父

亲为自己有如此刚柔兼备的手艺感到满意，他也很有信心他的技术级别会继续与日俱增。

只可惜，事与愿违，父亲后来受了工伤。轧钢工人的工作是很危险的。"轧钢"就是首先把半成品的钢锭或钢坯通过高温加热到可以变形的开轧温度，然后再按照设计把高温毛坯钢在轧钢机里通过辊轧成钢板、拉成钢丝或者卷成钢管等不同形状的成品钢。普通钢的开轧温度一般都在1000℃以上，那温度可以瞬间把人体熔化。在车间里，火红炙热透亮的钢筋像条条火龙一样在轧钢机的转盘上转来转去，上下翻动，经过拉长、变形，最后变成的一条条铁条或一片片铁板，仍是红彤彤的。轧钢工人的工作就是在轧钢机的转盘前，用一根很长的铁钩子引导着那一条条喷火的钢筋，以确保它们能按既定轨道盘旋。一旦某条钢筋"不守规矩"越出轨道或冲到地上（工人称这种状况为"飞钢"），轧钢工便会用一个长夹钳将其夹起，重新放回轨道或重新塞进轧钢机。通红炙热的钢筋被重新塞回轧钢机的那一瞬间会激起一团烟雾，火星四溅，情景极其壮观，然而其危险程度也可想而知。有一天父亲在班上，车间发生飞钢事故。火红的钢筋突然脱轨，直冲父亲飞了过来。父亲急忙躲闪，身体躲过了钢筋，但掠过的钢筋却烫伤了父亲的右腿肚子，留下了一个茶杯大的圆形伤疤。不管怎样，父亲大难不死，化险为夷。为了照顾工伤，父亲被调到厂里保卫科，当了门卫，看守工厂大门。后来青岛轧钢厂的一部分又迁至楼山后并入青岛第三钢铁厂，父亲又被调到楼山后去看守东大门。作为迁调到青岛郊区工作的鼓励，厂方给予父亲优惠条件，即保证他五级轧钢技工的工资和粮食补贴都不变，每月工资61块4毛4分，

80% 细粮和 20% 的粗粮。然而在以后的 16 年，直至父亲退休，他的工资和粮食补贴也都不曾变过。因为楼山后在青岛郊区，父亲每天都得到大港火车站乘火车上班；而且三班倒（即早、中和晚班轮流），睡眠没有规律，生物钟紊乱，非常辛苦。但不管在哪个工作岗位，父亲总是认真工作。

除了上班，父亲基本是一个宅男，他整天呆在家里弄花、养鱼、做饭，哪儿都不去。记得父亲在院子天井里养了一大盆夹竹桃。夹竹桃的叶片很独特，修长如柳似竹，开小白花。到了开花季节，我们满院子都会飘散着一股类似杏仁味道的香气。父亲也喜欢养金鱼。他在院子天井的墙边放着一个肚子滚圆的灰色泥缸，里面养着五彩缤纷的金鱼。下班回家，他经常会带回来一塑料袋活鱼食，其实就是一些浮游生物，是他从楼山后池塘里用纱网捞的。有活的浮游动物吃，那些金鱼个个都长得鼓眼、体胖、肥臀，在水缸里神采奕奕，慢悠悠地摇晃着它们那三角形的凤尾，犹如翩翩起舞。父亲做饭技术也是一流。饺子皮在他的擀面杖下旋转如飞，而且飞出来的饺子皮是当中厚周围薄；把饺子馅放到饺子皮当中，两面一叠，双手一拢一捏，一个工工整整、馅足边薄的饺子就神奇地出现了，形状非常漂亮。父亲做的最拿手的饭应该是我家吃的最多的贴锅苞米（青岛人把玉米叫"苞米"）面饼子外加土豆、芸豆炖粉条。那时候我家屋外房檐下有一个在山东农村常见的炉灶，灶上支着一口很大的生铁黑锅，下面烧煤，用风箱吹火做饭。我小时候经常帮助拉风箱，青岛人叫"拉火"。做饭的基本程序是先往锅里加一点花生油，待油热了，扔进葱花和盐爆锅，略炒出味，再加入半寸长的芸豆翻炒直至芸豆变软变色，再加入切成方块的土豆继续翻炒入味，然后加水和粉条炖煮。在锅中炖土豆、芸豆和粉条的同时，铁锅周边的温度已经很热而且干燥。父亲便会把提前用水搅拌好的苞米面用双手来回拢成橄榄球形状，说时迟那时快，父亲的大手一挥，那黄色的橄榄球便纹丝不动地贴到了锅边上。我家大锅周边一次可以贴上五六个饼子。这时候盖上锅盖，猛火烧大约 15 分钟就好。土豆、芸豆炖粉条大概是那时候青岛人家里最常见的家常菜。烙好的苞米饼子外面是金黄色，贴锅的那一面是焦黄色，很脆。那金黄色的苞米饼子偶尔吃真的很好吃，清脆香甜，多年不吃也会有些想念。可是架不住那时候是每天吃，日复一日、年复一年地吃，最后真的吃伤了，再也不想吃了。几十年后，在北京的一个高级宴会上，金黄色玉米饼子竟然也上了台面，我看着那久违的苞米面饼子感到既新奇又好笑。

新中国成立以后，社会和生活都有了巨大的改变，母亲的衣着服饰也随着社会的改变而变化。她首先脱掉了在旧中国经常穿的旗袍和绣花鞋。新中国刚刚成立时，她穿起了社会上最时髦的布拉吉、列宁装和长筒皮靴。中苏交恶后，她又换上了中式的花格斜襟外衣和平跟一脚蹬绒布鞋。后来在"文革"期间穿的是和全国妇女们几乎同样的铁灰色对襟、两个口袋的女式中山装和一边系扣的平底黑布鞋。

和其他普通家庭妇女一样，在我和妹妹还小的时候，母亲全职在家照顾我们。有母亲的精心呵护，我童稚的记忆是非常美好的。我隐约记得每天晚上睡觉之前，母亲总是会给我们讲一些有趣的寓言故事。我印象比较深的一个寓言故事是"大灰狼的故事"，故事的大意是兔子妈妈出门去了，把小兔子们留在家里，一只大灰狼假扮兔妈妈来敲门，想把小兔子吃掉。结果小兔子们很聪明，识破了大灰狼的计谋，兔妈妈回家后称赞孩子们聪明能干。想来可能是母亲怕我们会到处乱跑或被坏人拐骗所以讲这个故事。为了让我们很快入睡，母亲也经常给我们哼唱催眠歌曲，其中有一首儿歌是："一只小哈巴狗，坐在大门口，黑黝黝的小眼睛，想啃肉骨头。"母亲轻声哼唱的这首儿歌，至今还经常在我的脑海里环绕，偶尔想起来就会感觉内心平静和温馨。母亲也讲过吓人的"大灰狼的故事"，大意是：一只大灰狼专门吃小孩。有一次妈妈不在家，大灰狼假扮成外婆混进了家里，和孩子们一起睡在炕上。深夜里，姐姐听到外婆在嘎嘣嘎嘣地吃东西，于是问："外婆，你在干什么？"大灰狼说："我在吃萝卜。"说着，大灰狼就扔过一个萝卜状的东西来，说："你也吃一根吧。"结果那是她弟弟的小手指头。每次母亲讲到这里，我们就会吓得紧紧地挤在母亲的被窝里，一动也不敢动。另外刻在我深深的记忆里的还有那冬天的早晨，我赖在热乎乎的被窝里不愿意起来的情景。为了哄我起床，母亲便会提前在火炉前烤热了我的棉裤，再招呼我赶紧起来。当我把小手搭在母亲的肩膀上，把腿伸进热乎乎的裤筒的那一瞬间，一股暖流会直接从腿一下子灌通到全身。在那些冰凉的清晨，那暖乎乎的棉裤倾注着母亲的细心与抚爱，至今难忘。

在我童年的记忆里，母亲像一只鸡妈妈一样精心地照顾着我们这些小鸡崽。她也教会了我怎样照顾真的鸡崽。有一年春天，母亲用鞋盒子带回家几只刚刚孵出的小鸡崽。那些嫩黄色的小鸡崽们叽叽喳喳地在箩筐里，点头啄食着金黄色的小米粒。它们翘着乳白且毛茸茸的小屁股，灵巧地扭动着，可爱极了。

有时我会把脸凑近箩筐，小鸡崽们便会扑过来叨啄我的脸，感觉又痒又舒服。记得其中一只鸡崽长大后变成了一只很大的芦花母鸡。它体型椭圆，蓬松而庞大，个头比其他的本地鸡要高大很多，在邻里众多的鸡里真可谓"鹤立鸡群"。它羽毛黑白相间，有一对长着4个脚趾头、很强壮的爪子，那爪子结实地扎在地上，一步一个爪印。它顶戴红色花翎，鹰钩般的嘴两边飘荡着一对柔软下垂的红色肉花瓣。它那两只圆眼睛瞪得大大的，红着眼圈，不知是害羞还是在为什么事情着急。它总是咕咕咕叫着，头像钟摆似的不停地左顾右盼。那芦花鸡不光好看，下的蛋也又大又多。每天我都盼望着它下蛋，一听到它咯咯哒地叫起来，我便会一跃而起，飞快地跑到鸡窝，不顾它的反对，拿出它刚刚下的那个热乎乎的鸡蛋。为了看看鸡妈妈是不是又生了一个双胞胎，我会把我的作业本卷成一个圆筒，用鸡蛋堵住圆筒的上端，对着太阳看。太阳光线会穿过蛋壳显示出里面有几个圆形的蛋黄。记得那一年街道居委会派人来挨家挨户检查，要求清除、杀掉所有的鸡。我害怕极了，趁着居委会的人还没来，我便抱着我心爱的芦花鸡躲在我家的床底下，不敢出声。但我的芦花鸡不知道它命在旦夕，还是偶尔会天真地抬起头来咯咯地叫几声，我的心就紧揪了起来，我赶紧捏住它的嘴。幸好居委会的人没有发现我们，才躲过了那一劫。

因为父亲每天工作辛苦，鸡下的蛋母亲都会优先给父亲吃。除了煮鸡蛋，母亲也经常做荷包蛋。做好的荷包蛋上面再淋上一点香油，那香味立即飘满全屋，格外馋人，总是让我直咽唾沫。想必我那馋相一定触动了母亲。有一次母亲从外面买回一脸盆的"挤窝"鸡蛋（青岛话，意为有瑕疵的蛋），说那是青岛茂昌进出口公司出口转内销的。母亲把所有的鸡蛋一下子都煮熟了，告诉我可以敞开肚子尽情吃。那一天我究竟吃了多少个鸡蛋，如今已经不记得了，我只知道我终于吃伤了鸡蛋。以后很多年我都不能再吃鸡蛋，一凑近鸡蛋，我就会闻到一股令我恶心的鸡屎味道。

我家是典型的平头百姓家，家里没有什么值得骄傲的资产。可是令我父母特别引以自豪的是他们生了一对让人羡慕的儿女。两个孩子都有着一双闪光明亮的大眼睛，忽闪忽闪很讨人喜欢。记得我 6 岁、妹妹 2 岁的时候，有一次母亲带着我们在

我和妹妹玉美小时候，大约摄于 1962 年。

青岛市场三路百货市场二楼逛商场，我和妹妹被一群人包围了起来。好几个人指着我和妹妹喊喊喳喳地嚷着："快看看这两个小孩怎么这么漂亮，高额头，大眼睛，头发还有些卷曲，跟洋娃娃一样。"我和妹妹被看得很窘迫，不知所措，但妈妈却得意洋洋。后来我们兄妹俩和大姐秀梅一起照的照片还被聊城

路锦章照相馆看中，摆在了橱窗里。

曾经摆在青岛聊城路锦章照相馆里的照片（从左到右：妹妹玉美，大姐，我），大约摄于 1963 年。

在我们家，基本上是母亲主政，家里的衣食住行都是母亲说了算。父母结婚后，家里经济不富裕，为了接济家里的生活，母亲说服父亲把他的瑞士手表和派克金尖钢笔送到当铺给当了，她自己也把压箱子底的很多旗袍拆了，给孩子们做了衣服。母亲后来经常提起她那些漂亮的旗袍，总感觉挺可惜。父亲是一位极其勤俭的人，他从不乱花钱，基本上每个月发了工资都是如数交给母亲。为了省钱，他不抽烟卷，大多时间都抽卷烟，也就是自己用纸加烟末卷成的纸烟。家里也有成包的烟卷，但那都是留着有客人来时才抽的。父亲一生中最大的嗜好是喝茉莉花茶，从不厌倦。但他总不舍得多花钱买好茶叶，基本都是喝几毛钱一两的茶尖。偶尔有朋友送来好一点的茉莉花茶，他会如获至宝，不舍得马上喝完。每次喝完茶，他都不会马上把茶壶里面的茶叶倒掉，他要把剩下的茶叶喂泡着茶壶。因为他的梦想是有一天他的紫茶壶里自己能长出茶山，以后就再也不用买茶叶了。

父亲最大的业余爱好是手工制作各式木质烟斗。刚开始他只会做直杆烟斗，后来也学会了做弯杆烟斗，像大侦探福尔摩斯抽的那种烟斗。烟斗一般有两部分——烟袋和烟嘴。烟嘴材质一般是黑电木的，烟袋则是由特殊木头做的。为了做烟嘴，父亲会从市场上买回来一长方形的黑电木毛胚，先把它连锯带锉加工成烟嘴形，然后将一细铁丝穿入烟嘴的烟道里，外面用火加热，将电木弯曲成需要的弧度，冷却后即成一弯杆烟嘴。做烟斗更有讲究和技巧，而且木料的质地也非常重要。父亲偶尔淘到一块红木、紫檀木或者海底木疙瘩，便会如获至宝，然后马上开始割、锯、凿和磨。家里一个圆板凳的周边被木锯和木锉折腾得遍体鳞伤。母亲经常会愤怒地指责他弄坏了家具，他便会乐呵呵地一笑，继续埋头做烟斗。烟斗做好后还需要打油磨光。父亲便会把做好的烟斗放在鼻子上擦，因为鼻子上有油，或者在头发上蹭，因为头上也有头油。实在不行就动用他年轻时在榨油坊里学的手艺，把核桃砸碎了取出桃仁榨油，用以磨光。最后他就会像变戏法似的制做出一个形状优美、质地上乘、油光发亮的烟斗。大概他一生中最幸福的时刻之一就是把那刚刚做好的新烟斗里塞满烟末，点上火，美美地深抽一口，然后再慢慢地吐出一串串圆圈形的烟雾。每次完成一个崭新的烟斗，父亲都爱不释手。可是几乎每次当他在单位上显摆他的新烟斗时，总会有人把他的烟斗"抢"走。他会佯作很气愤，但心里却暗暗高兴——因为同事们会如此看重他的作品。遗憾之余，他便又周而复始地再做起新烟斗来。

父亲是一位一生尊崇孔孟之道、坚信三纲五常的人。三纲五常通常是指古代中国提倡的礼教和人与人之间的基本道德规范。三纲是指"君为臣纲，父为子纲，夫为妻纲"。就是说，臣应该听皇上的，儿子应该听父亲的，妻子应该听丈夫的。五常是指"仁、义、礼、智、信"。对于教育孩子，父亲非常崇尚"严父慈母"的信条，他坚信家庭需要有一个严厉的父亲，将来孩子，特别是男孩子才有可能出息。所以我小时候，虽然父亲很爱我，但他对我从来不苟言笑，以表示威严。在他面前，我"站要有站相，坐要有坐相"，不可稍有懈怠。记得上小学时，有一次放学和同学们一起排队回家，走在聊城路上，突然看到了站在路边的父亲，我很兴奋，高高地抬起了手想跟他打个招呼。可是父亲却在远处严肃地看着我，没有任何笑容。我与父亲打招呼的手只好从半空中尴尬地放了下来。与此相反，父亲对外人却总是和蔼可亲，满面笑容。中学时我有一个好朋友叫齐俊利，我们经常一起恶作剧。有一次，我让他先出现在父亲的面前，以赢得父亲的笑容，然后我会突然闪现，父亲的笑容就马上凝固在脸上。我们就会哈哈大笑，迅速跑开。

父亲虽然对我很严厉，其实他很疼爱孩子。小时候，在秋天里，我喜欢与邻居的孩子们玩斗蟋蟀，但抓蟋蟀，特别是抓到善战能斗的蟋蟀很不容易。记得有几次，父亲下班回家会递给我几个小纸卷，每一个里面都有一只蟋蟀。在炎热的夏天，父亲还会从厂里带回青岛钢厂自己生产的汽水。那时候市面上的汽水很少也很贵。青岛钢厂自制的汽水是给轧钢工人的特殊消暑福利，但父亲不舍得喝。那汽水瓶有现在的大号青岛啤酒瓶那么大。每一次父亲都用草绳把 6 大瓶汽水扎在一起，用手提着或者用肩膀扛着，从楼山后坐着火车带回家里给我们喝。

父亲进入青岛后一辈子从未离开过青岛，他把他的一生都献给了青岛的钢铁事业。从泰安路的建华轧钢厂、昌乐路的三钢轧钢分厂和青岛轧钢厂到楼山后的青岛第三钢铁厂和青岛钢厂，他在青岛钢厂工作了整整 30 年。从当轧钢工人开始，后来成为青岛钢厂的守卫，守卫着东大门。他每天上下班乘坐火车从青岛大港火车站来往于娄山后车站，早班、中班和夜班三班倒，一年四季，风雨无阻。尽管如此，他却总是乐呵呵，从不抱怨。父亲 1977 年 9 月 1 号正式退休，工作由妹妹玉美接替，时年 58 岁。

父亲退休后的生活还算愉快。首先他将青岛聊城路的家通过"换房"换至位于青岛小港海边的莘县路 130 号的一套房。那是一套 3 个小房间连在一起的公寓房，总共 22 平方米。因为在走廊末端，父亲把门口的小空间隔离起来，把它建成了一个小厨房。所以这儿和我们聊城路那 12.7 平方米的房间相比，算是宽敞多了。与聊城路的家不同，莘县路家的好处还有就是房间里面阳光充足，与大海只有一街之隔。因为在 4 楼上，所以在家的里屋就能直接看到街对面小港的海。小港里有很多打鱼的船只，来来往往，很是热闹。

退休后的父亲在家天天看海、喝茶，听收音机里的评书故事。他最喜欢听《水浒》、《杨家将》和《三国演义》等，偶尔也自己读，自得其乐。总之，父亲是一个普通、善良、淳朴和热爱生活的人。他一生勤勤恳恳，任劳任怨，以劳动为荣，欣然自得。他信奉传统，孝敬父母，热爱家人，心疼孩子。父亲一生很顾家，兢兢业业地为我们的家操劳，从不抱怨，与世无争，平平淡淡，享受生活。

父亲跟母亲结为连理的一生，总的来说是忙忙碌碌、平平淡淡的，也是恩恩爱爱、平平安安的。1984年我女儿贝贝出生，我们把她暂时留在了爷爷和奶奶的身边，给颐养天年的父母带来了很多快乐。可是在父亲的晚年，我在美国留学，没能在他老人家身边尽孝，母亲也一直在美国帮助照顾我和我的孩子。可惜父亲晚年身体欠佳，多次手术，遭疾病之苦，生活跌宕坎坷。1995年4月2日下午5时20分父亲在青岛突然离世，享年77岁。母亲那时在美国帮助我照顾孩子，未能临终告别。我知道母亲心里非常难过，那终成了她一生的遗憾。

母亲的为人

一个人的性格是由先天遗传和后天经历决定的。先天遗传是指我们每一个人与生俱来的独特的遗传信息，其中包括基因型和由此衍生的表现型性状，比如大家熟知的血型以及由基因突变而导致的表现型的变化等。这当然是对一个人性格的科学理论解释。在中国传统文化里，人们还可以根据一个人的生辰八字或属相来预测一个人的性格和命运。而在西方文化里，也有利用星座和天象来预测人的性格和命运的占星学。

大自然对每一个人都是一视同仁的，它给予我们每一个人同样大小的一个基因库，也称基因组。基因库就像是一本天书或者一个电报密码本，里面记载着由 30 亿个遗传碱基对组成的基因密码。虽然我们每个人的基因库都一样大，但是由于基因密码的不同排列与组合，以及相关基因的不同遗传变化，也称基因突变，从而导致了你是张三，我是李四，人各不同。这些不同不仅表现在人的长相上，它同时也反映在人各不同的性格里。

对母亲全基因组基因密码分析的结果显示，母亲是一位外向性很强的人。她应该非常有个性，意志坚强，反抗暴力行为的能力很强，执行的能力也很强。她应该能喝酒，而且酒量很大，喝酒从来不脸红。在科技发达的今天，我不得不承认这些表型性状的预测基本准确地描述了母亲的相关性格。然而，若根据血型来推断人的性格，母亲的基本性格跟血型论里所描述的相关血型女性的截然不同。母亲的血型是 A 型，根据血型性格论的表述，具有 A 型血的女性大多拥有一张娇艳美女式的脸型，如鸭蛋形、瓜子形或圆脸等，但一般面部缺乏表情，比较细心、顺从、沉默寡言。与此相反，母亲有一张方形且总是充满灿烂笑容和安详的脸。她有一双炯炯有神会说话的大眼睛，性格豁达、直爽，在朋友面前经常快言快语，有时甚至会喋喋不休。

当然除了先天因素，母亲后天曲折坎坷的人生阅历造就了她既普通又非凡的性格。母亲是文盲，一生基本不识字。她只是在新中国成立初期上过几天识字班，能歪歪扭扭地写下自己的名字。记得我小时候，母亲在闲暇的时间会自己学习抄写一些字。每一次她都学习得很吃力，但她总会非常认真地拿着铅笔，偶尔将铅笔的笔尖用舌头舔一下，便下笔很重地在纸上抄写。虽然不认字，但母亲是绝顶聪明，很多事情她都是无师自通。为了生活，她曾经学会了助产和缝纫。助产没用上，但她裁、剪、缝、绣都样样精通。给街坊邻里做衣服，她只要粗略地把来人的身长、袖长、领大、肩宽和胸围用皮尺量一下，便能在布料上用画布粉笔简单地画一画，随即开动剪刀，剪裁起来。我上初中时，正值"文化大革命"，社会动荡不安。为了不让我出去惹事，安心在家，另外也顺便学习一点将来能谋生的手艺，她便教我绣花、裁缝。为了学习缝纫技术，我先到青

90

岛中山路新华书店买了一本有关缝纫的教科书。我做的第一件
衣服是给外甥巍巍做的白色套头式的水兵衫。和世界各国的水
兵衫一样，我做的那件水兵衫前面有蓝白条相间的三角式领口，
向后延伸成一个方形的披肩。一旦有风刮来，那披肩便会随风
飘起，非常好看。后来我还给自己做了一件非常合体的深蓝色
厚布中山装，当然，那是在母亲手把手的指导之下才做成功的。
为了剪裁衣服，我们母子俩没少争吵。刚刚开始裁剪布料时，
我只会照本宣科，一味地照着书本上说的计算、画线、剪裁。
线画好了，刚要动剪刀，母亲便会让我打住，批评我说我画的
尺寸太紧凑合身，不行。我说那是书本上说的。母亲便笑我只
会照葫芦画瓢，不实用。我就回嘴说她讲的所谓经验没有道理。
直到那时候，我才惊奇地意识到原来母亲剪裁衣服从来都是用
心算。

　　母亲似乎具有对数字的超常记忆能力——后来我的确从对
她脑源性神经营养因子基因型的分析结果里找到了佐证——这
种能力在她的日常工作里多次表现出来。在"大跃进"期间，
国家的财政和经济都经历了前所未有的挑战。为了刺激生产自
救，政府鼓励各城市的居民委员会和街道办事处自发组织自救
工厂或生产组。在我出生后不久，母亲就参加了我们街道办事
处组织的缝纫生产自救生产组，承做儿童服装。生产组里有
七八位阿姨，因为是一个自救性质的小组，组里所有的大小事
情都要她们自行解决。生产组采用了计件工资制，也就是谁做
的衣服多谁就多拿钱。为了计算计件工资，组里的阿姨们经常
因为账目算不清楚、计件工资有问题而七嘴八舌地讨论不休。
这时候就会有人转向母亲要答案。因为母亲会用心算，而且多

半时候比那些识字解文的同事们用算盘算得还快，为此母亲很得意。即使平常在生产组里聊天，议论杂七杂八的社会时事等，母亲谈论的观点和给出的解释也常常会与众不同，让阿姨们刮目相看。生产组的迟阿姨经常会半惊异半羡慕地说："马大姐，你幸亏不识字，否则你可就不得了了。"

母亲的 RASSF10 基因型预测她是一位能设身处地为别人着想的人。母亲从小就教育我将来长大要做一个正直的人，要诚实，不撒谎，做一个好人。她通过她自己的一言一行为我们示范做人要诚实，要设身处地地为别人着想，为人处事要随时展示正能量。母亲很少指责批评她的孩子，大多数时间都是表扬和鼓励。为了促进家庭和睦，增进我们兄弟姊妹间的相互关系，母亲会经常讲起发生在我们间的一些有趣的故事。比如：我小时候在外面闯了祸，回到家里父亲要揍我，妹妹便会奋不顾身，不顾一切地挡着我，结果父亲的巴掌有时就会落到她的脸上。母亲会经常用这个故事提醒我将来要好好照顾妹妹。

在我众多的外甥当中，家里人公认大姐的儿子巍巍是我最喜欢的外甥，其中一个主要原因也是来自母亲经常讲的一个故事。那是在巍巍刚开始咿呀说话的时候，大姐在外地工作，把他留在了青岛家里。晚上睡觉，巍巍想妈妈，一直哭喊着要找妈妈。我虽然一向贪睡，可是我喜爱巍巍，不忍心听他那撕心裂肺的哭喊声，尽管是半夜三更，我也会三番两次地爬起来，抱着巍巍下楼到大街上，假装带他去找妈妈，以赢得他一时的安静和高兴。直到今天，我抱着巍巍半夜里站在聊城路和市场一路路口，向北方翘望假装等待妈妈到来的那一幕景象依然历历在目。

　　母亲经常教育我做人要言必信，行必果，男子汉大丈夫，说话一定要算数。提到男子汉大丈夫，母亲会常常讲起薛平贵与王宝钏的爱情故事。故事的大意是聪明美丽的王宝钏是唐朝宰相的女儿，但她不追求荣华富贵，不嫌贫爱富。她爱才如命，喜欢上了出身贫贱、英俊健壮的薛平贵。在择婿台上，她有意把绣球抛给了薛平贵。不顾父亲的反对，她嫁给了薛平贵，住进了破瓦寒窑。婚后，薛平贵从军出征，许诺王宝钏他一定会回来。但薛平贵一去杳无音讯，王宝钏坚守寒窑，吃糠咽菜，艰苦度日，苦熬了18年。18年后，薛平贵终于功成名就，荣归故里。当薛平贵看到王宝钏依然苦守在当年的破瓦寒窑里时，他羞愧难当。为报答王宝钏，薛平贵问王宝钏她在世界上最想干什么。王宝钏回答她最喜欢过年。薛平贵便下旨全国天天过年，一直过了18天，即18个"年"。18天后，王宝钏含笑欣然死去。

　　母亲在社会上对人从来都是和蔼可亲、笑容满面，正能量满满的。住在聊城路大院时，那里人多嘴杂，邻居间总是不可避免地会有各种各样的摩擦、争吵。后来说起那些陈年往事，母亲会很自豪地说，你可以问问我们的左邻右舍，没有人家与我们家过不去，我们从来都不会跟邻居为鸡毛蒜皮的小事争吵算计。"不笑不说话"大概是母亲为人处世与人和平相处的一个诀窍。虽然到了老年，后来母亲讲话已经很困难了，她每天依然是笑容满面的。只要有人跟她打招呼，即便是讲不出话来，她还是会给来人报以慈祥的微笑。2019年，母亲95岁，我回青岛探望母亲。经过环球飞行，长途跋涉，我半夜才赶到家，一进门我便急切地扑到了妈妈的床前。睡意朦胧中的母亲一下子没有认出我来，然而她却伸出了双手，拉着我的手满脸堆笑，不停地摇着我的手说："你来了，你来了……"看着满脸堆笑的母亲，我知道妈妈没有认出自己的儿子。我既为母亲的衰老感到痛楚，也为她老人家一如既往地对人热情而感动。

除了笑颜常开，母亲也有脆弱的一面，她也会哭。"儿行千里娘担忧"，每逢自己的亲人出远门离家告别的时候，母亲总会掉眼泪，满目痛苦，犹如生死离别。在我们兄弟姊妹当中，我和大姐秀梅也都继承了母亲的这一脆弱的情怀。我小的时候懵懵懂懂，没有意识到这一点。只记得那时候大姐秀梅在外地工作，每次回家探亲，在她要离开家时，我们都会很难过地掉眼泪。记得有一次在馆陶路长途汽车站给姐姐送行，当汽车的发动机噔噔响起来的时候，母亲、大姐和我都控制不住，哭得泪流满面，悲悲切切，不肯离去。过往的行人们会面面相觑，不知道这家发生了什么情况。然而只有我们自己知道，那是人生在世感到最难过和无奈的时刻。后来随着年龄的增长，我才慢慢地体会到这原来是一个特殊的遗传现象。那些痛苦和难过其实是一种只有对自己疼爱的亲人才会有的一种特别而不可抗拒的感情。从小到大，每次与母亲的离别都是以泪洗面，从那相对的泪眼中才能真正地体验到我们的母子情深。然而可惜的是，最终真正到了我们生死离别的时候，我却没有在老母亲面前大哭一场，送她老人家最后一程。

虽然母亲对人从来都是和蔼可亲，不笑不说话，但她也会发怒，生气，只是我有印象的少而又少，而且几乎每次母亲生气都是为了保护自己的孩子。护犊子本意是指母牛本能地保护自己的牛犊子，其实这几乎是大多高级动物母性的本能反应。

我们在电视上可能看到过成年大象、老虎、黑熊、野牛、鸭和鸡等都有护幼崽的现象。俗语"虎毒不食子"表达的意思是即使再凶猛歹毒的老虎也不会伤害自己的孩子。另外我们还有一句俗语"兔子急了也咬人",我虽然从未看见过兔子咬人,但我们都知道,你若靠近幼小的鸭崽们,鸭妈妈会不顾一切地扑过来咬你。我从小生性胆小,从不惹是生非,更不敢找事欺负别人。和比我大的孩子打架那简直是不可想象——在我看来那就是自讨苦吃。但不记得是什么原因,有一次,我居然跟林家的男孩永安打起架来。永安比我大好几岁,长得也比我高许多。想必是为了什么事让我感觉到"是可忍,孰不可忍",兔子急了也会咬人吧。虽然那是我一时冲动想当一回男子汉,但其结果是可以想象的。有没有被打得鼻青眼肿记不清了,但我清楚地记得,那时我感到我的鼻子突然有一股暖流好像是鼻涕一样流了出来,低头一看是一片血。正当我既羞又恼,不想认输但又不知道该如何收场的时候,母亲出现了。见到妈妈我如见到救星,怨气、怒气和冤气都一股脑儿地涌上心头,我大哭了起来。可能是母亲见到我满脸血迹、泪流满面,心疼孩子,护犊子的冲动陡然升起,她顺手抄起一把扫帚,高高举过她的头,向永安狠狠地砸了过去。永安很轻易地躲过了母亲的扫帚。母亲便一边怒骂着一边追赶着他在天井里团团转。最终永安跑回家里,把门锁上了。母亲没办法,但仍不解气,依然在门外臭骂了他一通。从那以后,永安就再也没有敢招惹或欺负过我。这是我记得比较清晰的一次母亲"护犊子"的事情。

母亲面对生活总是信心十足。她始终认为人只要认真,肯用功,世上没有做不成的事,正像毛主席在《水调歌头·重上

一　母亲的为人

井冈山》的词句里抒发的"世上无难事、只要肯登攀"。母亲不懂诗词，但她从小教育我们的口头禅是："这世界上，除了三篇文章两篇诗难做，其他没有做不了的事。"母亲面对困难从不胆怯，为人处世荣辱不惊。对母亲 RNAE13 和 CAM2 基因型的分析结果也显示母亲有很强的解决和控制事物的能力。从我记事起，我就从来没有记得母亲被困难吓倒过，或因为碰到什么难事而感到恐慌。我记得妈妈有一个惯有的手势：每碰到一件困难或棘手的事情，等她想定解决的办法以后，她就会把右手掌向右弯曲，再把右手臂向左在空中划过去，表现出一种坚定且不屑一顾的姿态。

母亲理家主政也有条有理。我小时候，我们家庭的经济状况一般，父亲每月的工资是 61 元 4 角 4 分。母亲每月的固定工资是 34 块钱，外加计件工资，上下浮动，也就四五十元。父母的收入可以勉强维持全家的生活，但母亲勤俭持家，把我们的家打理得有声有色。母亲很大气，识大体，大事面前不糊涂。母亲平时生活节俭，但到该花钱的时候，她绝不吝啬。为了鼓励我读书上进，将来有出息，她曾多次毫不犹豫地拿出家里存钱不多的存折取钱，为我买高档学习或兴趣用具，包括半导体收音机、二胡、笛子、单簧管和"半头砖"录音机等，用去了家里不少钱。这对一个经济捉襟见肘的家庭来说是很不容易的。即使到了老年，母亲也还是很有主见。80 多岁的时候，她还自己决定在胶州投资，买了一套房子并找人装修，几年后她又把房子卖掉，将得来的钱为自己买了养老保险，再将剩余的钱换成礼物，分发给了孩子们。

母亲心胸开阔，性格开朗，一生不知愁不惧难。最有趣的是她一生很贪玩。记得我小时候，父亲经常取笑母亲说她很"野"，总是贪玩，想往外跑。母亲曾抿嘴微笑着，悄悄地告诉我说，在我还不会走路的时候，我家附近的青岛第三公园里晚上经常有唱戏的、拉洋片的、放电影的或马戏团演出。为了看戏，晚饭后，她便把我扛在肩头去公园看热闹。常常是我已经在妈妈的肩上睡了好几觉了，她还在公园里跑来跑去，可以想象她那时候会有多累，但母亲却乐此不疲。

母亲不仅好玩，酷爱生活，而且还意志坚强，做事持之以恒。母亲个头不高，身高只有 1.64 米，体重约 75 公斤，但她像一个高大健壮的巨人一样，扛着我们的家稳步前行。为了生活，她脚踏缝纫机几十年如一日，导致她后来下肢静脉严重曲张，腿肿胀得像蒸熟的馒头，一按就是一个大窝子；腿上暴突起来的微细血管犹如红色的蜘蛛网，纵横密布，覆盖缠绕着双腿。但母亲一生为家，锲而不舍，她不顾这些症状，依然脚踏缝纫机，如同在今天的跑步机上一样，一步一个脚印。别看她是在原地踏步，她早已铿锵有力地踏遍了整个中国甚至世界。

86 岁的母亲依然喜欢踩缝纫机。

含辛茹苦

母亲一生经历了两次婚姻，第一次婚姻生了4个孩子，第二次婚姻又有了我和妹妹。每一个孩子都是娘的心头肉，为了能在生活上照顾到两边的孩子，母亲经常左右为难。她含辛茹苦，为孩子们的冷暖一生劳碌，操尽了心。

刚刚嫁到赵家的时候，留在宋家的3个孩子年龄都还小，不能独立生活，孩子们由二娘宋刘氏照看着。为了减少留在宋家孩子们的失母之痛，孩子们改称二娘为亲娘。亲娘宋刘氏为人善良，是一位非常典型的旧中国式传统妇女。她那时虽然年龄已近60岁，而且家境已经落魄，可是她每天穿着还是干净利落。

我记忆中的亲娘总是穿着一件颜色朴素的斜襟外衣，衣服前后襟由双八字琵琶纽扣连接着。她的两只锥形的小脚用很长的黑布绷带裹着，穿着一双前面尖尖开口的薄底黑布鞋。头上戴着一条几寸宽的绒布额带（也称"抹额"），额带正当中还镶着一颗发亮的玉石。她脸面白净清瘦，长相福态，很有一副大家妇人的姿态。她常常盘着腿坐在炕上，抽着一根长长的烟袋。

那烟袋的烟嘴是由一块绿色玉石做成的，烟锅是黄铜的，连接烟嘴和烟锅的是一个刻花的空心竹管，烟管下面挂着一个盛碎烟末的缩口黑布袋。抽烟的时候，亲娘会先把烟叶末装到烟锅里，用大拇指轻轻地把烟末平稳地压进烟锅。然后，她会用嘴叼住烟嘴，一只手拿着火柴盒，另一只手用红头火柴在火柴盒旁边的磷片上把火划着。再用左手端着烟袋，右手拿着点燃的火种，伸直了胳膊将火送到烟锅上。这时候，她会把头轻轻地向右倾斜，深深地猛吸一口烟，然后把头抬起来，再慢慢地吐出一股浓白的烟雾。随着她那一口一口的吞吐动作，烟锅子里的烟草也会发出嘶嘶的燃烧声音，随之一明一暗地映着灰暗的小屋，那略有些清香但也微微刺鼻的烟味马上就会布满整个屋子。和她很悠闲地抽烟的姿态一样，亲娘说起话来也慢慢悠悠。直到今天，我还能清晰地记着那似乎已经很久远的温馨情景。尽管家境贫寒、生活艰难，亲娘还是很尽心尽力地照顾着两位哥哥和二姐。那时生活的艰难和困苦，是现在年轻人很难能想象到的。

同亲娘一样，母亲为了能让留在宋家的孩子偶尔也能吃上一顿好饭，每一次我家包饺子或者做好吃的，她都会悄悄地把饭留出一部分来，装到饭盒里。饭后她就会匆匆忙忙地赶往朝城路的宋家去送饭。为了能快去快回，她往往不进门，绕到铁路宿舍的后面，敲一敲朝向观城路的后窗，把饭盒从窗子外面递进屋。每逢过春节，也是母亲最忙碌的时候。白天除了在西大森缝纫组忙着完成年底前的工作任务，晚上她还要争分夺秒地为每一个孩子做上一套新衣服好过年。

搬到聊城路以后，母亲加入了当地居委会组织的缝纫自救生产组。妹妹玉美出生以后，母亲决定留在家里照顾我和妹妹。

偶尔她也会在家里帮助左邻右舍做些衣服，赚点收入。等到我们都上学以后，她才又重新加入了生产组。她这样主要是为了离家近一些，好方便在我们放学后她能回家看看我们。生产组在聊城路和市场二路之间的一间地下室里，生产组里有七八位阿姨和一对南方来的张姓裁缝夫妇，他们一起合作承做儿童服装的来料加工，工资收入按照每月的工作成果计件结算。车间在地下室的一个大约 10 平方米的小房间里，里面 10 台缝纫机紧紧地挨在一起，工作起来脚踏缝纫机嘎嘎啦啦的噪音很大。整个屋子只有一个很小的顶棚窗户通向聊城路，房间内潮湿阴冷，日光灯刺眼。母亲就是在这样一个恶劣的环境里一直工作了十几年，直至后来生产组解散。因为那是一个街道自发的生产自救缝纫组，母亲老年退休以后既没有退休金，也没有医疗保险。

作为孩子的妈妈，母亲惦记着她每一个孩子。大姐秀梅中学毕业，考上了青岛技工学校，学习钳工。豆蔻年华的大姐年轻漂亮，能歌善舞，她在学校里是校花，也是学校里文艺演出队的台柱子，曾在青岛工人文化宫里表演过独唱。技校毕业以后，她被分配到山东牟平县孔辛头铜矿，当了一名机修厂工人。那些年，大姐出门在外，母亲常常挂念着她。到了铜矿以后，大姐依然是矿上的文艺骨干，当过广播员，是矿文工团的主力演员。大姐还在八大样板戏之一的《白毛女》中扮演喜儿，在周围的各个县、村、工矿企业多次巡回演出，受到热烈欢迎。大姐最拿手的是她的独唱曲目《看见你们格外亲》。那是一首赞美当年解放军和解放区人民鱼水情的一首脍炙人口的歌曲，中国著名女高音歌唱家马玉涛把这首歌唱遍了中国大江南北，她那声音圆润洪亮、富有革命激情的演唱唱出了老区人民对当年八路军和当今解放军的缅怀和爱戴。在牟平铜矿，这首歌也成了大姐每次演出的必唱曲目。每当大姐唱起了"小河的水清悠悠，庄稼盖满了沟"，唱到"想亲人望亲人"，"见了你们总觉得格外亲"时，全场都会掌声骤起，一片沸腾，在观众不停的请求和吆喝声中，大姐往往要返场好几次。

大姐是矿上的一位歌星，自然她也成了令矿上年轻人瞩目的一朵矿花。到了谈婚论嫁的年龄，爱慕追求大姐的人络绎不绝。有一年暑假，我到牟平铜矿去探望大姐，一时间我成了那些追求大姐的小伙子们想方设法接近大姐的好途径，他们都争先恐后地给我送好吃的，带着我出去玩、下矿井、扒矿车、赶集、游泳和抓知了等。在诸多年轻、英俊、健壮的小伙子的追逐中，出乎大家意料的是，大姐爱上了一位和她在同一车间工作的小伙子徐玉祥，我叫他徐哥。徐哥个头不高，人比较文静，脸庞有些似乎贫血的白净，眼睛不大，尖下巴，嘴唇微微上翘。他几乎每天都穿着一件深蓝色劳动布背带式工装裤，两条背带挎在双肩上，胸前还有一个大方口袋，里面装着铅笔和拐尺等。他头上总是戴着一顶略微发黄、帽檐浸透了汗渍的草绿军帽。大姐喜欢他是因为他工作认真努力，积极向上。后来大姐邀请徐哥到青岛去见见我们的父母，争取他们的同意。没想到，父母亲都没有看好他，把他客气地拒于门外。母亲苦口婆心地想说服大姐放弃徐哥，可是好话说破了嘴皮，歹话说破了天，大姐一句话也没听进去。大概坠入爱情的人都是一样的糊涂、分不清东南西北吧。而我也像京戏里那大小姐的贴心心腹一样，在不准出门的大姐和在外等候的徐哥之间乐颠颠地来回充当着鸿雁。最后他们终成眷属，大姐生下了一男一女——巍巍和菁菁。徐哥后来当了机修厂厂长。每逢孩子出生，母亲总是跑前跑后地照料大姐做月子，照顾孩子。大姐不会做家务和针线活，母亲就从此包下每年给巍巍和菁菁做棉袄和棉裤的任务。总之，母亲为了大姐的工作、家庭、婚姻和孩子操尽了心。

二姐淑梅响应毛主席"上山下乡"的号召，下乡去了山东招远县农村，成了一位"知识青年"，去农村接受贫下中农的

母亲和大姐秀梅一家

"再教育"。后来回城后工作不好找，她和二姐夫文斌便在青岛辛家庄基隆路自己开了一个小电镀加工厂。夫妻二人工作很辛苦，经常不能回家照顾他们的两个女儿——蓉蓉和磊磊。有一次青岛下大暴雨，母亲放心不下留在家里的两个幼小的孩子，便独自搭上公共汽车从市区冒雨前往郊区去照看孩子。下了车，路面的大水漫过了母亲的膝盖，但是她老人家不怕危险，没有打退堂鼓，还是坚持冒雨赶往二姐位于北海船厂宿舍的家。

母亲和二姐淑梅一家

　　我妹妹玉美是母亲最小的一个孩子。虽然我家对我的教育方式是"严父慈母"，但对妹妹还是比较娇惯的。妹妹的性格是心宽、随和、贪玩、不细心。与妹妹谈及我们小时候的事情和母亲对我们的关爱时，她回忆说，很小的时候，她总是以为只有父亲宠爱她，母亲并不十分关心她。后来在中学时，有一次她要去青岛郊区仙家寨下乡体验生活，那是她第一次离开家出远门。出门前，母亲替她整理好背包和行装，然后背过脸去偷偷地抹眼泪。妹妹说，就是在那一刻，她才真正意识到母亲也是很爱她的。

母亲和妹妹玉美一家

104

在我们兄弟姊妹 6 个人当中，大概最让母亲操心的应该是我的二哥振文和他的儿子伟业。二哥是母亲离开宋家以后出生的，进了赵家后，我父亲本想把他过继到赵家，改姓为赵，可是母亲不同意。她固守中国人的传统意识，认为宋家的孩子还应该姓宋。又因为他是个男孩子，母亲坚持认为他应该回宋家，所以后来就真的把二哥送了回去。

二哥小时候经常生病。有一次他又病了，连续几天发高烧，还说胡话。"好像是让黄鼠狼附了身。"母亲告诉我说。要是在解放前，母亲就会马上去找"通仙大师"来驱逐"黄大仙"。解放后，政府引导人民破除封建迷信。可那时宋家已经很穷，没有钱去医院看病，怎么办？琢磨来琢磨去，母亲把心一横，说为救孩子，顾不了那么多了。她通过老熟人把"通仙大师"

母亲和二哥振文的儿子伟业

105

偷偷地请到了二哥家里。那时二哥和亲娘一起住在朝城路铁路宿舍的小屋里，屋子四面透风漏声，怕邻居看见或听见，她们把门窗堵住，把灯也关了。晚上，"大师"来了以后，看了看二哥，说他果然是"被黄鼠狼附体了"。然后"大师"就在二哥的身上摸来摸去，哼哼呀呀地念起了咒语。突然间，"大师"好像在二哥身体的哪个部位抓住了什么，随之一个古怪但有些像二哥的声音捏声捏调地尖叫了起来，它乞求"大师"说："饶了我吧，饶了我吧，我再也不来麻烦你们啦！"随着"大师"和"黄大仙"之间的讨价还价，那声音终于消失了。沉吟半晌，"大师"如释重负地说，现在好了，"黄大仙"走了，孩子的病很快就会好起来的。离开前，"大师"嘱咐母亲当晚一定要在小屋的外面为"黄大仙"供上一些好吃好喝的。母亲如实照办。果然，第二天，那些留在屋外的食物都没有了。没有几天，二哥的病好了起来。

作为一名科学家，我不相信迷信，我更不相信"黄鼠狼附身"的说法。可问题是那是我母亲亲口对我讲的，她告诉我时不像是在讲故事，而是在跟我讲述给二哥治病的一段往事。我不相信别人，因为别人可能会编故事，会胡说八道，但我无论如何也不能怀疑自己的母亲会骗我。所以多年来，我经常陷入深深的迷惑之中，百思不得其解。有一次我在电视上看到了一个布袋木偶戏，终于恍然大悟，原来母亲和其他当事人都被骗了。其实"通仙大师"的把戏和布袋木偶戏（也称"手操傀儡演戏"）异曲同工。在布袋木偶戏中，表演者手持木偶和木偶对话。表演者说话时与平常一样，嘴巴会动。木偶说话时，表演者嘴巴不动但是可以发出模仿男女老幼不同人的声音，声音还有地方口音甚至各种风格。"通仙大师"和"黄大仙"的对话其实与这种表演是一回事。至于放在屋外的供品会消失,那肯定也是"大师"的把戏。

二哥振文小的时候两个腿肚子生过牛皮癣,也称"银屑病"。牛皮癣是一种慢性炎症性皮肤病,很难根治。厉害时,病灶处可见一层层鳞屑,经常脱皮露出一层淡红色、半透明发亮的薄膜。为了治病,母亲跑遍了青岛,并试过了青岛各药房卖的各种各样的药膏,同时也托人到处打听找偏方,可是治疗效果甚微,二哥的皮癣还是经常发作。后来,大姐秀梅从牟平铜矿医务所的贾大夫那里讨到了一个祖传中药偏方。熬中药是很麻烦的。首先要按照中医大夫开的药方去中药房抓药。在药房里,药剂师会根据药方,当场用一把小秤把各种中草药成分按重量和比例分成很多份,然后再用方纸把配好的药包起来,那每一包就是一付药。用一根麻绳把摞在一起的药包捆扎起来,在上面打个结,用以拎着回家。把药取回家后,再煎药,也叫"熬药",就是把一包药放进一个专门煎药用的瓦罐里,加上水,煮开后,再慢慢炖熬,直到把药煮成了浓浓的黑汤。病人服用的就是这浓汤,味道很苦,很不好喝。那时候我们住在聊城路大院里,家中一煎药,整个大院便弥漫着一股浓浓的中药味。但为了治病,也就顾不了那么多了。而且每一药方得吃多个疗程,一个整疗程往往是几个星期或者几个月。幸运的是,经过了诸多疗程后,二哥的牛皮癣居然还真的被彻底治愈了。很可惜,那偏方没保存好,后来遗失了。

母亲把二哥送给宋家时,宋家已经开始败落了。解放后,宋家被赶出了云南路的小洋楼,搬进了朝城路铁路工人宿舍,再后来又被勒令搬进了宿舍大院中的一个只有几个平方米的小木板屋。他们全家住在一起非常拥挤，再加上家里的经济状况每况日下，二哥便是居无定所，食无定餐。由于在赵、宋两家都无着落，他生长的环境很不安定。工作以后，刚刚踏入社会便碰上了坏人，受坏人教唆引诱，他犯了错误，被政府收留，进行劳动教育改造。出来后，他失去了本来的工作，再也找不到合适的工作，所以他的生活总是飘忽不定。他曾经有过一段短暂美好的婚姻，生下一个儿子——伟业，但很快就离了婚。或许是生不逢时，或许与先天遗传有关，二哥和他的儿子伟业的人生轨迹与前面提到的我外公有很多相似之处。他们都相貌堂堂、聪明伶俐、能说会道，很讨女人喜欢。父子俩都写得一手漂亮的好字。可是他们都不务正业，都不肯脚踏实地地工作，喜欢浪荡。他们也像外公当年一样时常来向母亲要钱。但这回不同的是，母亲总是竭尽所能地给他们钱。后来母亲出国了，二哥也离家出走，从此杳无音讯。

回国后，母亲看不到二哥，除了挂念二哥外，便常常惦念着二哥留在青岛的儿子伟业。开始，母亲把伟业收留在身边，和她一起生活。结果伟业还是不务正业，沉不下心来，后来也离开了奶奶，但偶尔会回来向奶奶要钱，每次奶奶都是有求必应。到了晚年 90 岁以后，母亲仍每天出门晒太阳，她总是在裤袋里装一小卷人民币——她随时在等待着她孙子伟业的到来。一见到他，她便会悄悄地把钱塞给他。伟业也会搂着奶奶的脖子，甜言蜜语地讲些奶奶喜欢听的话，等拿到钱后便会扬长而去。母亲继而又开始了下一个等待和给钱的轮回。真是可怜了母亲的一片苦心。

　　母亲和二哥振文母子之间还有很蹊跷的一件事。二哥在上世纪 90 年代末离家出走，如石沉大海，我们再也没有听到过有关他的消息。然而，母亲去世后的第四天，噩耗传来，我多年下落不明的二哥在山东德州也突然心脏病发作戛然离世，享年 67 岁。虽然母亲和二哥多年失去联系，大概这就是人们所说的母子心有灵犀、宿命相连吧。也或许是母亲在天堂还是放心不下二哥，邀请他一起同去了。

　　母亲离开宋家时，10 岁的大哥振武不愿意。他曾要挟母亲说，如果改嫁，将来就不要指望他为她养老送终。母亲答应了他，并从此一生遵守着这个约定。然而作为母亲，她却时时刻刻地惦记着大哥，她一生无私地帮助着大哥和他的家人。在早年，特别是三年困难时期，母亲几乎每个月都会把我家省吃俭用积攒出来的一些粮票和油票等拿出来去接济宋家。

　　大哥后来回忆说："我一出生就注定了我一生的不幸。因为我父亲年纪太大，母亲年龄太小，都顾不上我。"的确，大哥的一生过得跌宕不安。大哥是一个智商和情商都超群的人，他的长相也格外出众，身材高挑，有 1.8 米高，高鼻梁，大眼睛，有着一张俊俏且很有棱角的脸。他总是梳着一个非常优雅的左偏分大背头，走起路来风度翩翩。他博学多才，而且能歌能舞，所以年轻时候很受女人们的青睐。母亲常常为他的儿子骄傲，她经常说："在这世界上，我的儿子三条腿的女人找不着，两条腿的遍地都是。"记得我小时候，每次大哥到家里来，他总是穿着一身服服帖帖的小站领五四式学生制服，小站领里面衬着雪白的衬衣，左上衣口袋里还会插着一支钢笔。他总是文质彬彬，说话慢条斯理。对社会上的各种事物、天下大事，他都能侃侃而谈，而且分析得有条有理，特别透彻。他在每次评论完一件事情后，总是将他右手的大拇指、食指和中指并在一起搓揉几下，然后再轻轻咳嗽两声，以表示谈话结束。他那讲话的神态和风度真是有"秀才不出门，尽知天下事"的感觉。他的言谈举止让我识字不多的父亲佩服不已，父亲常常说："振武将来一定能成大器。"的确，大哥是我最佩服的能人之一，我也从来都认为大哥总有一天会出人头地。然而大哥生不逢时，因他的父亲在解放前复杂的社会背景，他一度被视为另类，俗称"出身不好"，所以大哥那时很难找到一个像样的工作。

据大姐回忆，大哥19岁高中刚刚毕业，就开始琢磨着出去做生意，他的目标就是把贫困潦倒的宋家再重新撑起来。听说

母亲和大哥振武一家

南方扬州是做生意的好地方，赚钱也比较容易，大哥便把他父亲留下来的一些家底，包括金银首饰、座钟、怀表和貂皮大衣等统统送到中山路的当铺里当了，把换来的钱作为本金，去了扬州做生意。他开始在扬州做生意还算顺利，后来买了一些货物准备带回青岛推销。没想到，在返回青岛的路途中，他的货物被查获，以"投机倒把"的名义全部给扣了。出师未捷，血本无归，大概是因为急火攻心，大哥回到青岛后便一头栽倒在炕上，得了伤寒，高烧一个多星期也不退。有一天，他突然背过气去，停止了呼吸。全家人都以为他死了，上下一起痛哭。亲娘赶紧找出来一套好一点的衣裳准备给他换上，好送他上路。在换衣服时，亲娘突然发现大哥又喘起气来，惊喜之余，大家一起赶紧把大哥送到江苏路的青岛大学附属医院。在医院，大哥整整住了 22 天院才转危为安。

在大哥生病住院期间，母亲不在青岛，那时她带着我和刚刚出生不久的妹妹回父亲的老家日照躲避饥荒，在日照乡下做些农民常穿的衣服，拿到集上去换些钱。突然有一天大姐打电话来，告诉母亲说"大哥想你了"。虽然大姐没有告诉妈妈大哥生病了，但母亲是有感应的。她后来告诉我，她知道肯定是大哥出事了，因为一个 19 岁的小伙子不会突然说想妈妈。母亲就赶紧买了船票，准备带着我和妹妹从日照石臼所乘船赶回青岛。没想到船期延误了，船一直在石臼所停泊了几天。母亲心急如焚，归心似箭，但急也没有用，大概是急火攻心，牙疼了起来，最后掉了两颗牙。俗话说："牙疼不是病，疼起来要人命。"据母亲说，她牙疼得恨不得在甲板上打滚，根本顾不上我。幸好，5 岁的我自己坐在甲板上，专心致志地大口嚼着苞米面饼子和一串腌得很咸的蟹子。

后来通过老熟人在铁路上的关系，大哥得到了一个进青岛铁路局机务段工作的机会。招聘书来了，通知大哥去查体。大哥身体素质基本不错，应该没有问题。全家人都欢天喜地庆祝大哥终于找到了一个稳当的职业。查体那天，前面每一项体检都顺利通过了，最后一科是眼科。大哥视力也没有任何问题，两个眼都是 1.5。可是没想到，大哥的眼睛是红绿色弱，也就是说，大哥分不清红色和绿色。在铁路上工作，识别红绿信号灯的颜色至关重要，大哥在铁路工作的机会黄了。

原来眼睛红绿色弱是遗传的，在遗传学上称为 X 染色体隐性遗传。也就是说，我们母亲的两个 X 染色体里有一个携带着红绿色弱的基因，母亲所生的儿子有 50% 的可能性会是红绿色弱。

不得已，大哥只好另寻出路。他后来考入了青岛李村师范学校。刚开始大哥感觉不错，因为学校里管吃管住，至少在短时间内不用为吃饭问题担心。大哥聪明能干，在学校里的学习成绩很不错，是一个很优秀的学生。可是在学习了两年后，大哥不甘心毕业后一辈子当个小学教师，思来想去，他毅然决然地离开学校，准备重新寻找人生之路。

然而大哥的命运并没有因此而改观。他几次向我父母亲和亲戚朋友借钱，发誓重整旗鼓，再次去南方做生意。但他人本性善良，没有做生意的经验，不会识别真伪，因而，他屡次上当受骗，不是买回来假货，就是货物太贵卖不出去，几乎次次都是赔本、滞销。不得已，他只好向自己的家人和朋友推销货物抵账。大哥历经几次波折，几次失败，债台高筑，骑虎难下，只有仰天长叹"天不助我"。几场大病后，他终于决定老老实实地做一个普通人。后来他在青岛冠城路的肉类加工厂找到了一份工作，在那里工作了很多年，工作收入低而且很辛苦。

老天爷还算是公平的。虽然大哥一生历尽艰难、生活艰苦，但他有幸娶了一位漂亮贤淑、知书达理，心甘情愿和他一起同甘共苦而且对他终生不渝的妻子，她的名字叫付风英。风英嫂子和大哥是青梅竹马，他们是上高中的时候就结下情缘的。那时候，大哥英俊潇洒，大嫂美貌无双，他们的结合真可称得上郎才女貌。然而，他们的结合并不顺利。风英嫂子来自军属干部家庭，根红苗正；而大哥来自"黑五类"家庭，根黑苗斜。风英嫂子的父母和姊妹都极力反对他们的结合，然而风英嫂子义无反顾，不顾家庭的阻拦，把她的户口本从家里偷出来，与大哥登记结了婚。大哥对风英嫂子也是一往情深。听说当年大哥去扬州做生意失败，回家后气火攻心，得了伤寒昏死过去，苏醒过来后，不认识人。但当风英嫂子走进病房时，护士问大哥那位来探望他的漂亮女人是谁，他用很微弱但骄傲的语气说："俺老婆。"其实他们那时才刚刚登记，还没结婚。也许会有人说他们那是新婚燕尔，不足为奇。但如果我告诉你他们结婚55年，恩恩爱爱、相敬一生，你还会这么说吗？大哥夫妇真可谓是贫寒夫妻，但相濡以沫一辈子。后来大姐私下悄悄问风英嫂子嫁给大哥是否后悔，她说："我不后悔。你大哥和我好了一辈子，我心情好，知足了。"

大哥一生历尽坎坷，所以他年轻时曾经怨恨过母亲。然而大哥大半辈子养育了两个儿子，老年以后有了自己的孙子和重孙子。生活的磨难和历练，使大哥终于体悟到了母亲一生的无奈和对孩子们的无私奉献。用振武大哥自己的话说："咱娘实在是太不容易了，她一生很苦。"晚年的大哥，对母亲关怀备至，逢年过节都会带着他全家来探望母亲，年复一年，风雨无阻。每次离开前，大哥总是不会忘记对母亲说："你有事就叫我，我随叫随到。"有一年庆祝老人节，大哥请母亲和全家一起出去吃饭，在宴会上母亲突然晕倒了，听说大哥吓得惊慌失措，瘫软在地。后来母亲生病住院，他不顾自己也年老体弱去医院陪床，可见大哥对母亲的挚爱。2017年冬至，大哥因患癌症去世。去世前，93岁的老母亲去看望74岁的大儿子。俗话说："母活一百岁，常忧八十儿。"母子二人同时躺在一张床上，母亲看着病危的儿子，大哥偎依着母亲。相信那时母子情长，多年的积怨都会云消雾散。但愿母亲和大哥能在天堂重新相逢，彼此陪伴，再做母子。

母亲和我的童年

在童年，我对社会最早的记忆始于三年困难时期。这一时期就是指从 1959 年至 1961 年间在中国全国范围内发生的粮食短缺和经济困难。和其他在城市里的老百姓家一样，我家也常常吃不饱饭。我一岁多的时候，父母把我送进了托儿所。为了能让我吃饱，爸爸妈妈省吃俭用。妈妈每天都要挑一些好一点的煮地瓜干，用一个小手绢包好，给我带到托儿所作为我的午饭。前面提到我刚刚出生的那个晚上，我嚎哭了一夜，惹得医院的护士都不耐烦了。不知道是什么原因，在托儿所，我喜欢哭的习惯还是没有改。妈妈说我在托儿所里每天总是哭个不停，惹得照顾我的阿姨们很不高兴。刚开始去的是临清路第三公园入口左边的一个托儿所，后来换到市场一路上的第一托儿所，最后没办法，又换到阳谷路的东方托儿所，总之连续换了 3 家不同的托儿所。那时候母亲在东阿路街道办事处组织的生产自救缝纫组里工作。母亲回忆说，有一天近晌午的时候，她正在缝纫组里工作，她的同事老邢突然惊叫起来说："老马，你儿子来了！"母亲不屑一顾地回应说："开什么玩笑，大起（我的小名）的托儿所隔我们这里还远着呢。"说话间，母亲听到门外有一个孩子在微弱地叫着"妈、妈"，抬头一看，"我的老天爷！"母亲惊讶地叫道。她看见我趴在缝纫组的门槛上，四只"爪子"着地，一个小脑袋直挺挺地抬着，活像一只小乌龟。我满脸和满身都是泥土，裤子尿得全湿透了，鞋和袜子也都丢了。母亲惊恐地把我抱了起来。很多年以后母亲都不敢相信那是真的，因为从阳谷路的托儿所到东阿路的缝纫组要过两条马路，而且东阿路缝纫组周围楼房的门都是一样的。不管怎么样，幼年的我在一岁多的时候就已经创下了一个长途跋涉的记录。因为托儿所阿姨们失职，把我给放跑了，母亲非常气愤。恼火之余也没有办法，母亲只好每天上班带着我，她把我藏在缝纫机的下面，以免让街道领导看见。

我好哭和逃跑的能力让母亲感到一筹莫展，我生性好哭的本领似乎也被大家默认了。可是我现在有时候仔细琢磨这件事，我猜想母亲和大家很有可能冤枉我了。我一个刚刚出生或者一岁多的孩子为什么会无缘无故地天天咧咧着哭呢？大家难道没有想一想，那会不会是我在饿得哭呢？

后来长了几岁，我还依稀记得我跟邻居王大娘家的大孩子们（宝宝、金兰和玉民）去市场三路菜市场捡白菜帮子。菜市场里的服务员为了让白菜的卖相好看，往往会将白菜最外面的老菜帮子剥下来扔到旁边的一个筐里，准备分开廉价卖。这时候我们这些穷孩子就会趁着人多，躲在大人后面的腿夹缝里，用一个自行车轮条做成的钩子把白菜帮子偷偷地从筐里勾出来。我天性胆小，每次去偷菜我都会心惊胆战。

也就是在那三年困难时期，先天和后天的营养不足给我造

116

成了极度发育不良。据母亲说，我那时走路总是头重脚轻，晃晃悠悠，多次从大院的二楼楼梯上滚下，磕在楼梯口那挡着后院大门的石头上，我的前额因此也总是布满青包。如今我似乎依然能嗅到那嘴啃泥地而泛起的土香味。每次摔倒又磕了新包，母亲便会心疼地轻轻抚摸着我的头，边吹边说"扑拉扑拉毛，吓不着"。虽然母亲和家人都很心疼我，但始终没有人意识到我那是由于营养不足而导致的发育不良。现在往好处想，可能就是因为我那时候经常跌跤，把我的前额磕得越来越大，让我"脑洞大开"；也或许是那些跟头把我摔开了窍，让我后来有了出头之日。

可能是因为我从小就身体虚弱，经常跌跤，母亲对我格外疼爱，所以从小我和母亲的关系就非常密切，长大以后也是一如既往。我和母亲之间从来没有秘密，她心疼我，爱我，也宠惯我；当然我在妈妈面前也会撒娇。记得有一年春节，妈妈给我做了一套黑色灯芯绒新衣裳。正月里，我和邻居家的孩子们去第三公园玩，我们把工人文化宫前的石头楼梯扶手当滑梯，上下来回，滑得兴高采烈，结果我把过年刚刚穿上的崭新裤子擦出了洞。回到家里，父亲看到我裤子擦破了，大怒，扬起他那巨大的巴掌向我扇了过来。妹妹见了急忙挺身挡在我的前面，结果挨了父亲一巴掌。母亲看到也跑过来遮挡着我。我见势就趁机大哭，一边哭一边逃离了家，跑到了楼下聊城路大街上。在街上，我感觉很冤枉，便仰天嚎啕大哭。我眯着眼、咧着嘴呜呜地哭，哭着哭着，我突然发现每哭一声，随着眼睛那一眯，头上的路灯就会突然发出四射的金光，很像我们小时候玩的万花筒。那灯光在我的眼泪里像迷彩一样，魔术般地烁烁发光。

我反复地哭，眯着眼挤出眼泪，那泪珠便会激发出光芒四射的金光。结果我哭着哭着玩了起来，对着路灯继续哭，眯着眼哭，为了看"万花筒"，最后好像忘记为什么哭了。

还有一次我和邻居王家的玉民一起在聊城路大街上玩。王玉民比我大一岁，我们俩很要好，经常一起玩耍。一天傍晚，我们俩在高唐路和聊城路路口拐角处的文具商店门前玩。路边摆着几块宽大的水泥钢筋预制板，我们俩就调皮地在水泥板上走起了平衡木。我把双臂向两侧伸直和肩膀平齐，一边用两只脚前后交错地向前走，一边左右摇晃着保持身体平衡。突然我的左脚踩错位，踩到了右脚跟上，扑通一下摔倒了，我的左腿划在了水泥板的边缘上。开始没有感觉到疼，等我坐起来一看，我吓傻了。我看到左小腿干上有一层薄薄的白膜，渐渐撕裂开来，露出了一道约有两寸（1寸≈3.3厘米）长、一寸深的伤口。伤口内没有出血，只见红白肉相间，透出了雪白的骨头。我一时吓懵了，头晕目眩，不知道该如何是好。玉民却不知道为什么在旁边咯咯地笑了起来。一会儿，几位邻居和母亲匆匆赶来，把我抬到附近的李村路诊所。诊所已经下班了，大家一起急促地砸门。门开了，一位头戴白帽子、身穿白大褂的女医生探出身来，一见到我们的阵势和我的伤口，她吓得连连摆手，不敢收我。她紧张地说："我们这里看不了，得赶紧去市立医院把伤口缝起来。"看到医生那么紧张，听说还要用针缝，我也害怕起来，不敢去医院。我就哭着哀求妈妈说："我不要去医院。"邻居们都嚷着说必须去，得打麻药把伤口缝起来才行。临危之际，看着惊恐哭泣的我，母亲爱子心切。她跟我说："孩子，不怕，咱回家。"她毅然决然地和邻居一起把我抬回了家。在家里，她把在街对面药房里买的一包伤口愈合散一股脑儿地灌满了伤口，然后用绷带缠了起来。至今我的左腿干上还留着一个两寸长、半寸宽的伤疤。

听妈妈说，我小时候总像个小尾巴似的，特别愿意跟在妈妈后面跑来跑去。她在家做饭拉风箱的时候，我就会粘在妈妈的后背上，用小手搂住妈妈的脖子，随着拉风箱的节奏一会儿前、一会儿后地摇摆着，很碍事。隔壁邻居家的孙大娘性格爽朗、心直口快，见我赖在妈妈身边，常常看不下去，就质问妈妈为什么不打我或把我赶到一边。妈妈便会笑眯眯且慢悠悠地说："这孩子时运不济生在俺这穷家里，我怎么能舍得打他呢？"

对母亲的依赖一直陪伴着我长大成人，那种依赖对我来说是那么的顺理成章，好像妈妈自然要一辈子陪伴着我。直到上小学，有一次我因为淘气，妈妈佯嗔地用手打我。可是一不小心，她的手刚好打在了我插在上衣口袋里的铅笔尖上。铅笔尖折断，扎进了母亲的手指头。我听别人说过铅笔有毒，若铅笔尖进入血液系统然后流进心脏，人可能就会有生命危险。我那一瞬间感到恐怖极了，放声大哭。我紧紧地握住妈妈的手指头，生怕那铅笔尖会马上溜掉。那是我生平第一次感到我会失去母亲的恐怖，也是我第一次感到母亲的生命对我的重要和我对母亲的依赖。

也许是母亲想从小就开始培养我独立的人格，在我还是个小孩子的时候她就把我"放鸭子"了。1969年暑假，我12岁，想去烟台牟平铜矿探望大姐，母亲居然痛快地答应了。那年夏天气温比较高，我穿着一件白色短袖衬衣和短裤，左胸口袋的上方别着一个很大的圆形毛主席像章。毛主席头像是镀金的，头像四周是很有光泽的大红色，寓意全国山河一片红。我身上还斜挎着一个刚好能装下一本袖珍《毛主席语录》的红色小挎包。临行前，母亲在小挎包里放上了几毛钱，把另外的几块钱缝在我的裤衩里，说怕我丢了。在青岛馆陶路长途汽车站，母亲把我送上了从青岛到烟台的长途汽车，她嘱咐我在烟台的交通旅馆站下车，下车后到交通旅馆里面找牟平铜矿驻烟台办事处的崔师傅，他会安排我和他一起去铜矿。到了烟台，我按母亲的嘱咐在交通旅馆站下了车，进到旅馆后我很快找到了牟平铜矿驻烟台办事处。我依然记得那办事处的两扇门很高大，鸭蛋绿色，可是两扇门的门鼻子上对扣着一把黄铜色的横开挂锁。事后才知道那位崔师傅把接我的事忘得一干二净，他径自回铜矿了。那天我具体是怎么在旅馆住下的，如今已经不记得了，只记得晚上我和许多大人一起睡在旅馆的一个很大的房间里，房间两面是两个大通铺。那些大人们都好奇地询问我，为什么我一个小孩子家自己出门在外住旅馆，我如实地告诉了他们。他们当中的一个人是烟台小钢联的一位卡车司机，他告诉我说明天早晨我可以搭他的车，可是他只能把我送到解格庄——烟台小钢联的所在地。烟台小钢联那时是全国"工业学大庆，农业学大寨"的典型，来来往往的车辆很多。他告诉我说从解格庄到孔辛头有 18 里（1 里 =0.5 公里）路，我可以自己走着去孔辛头。我很高兴地答应了。第二天，我搭上了一辆草绿色的解放牌大卡车一路到了烟台小钢联。下车后，向那位司机叔叔道了别，我便挎着我的《毛主席语录》，一蹦一跳、兴高采烈地走在从解格庄到孔辛头的乡间小路上。那天烈日当头，气温特别高，我走了好一段也没有看见铜矿。我开始感到又累又渴，忽然听到后面响起了铜铃般清脆的叮叮当当的声音，回头一看，是一位老人挥着一条长鞭子驾着一辆牛车向我驶来。那庞大笨重的老黄牛一步一个蹄印前行，嘴里嚼着草，咀嚼得满嘴白沫。它慢慢悠悠地向前走着，每踏一步，那脖颈下的铜铃就会叮当响一下。它还时不时地用它那粗长的尾巴来回抽打着自己的屁股，想把沾满全身的苍蝇驱赶掉。驾车的老人戴着一顶圆形尖顶的竹编大斗笠遮挡着炙热的太阳光，斗笠沿下的阴影里有一张黝黑、布满深深皱纹的老人的脸。他双眼眯成一条线，脸当中的鼻子像一根蔫巴了的胡萝卜，没牙的嘴巴向上翘着，满面笑容，非常慈祥。老人家斜坐在牛车的一边，当牛车追上我时，他用浓重的烟台地区口音问我去哪里。我说去孔辛头，牟平铜矿。他笑呵呵地说："那还有十几里路呢。小伙子，上车吧，我带你一程。"我赶紧高兴地爬上了车。走了大半晌之后，我终于看到远处的山上出现了高高的矿井架。矿井架上巨大的轮子在飞快地转着，卷扬机似乎是在从矿井下往地上运送着矿石。从矿井下上来的矿车一连串地沿着山坡上下来回穿梭，那些从矿井里挖到地面的白花花的矿石染白了大半片山。我终于到铜矿了。从那时起，在母亲的鼓励下，我也正式开启了我独立的人生之路。

我的青少年时代

　　1964 年我开始上小学，就读于青岛市北区陵县路小学。上学前，母亲带着我去市场三路百货商店文具部给我买了一个新书包、一个印着小动物的铅笔盒、一些彩色铅笔，还有一个粉红色长方形有香味的橡皮。母亲嘱咐我上学后一定要好好学习，做个好学生。那情景就像那时候我们儿歌里唱的一样："一二一，上街里；买书包，买铅笔；到了学校考第一。"入学不久，我就第一批加入了班里的少先队。记得入队那天，我们所有要入队的同学在教学楼前排成了一个整齐的方队。我们的班主任孙兰英老师给每一位入队的同学郑重地系上了红领巾。红领巾束戴完毕，孙老师向每一个学生一一敬礼。我们也要向老师行少先队队礼。行礼时要站直立正，昂首挺胸，右手五指并拢，手掌与小臂成直线，高举头上，掌心朝向左前下方致敬。那是少先队的最高礼节，表示着人民的利益高于一切。入队仪式的最后，大家一起宣誓，唱少先队队歌："我们是共产主义接班人，继承革命先辈的光荣传统，爱祖国，爱人民，鲜艳的红领巾飘扬在前胸……"那天我们都穿着雪白衬衣，佩戴着鲜红色的红领巾，少先队那五星加火炬的红色队旗在蓝天白云的陪衬下迎风飘扬。那天我的心情特别激动，突然间感到自己肩负起了祖国的重任，责任重大，似乎一下子长大了很多。

　　陵县路小学是一所1960年成立，1962年才扩建完成的新学校。虽然教学楼比较新，可是各种教学器材都短缺。有一次我们班要学习旗语。旗语是海军在海上利用手旗打手势来传递信息的一种交流方式。信号兵在舰艇上，双手各持一面手旗，根据双手旗帜挥舞的7种不同角度而构成不同的英文字母符号。比如：信号兵的两面手旗与肩平齐，表示字母R；两旗高于肩膀，表示字母U；两旗低于肩膀，表示字母N。全套旗语能表达英文的26个字母和数字0~9，旗语是世界各国海军通用的语言。因为青岛是一个海港城市，而且是北海舰队的大本营，所以对青岛人来说有机会是应当学习一下。手旗的旗面呈正方形，由质地很厚的防水布缝制而成，一端装有木制旗柄便于手握。海军用的手旗和悬挂在舰艇上的O（Oscar）旗一样，沿对角线，一半是红色一半是黄色。虽然我们要学习旗语，可是学校不提供手旗，所以老师让我们各自回家告诉家长买手旗。因为我家经济拮据，为了省钱，母亲就突发奇想，把平常戴的白色口罩拆开，用染料将其染成红色和黄色，然后用缝纫机将红黄两色对角拼接起来，再穿上一根木棍就成了一面旗帜。在学校操场上，当我看着同学们都挥舞着颜色鲜艳、质地厚实的工业制造的手旗，而我的手旗则是样子寒酸、半透明的纱布旗帜时，我感到无地自容，恼怒、自卑，恨不得一下子钻到地缝里去。回到家后我向妈妈大哭抱怨，妈妈只是很抱歉地默默听着。当时我感到很理直气壮，然而我却没有想到母亲的煞费苦心和难处。

　　或许是母亲感受到了我的憋屈，也或许是母亲从那时候起就决定以后再也不会让自己的孩子受委屈、在其他人面前抬不起头来，从那以后，几乎每一次我向妈妈提出要求买和学习有关的东西，即使意味着要多花钱，动用家里的储蓄，甚至借钱，母亲也会毫不犹豫地答应。也正是由于母亲对我的信任、鼓励和支持，使得我在小学时有机会广泛接触新生事物、拓展了视野。我学习过拉二胡、吹竹笛。小学后期，我的兴趣转向安装碳棒天线式半导体收音机。裤兜里揣着妈妈给我的钱，我经常在贮水山公园大庙山上的半导体自由市场里转悠，买二极管、三极管、电阻和电容等。最后我终于安插起一个半导体匣子，大部分时间它只会发出吱吱啦啦的电波噪音，但偶尔也会听到广播电台的只言片语。

　　1971 年，我上了初中。那时候中小学校的分配是按照家庭所在的地区而划分的。因为我家在聊城路，我被分到了青岛第九中学。青岛九中是青岛历史上最悠久的一所中学，由一位德国传教士和汉学家卫礼贤（Richard Wilhelm）于 1900 年发起创办，起初名为"礼贤书院"。学校正门在上海路中段，面向西。我家住在聊城路，大门洞向东。学校和我家由夏津路相连结，刚好与我家东西相望。九中历史悠久，师资雄厚，校园环境温馨典雅，其房屋建筑也颇具德国风味。学校里有令人难忘的"白果树院"和青岛历史上最早的西学图书馆，后来称为"鲁迅礼堂"。校园里至今还保留着象征礼贤书院的"礼贤楼"。另外，九中还有一个区别于其他中学的布满花卉的大花园。那时候我们同学之间流传着描述青岛几个中学的一个顺口溜："一中大操场，二中大海洋，七中大教堂，九中大花园，十中大茅房。"

　　我进入初中的时间刚好是中国发起"文化大革命"的第五年，那时各学校除了每天学习毛主席语录、开展"活学活用"讲用会，搞革命宣传运动之外，基本上不上课。那时候全国上下铺天盖地地宣传和普及8个戏剧作品，统称为"八大样板戏"。它们分别是京剧《红灯记》、《沙家浜》、《智取威虎山》、《海港》、《龙江颂》、《奇袭白虎团》，芭蕾舞剧《红色娘子军》、《白毛女》。那时候几乎人人都能字正腔圆地唱上几段样板戏片段。上初中后，我也曾经代表班里在舞台上演唱过《奇袭白虎团》里严伟才排长的西皮流水"打败美帝野心狼"，也演过《沙家浜》里"智斗"一场的刁德一参谋长。后来，我和好朋友齐俊利一起演出《智取威虎山》里的"定计"一场，我成功扮演了杨子荣，因此被选拔进入了学校里的"毛泽东思想文艺宣传队"。

　　从那时候起，我作为一位业余文艺爱好者开始了一段接近半专业的文艺生涯。之所以说是半专业，是因为青岛九中文艺宣传队的所有学生演员几乎都是全职排练演出《红色娘子军》全剧。我们宣传队有自己的管弦乐队、服装道具组、舞台美工组、舞台灯光组和A、B组两个舞蹈队，总共140多人。我们宣传队在青岛周围的工厂、农村、机关、学校和部队总共演出了一百多场《红色娘子军》和一些其他剧目。那演出的规模、场次和水平可能在全世界的中学里也是绝无仅有的，真可谓是特殊的年代造就了一代特殊的学生。"大剧场、大舞台、大汽车和大面包"是我们宣传队的同学们经常对我们那时文艺演出生活的自豪概述。

我在革命样板戏芭蕾舞剧《红色娘子军》里扮演儿童团长（手持红缨枪）。

　　刚进青岛九中文艺宣传队时，我被安排到舞蹈队。在舞蹈队里，我是所有同学里个头最矮的一位，身高只有 1.59 米。1972 年，柬埔寨西哈努克亲王访问青岛。我们宣传队接受市里派来的紧急任务，排练一个大型欢迎舞蹈，到青岛人民会堂为西哈努克亲王演出。为了整齐好看，上级对演员的身高有特殊要求，男同学的身高必须在 1.66 米以上，女同学必须在 1.6 米以上。为了测量身高，我们舞蹈队的所有男女同学在鲁迅礼堂的排练场里分别由高到矮排成两排。前排女同学里最矮的是扮演娘子军小战士的赵会琴，后排男同学里最矮的是赵玉琪，也就是我。赵会琴达标了，我却被淘汰了。因为我个头矮，而且长得圆头圆脑，想必还是比较可爱，我被安排扮演《红色娘子军》剧中手持红缨枪的那位小儿童团长。因此，我就开始学习跳芭蕾舞。既然要跳芭蕾，那就要有芭蕾舞鞋。那年头，专门定做一双专业的芭蕾舞鞋价格不菲。但这一回，妈妈没有凑合，她领着我到恩县路上一家专门做牛皮底鞋的店，为我定做了一双黑色男式舞蹈鞋。那舞鞋，是开口老头式的，牛皮底，鞋前后都有牛皮包面，和专业芭蕾舞蹈演员穿的练功鞋一模一样。的确，穿在脚上，立马感觉很轻盈。当我昂着头、挺着胸，有意迈着颇具芭蕾舞特色的"八"字步走在路上时，地上随之发出嘎吱嘎吱的响声，令我顿时感觉到自己很有专业"范"。在练功房里，穿着那双专业的牛皮底舞鞋，我也能很轻易地转上几圈"吸腿转"。

进入高中，我的个头犹如春天的竹笋夜夜拔高，一下子蹿了起来，不久我便长到了 1.78 米。由于长得太快，我的膝关节表面的皮肤都呈现出棕白相间的条条生长纹。个头高了，身体却瘦了下来。瘦本来是有利于跳舞的，但我跳芭蕾的技巧远不如很多同级的同学。由于争强好胜，我感觉到自己再继续跳芭蕾已无出路。有一次我们宣传队在流亭机场为北海舰队航空兵演出，其中的一个节目单簧管二重奏《医疗队员到坦桑》深深地吸引了我，那犹如流水般的单簧管演奏和那浑厚、深沉而且还有些沧桑的音色让我感到震撼，我当即决定"改行"。我向负责宣传队的张以忠老师请求调到乐队学习单簧管（也称"黑管"），没想到，张老师竟然很痛快地答应了。从那时起，我每天早晨起来不再进练功房跳舞了，取而代之的是每天近 10 小时和长达几年的演奏黑管的艰苦练习。因为宣传队只有两支黑管，但我们有 3 个演奏员，这给我每天练习黑管带来了困难。回到家里跟母亲说起，妈妈说："那咱就自己买一支吧。"那时候买一支黑管需要 100 多块钱，而我父母每月总收入加起来也不足 100 块。然而妈妈没有犹豫，她爬上家里的椅子，从挂钟的下面取出藏在里面的储蓄存折，带着我到家对面聊城路人民银行里取出钱，然后我们一起去中山路和北京路口的"环球"文化和体育用品商店买了一支崭新的"星海牌"单簧管。当我双手颤抖着打开带碧绿发

我在青岛前海沿练习黑管。

光丝绒衬里的乐器盒，看到平躺在里面的那 19 个银光闪闪的音键和黑里闪光、镶着银边的黑管的那一瞬间，我激动得心砰砰直跳，血液一下子涌到了头上。我满面通红，手舞足蹈，兴奋极了。那一天，我立志要参军，当一名专业文艺兵，专吹黑管。从那时起，那支黑管就一直陪伴着我，越洋跨海，至今近 50 年。

高中毕业后，我当专业文艺兵的梦想没有实现，我被分配到了青岛港务局机修厂，当了一名工人，工种是铆工，属于重体力劳动。学徒工资每月 24 块 5 毛，比普通工种的学徒工每月多拿 3 块钱和 3 斤粮票。没有当上文艺兵，我感到很扫兴，父母亲却很高兴。不仅因为我能够留在他们身边工作，而且因为那是一个技术工种。他们坚信，只要有手艺在身，走遍天下都不怕，更何况在我们的社会中工人阶级是领导阶级。看到电影《创业》里的钻井工人穿着中国人民志愿军式的压线棉袄非常神气，

看上去扬眉吐气、意气风发，我就向母亲提要求，也想穿中国人民志愿军式的棉袄，另外还要买手表，买自行车。棉袄，妈妈很快就做好了。手表，我不要青岛生产的大众化"金锚牌"手表，要时髦的"上海牌"手表。自行车，也不要粗壮实用、能驮东西的青岛"大金鹿"，上海"凤凰牌"自行车还可以，可是市面上还是较常见。我要买精巧玲珑的天津"飞鸽牌"的碧绿色包链自行车，因为那款自行车在青岛很少见，所以时髦拉风。那时候自行车很不好买，需要有政府专门发的自行车票，甚至还要走后门才能买到。起初，二姐夫文斌通过关系在郊区供销社给我推回来一辆青岛"大金鹿"。我死活不要，哭着喊着，硬逼着父母亲把"大金鹿"给退了，最后还是如我所愿买了一辆碧绿色包链的"飞鸽牌"自行车。

还好母亲的溺爱没有把我宠坏。相反，出生在一个普通工人的家庭，生活的清苦和母亲对我无私的支持和信任，在我的心里形成了强烈的反差。这变成了我生活快乐的源泉和积极向上的动力。分到青岛港务局机修厂当了工人后，在工厂里几个月的重体力劳动也唤醒了我对学习和提高知识水平的渴望。我开始上夜校，学习机械制图和高等数学，我的新目标是在车间里当一名人人羡慕的

我的青少年时代。我穿着中国人民志愿军式的压线棉袄感到非常神气。

技术员。

1976 年 10 月，中国结束了长达 10 年的"文化大革命"。十年浩劫，百废待兴。刚刚恢复工作的邓小平决定恢复中国大陆高考制度，面向全社会招生，重新开始高等教育招生考试。恢复高考，让社会上积压了 10 年的年轻人终于重新有了能上大学的机会。和其他几百万的年轻人一样，我也回到了学校去复习功课。那时候，我白天依然上班，傍晚回母校九中上补习课，和朋友们一起复习，交流。夜里回到家后便爬到吊铺上，把吊铺的纸门关上，盘着腿坐在木头衣箱前通宵达旦地学习。通过短短 3 个月的冲刺和努力，我幸运地考上了大学！虽然那是临时抱佛脚，但我在夜校学习的高等数学也派上了用场，因为自我感觉考的成绩还不错，在报考学校时，我本准备报考外地包括首都北京的学校，想到外面的世界去看一看，闯一闯。可是母亲不舍得我离开家，坚持让我报考本地的学校。我无奈报考了位于青岛的山东海洋学院（即今天的中国海洋大学），后来被录取，成为恢复高考后的第一批大学生。

我考上了大学，我父母亲都非常高兴，因为我是我们赵家门里出的第一个大学生。为了能让我在学校安心读书，家里的大小琐事从不告诉我。后来，我家从聊城路搬到莘县路，父母亲居然也没有告诉我，怕我分心，可见父母对我学习的重视和照顾。因为"文革"期间我没有很好学习，所以我的知识底子比较薄，相对很多来自书香门第的同学，我属于落后学生。比如，刚上大学时，我们学习英文分快、中、慢 3 个班，我被分到了慢班，因为我连英文的 26 个字母都认不全。在母亲的鼓励下，我奋起直追，很快，我就从英文慢班跳到中班，后来又加入了快班，完成了所谓的大学英文"三级跳"。

　　刚入大学时，我注意到我们班上的一位同学没有上几个月的学就考上了研究生。在上大二期间，我突发奇想，也决定提前考研。那时候我在学校里的人缘已经比较好，而且独自一人住在院学生会的一个房间里，所以几乎每天都会有各系的同学朋友来找我侃大山。考研期间，为了躲避同学，我就藏在学校礼堂后面的化妆室里复习功课。化妆室长期没有人住，里面很脏。为了怕来人打扰，我有意不打扫，灰尘很厚，人也坐不下来。另外因为复习功课太忙，我很长时间没有刮胡子理发，整天蓬头垢面。有一天母亲来学校看我，见到我那副惨相，心疼得哭了。她边哭边说："咱不考研究生了，干什么都能吃饭，没有必要这么遭罪。"看着妈妈心疼我的样子，我冲着妈妈咧着嘴傻傻地笑了。母亲的心疼和劝说不但没有让我打退堂鼓，相反更加坚定了我考研的决心。结果，我考的总分成绩超过录取线而且英文考了第一名，然而我报考的导师没有录取我，因为她知道我没有生物基础，考出的好成绩仅仅是靠短期记忆。大概这就是命运的安排。不管怎样，那一次突击考试，为我日后出国考试铺垫下了良好的基础。

出国留学

　　我大学四年级的时候，在邓小平的领导下，国家决定进一步深化改革开放。与此同时，邓小平指示中国教育部在全国范围内招贤纳士，公开招考录取派往西方各国的中国留学生。作为国家改革开放的一部分，1981 年，教育部决定选派 252 名学生出国深造攻读硕士或博士学位，被选出的留学目的地国家中有海洋学科的包括英国、法国、墨西哥和美国，而美国有两个"水生生物学"的名额。这个消息很快在校园里传开了。刚开始我并没有想过要出国，一是我那时候对国外没有足够的了解和兴趣，对美国的印象也基本还停留在电影《上甘岭》里美国鬼子们那些狰狞的魔鬼面目上；二是我早就想好了准备报考中国国家海洋研究所的研究生。前面提到我在大二的时候就考过研究生，虽然没有被录取，但我的英文却考了第一名，因而后来的几年我都在英文快班学习。由于我在大学期间的英文突飞猛进，后来还加修了日文，我掌握外语的能力已经凸显出来，学院里几位喜欢我的教授在私下鼓励我报考出国，我的心也开始蠢蠢欲动。我回家去争取父母亲的同意，希望他们能支持我考出国，可父亲坚决反对，他认为我是好高骛远、异想天开。当然也可能是他不想让我离开家，严厉制止只是他的一种表达方式。虽然我知道母亲也是一百个不愿意我离开家，但母亲在大事面前从不糊涂，她表示支持我考出国留学。

1981年10月的一天，我接到了北京国家教育部发来的通知书，我以水生生物学第一名的成绩通过了全国统一考试，考上了"赴美留学预备生"。通知让我立即奔赴上海外国语学院深化英文学习，并准备应考参加美国在中国举行的第一个托福（TOFEL）和留学研究生入学考试（GRE）。考试通过后，我便正式转为"赴美留学生"，我从而有幸成为中美建交后，中美两国签署的政府间研究生交换计划，也称国家计划内公派第一批留学研究生。被录取为正式赴美留学生后，我返回海大参加了大学毕业典礼，后进入北京语言学院进一步培训学习准备出国。1983年我真的离开了父母、离开了家、离开了祖国。8月20日，我在旧金山国际机场正式踏上了美利坚合众国的土地，从此开始了我一生跨洋越海的留学生涯。

孩子长大了，翅膀硬了，要离开家了。母亲舍不得我，但又不能拖我的后腿。正如唐代诗人孟郊的五言诗《游子吟》里所咏："慈母手中线，游子身上衣。临行密密缝，意恐迟迟归。"出国前，母亲为我出国做准备，跑前跑后。为了能让我穿上一套像样的西装，她还专门跑到中山路的老字号震泰洋服店找了解放前就熟识而且是专门做"培罗蒙"西装的老杨师傅，给我私人定制了一套在那时候非常洋气的藏蓝色西装。听妹妹说，自我出国以后，母亲经常想念我，常常一个人默默地坐在家里，遥望着西面的大海，悄然流泪。

1984 年，我女儿贝贝在青岛出生了。孙女的到来给爷爷和奶奶带来了极大的欢乐，母亲也把对儿子的思念暂时倾注到了孙女的身上。一时间，家里的生活又热闹了起来，有孙女的陪伴，家里充满了欢声笑语。爷爷高兴，奶奶欢喜，尽享着天伦之乐。1987 年，我大儿子明明（大名赵中明）在美国出生。明明满一周岁的时候，我们全家回青岛探望父母，也让明明有机会第一次见到了爷爷和奶奶。为了让贝贝和明明姐弟俩都有个伴，我们决定将 4 岁的贝贝接到美国。然而贝贝的离开，给爷爷和奶奶的生活留下了一个大真空，家里的欢乐气氛突然消失了。老人家的心里每天都空荡荡的，无着无落，坐在家里你看我，我看你，大眼瞪小眼，无所适从。老人家想念孙女心切，希望能和孙女通话，看看她在美国适应了没有、过得怎么样。那时候，打一个国际长途电话非常不容易。首先要到中山路中国银行旁边的市邮局，先填一个电话申报单提供所有相关信息，由邮局里的国际接线生帮助拨通电话，一般要等很长时间。一旦接通，接线生会告知在几号接话亭里讲话。线一旦接通了就按分钟计费。那时候国际长途电话收费极其昂贵，大概是每分钟 7 块 6 毛钱，若讲 10 分钟就是 76 块钱，超出我父亲一个月的工资。所以即使电话接通了，老人家也只能匆匆讲几句话，流一通眼泪，不能尽情畅叙，更不敢经常打电话。听说孙女在美国水土不服，想念爷爷和奶奶，整天哭着要爷爷奶奶，两位老人心疼得寸肠欲断。老两口商量来商量去，最后决定让母亲来美国短住一段时间，那样既能看到孙子和孙女，帮助孙女适应美国生活，同时也可以帮助我们做一些家务减轻负担。父亲让母亲早去早回。

134

　　1989 年 8 月 25 日，母亲飞到了美国。我带着贝贝提前一天从俄勒冈州驾车前往旧金山迎接她老人家，我们沿着西海岸的 5 号州际高速公路一路南下驾驶了十几小时，沿途经过了俄勒冈州的尤金市、罗斯堡、梅德福。进入加州后，穿过沙斯塔三一国家森林，途经雷丁、威廉姆斯、萨克拉门托、伯克利和奥克兰，跑了 900 多公里后，最终才到达旧金山。

　　旧金山是我最喜欢的美国大城市之一。旧金山，也称三藩市或圣弗朗西斯科，是美国加利福尼亚州第四大城市，排在洛杉矶、圣地亚哥和圣荷西之后。美国西海岸有 3 个州，从北到南是华盛顿州、俄勒冈州和加利福尼亚州，加利福尼亚州是西海岸最南面的一个州，与墨西哥接壤。"金山"的名字起因于 1848 年居住在加州萨克拉门托的一个木匠。有一天，他在推动水车的水里发现了黄金颗粒。加州有黄金的消息不胫而走，世界各地的人包括很多华人蜂拥而至。淘金的浪潮使得金山的人口陡然剧增，它因而很快便成了当时美国密西西比河以西被称为"狂野西部"的最大城市。继加利福尼亚淘金热之后，1851 年澳大利亚特别是在墨尔本一带也开始了淘金热，很多华人也随之涌入了澳洲淘金。为了能把澳洲的"新金山"与美国的"金山"分别开来，淘金的华人当中便出现了"旧金山"和"新金山"之说。

　　旧金山西邻太平洋法拉隆海湾，内有圣弗朗西斯科湾环拥，所以也统称为湾区。旧金山湾区的地形很像一对螃蟹的双钳，螃蟹的左钳是旧金山市中心，右钳是圣拉斐尔，左右钳由著名的金门大桥相连接。双钳的后面有一对螃蟹的眼睛，左眼是奥克兰，右眼是伯克利。受太平洋海洋性气候的影响，旧金山有典型的凉夏型地中海式气候。每天早晨海雾比较大，一天的温差也比较大，基本在 8 摄氏度到 23 摄氏度之间，一年 365 天里有大约 260 天是晴天，所以旧金山几乎每天都是阳光明媚，温度宜人。正如所料，母亲到达的那一天，旧金山是秋高气爽，碧海蓝天，阳光灿烂。当母亲从海关口走出来的那一霎间，贝贝看到了日夜思念的奶奶，她奔跑扑向奶奶。奶奶见到孙女也异常激动，张开了双臂一下子把孙女紧紧地搂在了怀里。奶奶泪如雨下，贝贝也犹如一只离家的小鸟终于回巢般地偎依在奶奶的怀里。

在旧金山的一家旅馆入住后，我开车带着母亲和贝贝去旧金山唐人街为母亲接风。旧金山的唐人街是老一代华人非常集中的一个区域，有 100 多年的历史。唐人街地处旧金山市中心，地界呈长方形，东南西北纵横跨了好几条市区的主要街道。唐人街基本上是在一个半山坡上，它西边面临太平洋的法拉隆湾，东边被包在螃蟹双钳里面的圣弗朗西斯科内湾，海拔比较高，地势也高，所以唐人街周围的主要车道也是坡度极其陡峭，几乎成 30 度。不凑巧的是，母亲到达美国前不久，我刚刚买了一辆二手的手排挡日产达特桑，在旧金山那极为陡峭的山坡上开车对我这个刚开始学习开手排挡车的新手来说是一个巨大挑战。开过手排挡车的人一定知道初学手排挡车最怕的就是在半山坡上临时停车。红灯一亮，所有车都必须停下来，在那陡峭的坡上，一辆辆汽车像成串的螃蟹前后紧密相连挂在山坡上。这时候，右脚下一定要把脚刹踩死，稍有松动，车就有随时滑坡的可能。但绿灯一亮，我必须马上在挂挡的同时将右脚从刹车转向油门。如果油门踩得过火，汽车会猛然向前冲撞到前面的车；如果挂挡和踩油门不能协调一致，那一瞬间，汽车就会陡然后滑，有可能会碰到后面的车。最糟糕的是旧金山市区的汽车一辆一辆首尾相连，互不相让，没有任何犯错误的空间，所以我精神高度紧张。一路上过了好几个此类令人心悬的路口，经过几次手忙脚乱，谢天谢地，没有闯大祸。

唐人街的正门在都板街和布斯特街之间，入口处有一个高大的中国式牌楼。牌楼有一宽大的正门和左右两个偏门，门前有一对狮子。整个牌楼由青灰色的方形石柱支撑着，绿瓦盖顶、红色额坊相连。牌楼顶上有二龙戏珠建筑构件，正门上方高悬一横匾，"天下为公" 4 个大字金碧辉煌。穿过牌楼，就算正式进入唐人街了。

母亲与贝贝在旧金山重逢。背后是旧金山唐人街正门。

进了唐人街，我们顿感亲切。那里既有家乡的温情，又有异国的格调。对留学海外的人来说，有些像回家了，因为周围突然都变成了中国式建筑，有描梁画柱，建筑物上的色彩也是中国的大红、大绿、镶金、涂银，商号的各式牌匾很多是中国字。看街道铺面、听商家讲话都让人感觉像是置身在广东的某一城市，因为几乎所有住在唐人街里的华人都讲广东话。说是家乡也不确切，因为英文招牌也是遍地可见，马路上簇拥来往的人群里黄头发和红头发的人比黑头发的人只多不少，游客们也大多讲英文。20世纪80年代的唐人街和大陆的气氛迥然不同，除了商业气息特别浓重外，大街小巷的空气里随时随地地飘着邓丽君和其他港台歌星那柔声柔气的低吟浅唱。

我带着母亲去了唐人街最大的一家餐馆"金龙大酒家"。金龙大酒家在唐人街中心，坐落在华盛顿街和格兰特大道的交界处。酒店里面装饰得富丽堂皇，店大堂后墙的正中悬挂着硕大的双龙戏珠雕塑，鲜红色的丝绒背景陪衬着两条金光闪烁、碧光耀眼的飞龙。龙体覆盖着层层鳞片，金龙上下翻滚，一对尖利锐爪，左扶祥云，右抓明珠。那一对龙头高傲地跃出墙面，张开血盆大口，球大的龙眼瞪着顾客，一副龙须飘在空中，生龙活现，气宇轩昂。

那天是星期五，金龙大酒家的生意一如既往地热闹兴隆，客满为患。我们坐定后，我告诉母亲说今天为她接风，我请她吃广东饮茶。母亲很诧异，说"我们不喝茶，吃点饭就行了"。我突然意识到母亲从来没有吃过广东饮茶，赶紧向母亲解释说，我们不是喝茶，是吃饭。不过，广东饮茶和一般在饭店吃饭还不太一样，因为我们不用提前点菜，卖饭的会在饭店里推着餐车在各个客桌之间转悠，餐车上的小盘子和小碗里装着各式小吃，看着哪个好吃用手一指就行。母亲开始还是有些怀疑——

与山东人喜欢吃的大盘子、大碗相比，那些小盘子、小碗能让人吃饱吗？不管怎样，母亲还是感到很新鲜，她饶有兴致地挑了几样小吃。我随后点了一些我平常爱吃的水晶虾饺、姜葱牛百叶、上汤鲜竹卷、猪肠粉和豉椒蒸凤爪，甜点有奶皇包和我最爱吃的芝麻球等，母亲尝过之后，说都好吃。母亲刚开始不想吃"猪肠粉"，以为那是猪大肠做的。听我说不是猪大肠，是米粉做的，才肯吃。她品尝后说感觉一下子就滑进了嘴里，连连称好。我母亲一般不吃鸡爪子，所以对那称为"凤爪"的红烧鸡爪子有些打怵不敢吃。不管怎样，那是母亲对广东饮茶的第一次体验。

饭后，我们开车到附近的联合广场稍作休息。联合广场是位于市中心的一个中心公园，周围有很多高耸的办公楼、购物商场、酒店和剧院等。在广场旁边的大路上，汽车熙熙攘攘，来往频繁。人行道上，很多公职人员身着笔挺的西装，打着鲜艳的领带，皮鞋闪亮，忙碌地阔步前行；还有阔太太和女士们衣着美丽动人，跨着大大小小的商品袋，高跟鞋哒哒地敲打着石头路阶。中心公园里面却是一个世外桃源，一片寂静。长方形广场的 4 个角落种植高耸的棕榈树，广场中央高高地竖立着一个纪念塔，圆形白色花岗岩塔上是一位肢体优美、单脚站立的古希腊胜利女神尼克。女神雕像是典雅的古铜墨绿色，她左手持一把三叉戟，右手高擎着一个欢庆胜利的花环。在纪念塔下的长凳上，母亲和她心爱的孙女偎依在一起看着眼前成群的、咕咕直叫的和平鸽来回点头啄食，一片祖母、孙女亲密祥和的景象。

旧金山联合广场的中心公园

旧金山公园

　　接下来的几天，我给妈妈当导游，一起游览了旧金山的几个主要名胜景点。我们首先去了世界著名的旧金山金门大桥。金门大桥是旧金山的象征，也是财富的象征，是当时走向淘金致富的必经之路。在金门大桥的旁边有一个特别值得一游的金门大桥公园，在那里可用安装在岸边的望远镜眺望远处的碧海

140

蓝天、海天一线，还有成群的海鸥在海面上自由地飞翔、鸣叫、遨游、盘旋。远处恶魔岛上的灯塔和古老的建筑似乎会通过一波波海浪声告诉你那些历史久远和让人听后郁郁寡欢的离奇故事，或许你也会听到岛上传来被拘押的外国移民和囚犯们的哀怨和悲苦的嚎叫声。离开金门大桥公园，我们去了九曲街。九曲街是一条从浪巴街到利文街由西向东、自上而下，而且极为陡峭的单行车道。前面提到在旧金山开车路陡难开，但最令人心惊胆战的一段街应该首属九曲街。之所以把一条短短的路修成九段弯弯曲曲的路，就是因为这段路实在是太陡。如果你想试一试你的驾驶技术，九曲街是最佳选择。因而，九曲街也有"世界上最弯曲街道"的美誉。

离开九曲街后，我们前往渔人码头，渔人码头是旧金山最热闹的旅游景点之一。我们从 45 号码头向东，沿着海边漫步，海风习习，感到很惬意。在那里，我们看见停靠在码头边的帕帕尼托号潜艇，它参加过第二次世界大战，另外还有许多艘 19 到 20 世纪间制造的帆船在海德街码头边整齐地排列着。再往前走，进入 39 号码头，就像是在海边赶集，门庭若市，拥挤不堪。

码头上有形形色色的礼品商店、小吃店和海鲜餐馆，我们在一家冷饮店排长队吃了冰激凌。傍晚，我们找了一家海鲜餐馆就座，吃了一顿螃蟹海鲜大餐。从靠海边的窗子向外望去，码头边海豹成群，偶尔海豹们会像卓别林一样左右摇摆着扑打前行，一会儿，像跷跷板般地起舞跳跃，竞争似的嘶叫声此起彼伏，一幅美妙惬意的景象。

异国相逢，亲人相聚，我们一家三代人一起欢欢喜喜地游览了旧金山，也留下了一段难忘的回忆。

和母亲在科尔瓦里斯的那些日子

　　我在美国读书的俄勒冈州立大学位于俄勒冈州科尔瓦里斯市。俄勒冈州立大学的历史可以追溯到 1856 年，该校是俄勒冈州最大的一所州立大学，大约有 3 万多学生。她是美国仅有的两所联邦指定的陆、海、空和大气科研大学之一，虽然也归属一类大学，但在美国大学中排名仅在一百位，在世界排名两百位左右，然而她的海洋和森林学都排在全美前三名。

　　与旧金山那样的大都市不同，科尔瓦里斯市是一个乡间小镇、一所大学城，总共有 4 万多人口。"科尔瓦里斯"拉丁语里是"山谷的中心"的意思。1845 年 10 月，约瑟夫 .C. 艾弗里先生成为在科尔瓦里斯落户的第一人。他把家选在威拉米特河河畔，向西通往北太平洋，往东靠近喀斯喀特山脉。由于受西边海洋性气候的影响和东边喀斯喀特山脉的阻拦，科尔瓦里斯一年中大约有 9 个月会细雨蒙蒙，雨不大，基本不用打伞，但四季空气新鲜湿润。科尔瓦里斯是一个读书的好地方，那里的人民善良和蔼，环境静谧、安逸，路不拾遗，是一个典型的世外桃源。

把母亲接到科尔瓦里斯后，母亲每天帮我们照顾家、做饭、看孩子，虽然生活单调辛苦，却也是苦中有乐。在语言上，母亲可以用中文和贝贝讲话，但孙子明明出生在美国，他基本上不会讲中文，所以奶奶和孙子之间没有办法沟通。明明到现在都还记得他和奶奶在美国第一次见面的情景：奶奶刚进家门不久，她老人家就忙活着打开行李箱，把她从中国带来的好吃的和带给孩子们的礼物统统拿出来。明明生性幽默，因为没有办法和奶奶讲话，他就想逗一逗奶奶。在奶奶打开每一个箱子的一瞬间，他就迅速地把一个紫色绒毛恐龙玩具塞到奶奶的行李箱里。看到箱子里的紫绒玩具，奶奶感到诧异，不知道是从哪里来的。三番两次地看见同一个玩具后，她终于发现是孙子搞的鬼。孙子的小把戏把生性拘谨、不善幽默的奶奶弄得哭笑不得、手足无措。

母亲和明明、贝贝在科尔瓦里斯。

由于语言障碍，奶奶和明明之间基本上都是通过肢体语言来交流。明明回忆说：虽然奶奶没法和他讲话，但总是尽心尽力地照顾着他和姐姐。每次吃饭的时候，奶奶总是静静地坐在他的旁边，看着他吃饭。在碗里的饭菜还没吃完之前，奶奶便会把饭再拨给他一些，直到吃饱为止。奶奶为了表达对他的爱，出门走路时，总是牵着他的手。晚上睡觉前，她也会慈祥地用她那温暖柔软的手抚摸着他的额头、手和脚，让他感觉到无比安全。后来奶奶和孙子互相学习，明明教奶奶英文，奶奶也教明明中文，不久明明就可以简单地与奶奶对话了。有趣的是明明讲的中文带有浓重的青岛口音，比如说"咳嗽"，他会拉着腔调像青岛本地人那样说"阔索"。到了秋天，科尔瓦里斯遍地都是从核桃树上掉下来的核桃，没有人要，奶奶如获至宝。在奶奶的带领下，他们到外面去捡核桃，在路上遇见我的同学们，问明明干什么去，明明就会用青岛土话回答说去捡"火桃"，逗得同学们哈哈大笑。

贝贝跟奶奶讲话没有语言障碍，可是因为她刚到美国不久，她的英文在学校里上课跟不上，所以除了跟同班的孩子们一起上大班课以外，学校里还专门安排贝贝和其他刚入学的国际学生一起上英文补习课。为了减少孩子们对学习新语言的恐惧，学校鼓励学生家长们有时间也一起和孩子参加英文补习。上课时，孩子们不是身体笔直地坐在课桌前面认真听老师讲课，而是随意散坐在教室的地上，姿势各异，可以坐着、跪着或者躺着听老师讲课。在英文补习班里，家长也可以和自己家的孩子坐在一起，或者坐在教室后排听课。因为我和妻子都在学校读研究生抽不开身，母亲为人大胆，好学也好奇，所以她就自告

144

奋勇，经常跟着贝贝一起去上英文补习课。她有时候除了参加家长听课，还参加学校组织的课外活动，比如在课间和孩子们一起玩，吃茶点和小吃。她自己也会做一些中国点心如我小时候最喜欢吃的芝麻条和麻花等，带到学校里去和大家分享。有一次，贝贝的老师还请奶奶到黑板前面去给孩子们讲中文。

母亲在科尔瓦里斯哈丁小学与贝贝一起上课。

在科尔瓦里斯，母亲和我们一起度过了两年美好的时光。每逢节假日我们都会带着母亲和孩子一起到外面游玩，每年我们都会去首府塞勒姆参加俄勒冈州一年一度的"游乐大会"（State Fair）。美国的游乐大会实际上和中国的庙会有些类似，基本上就是吃喝玩乐，不同的是美国游乐大会不卖日用百货。一年一度的游乐大会是孩子们撒欢的时候，游乐大会上除了有孩子们最喜欢吃的各种各样的冰激凌冷食冷饮外，还有爆米花、五彩糖和棉花糖等，根据孩子的喜好，棉花糖可以染成不同颜色。明明和贝贝都要吃棉花糖，棉花糖拿在手里很像一束庞大而蓬松的花，但吃的时候却让人不知如何下口，棉花糖往往会沾在脸上，弄得脸和鼻子、眼眉上到处都是。除了好吃的，游乐园里有适合各个年龄段孩子的游戏，旋转木马最适合明明。他骑在玩具马上，双手扶着把杆随着音乐绕圈、上下移动，他那面带喜色的样子，我至今都还清晰地记得。贝贝选择和奶奶一起坐摩天轮，她们坐在摩天轮上一个小屋子里，随着巨大的摩天轮慢慢地旋转，很稳当。虽不是很刺激，但摩天轮可以升得很高，居高临下看世界也别有一番景致。当然还有摇头飞椅和过山车，但它们都太刺激，不适合小明明和贝贝。

参加俄勒冈州首府塞勒姆举办的一年一度的游乐大会。

146

　　孩子玩，大人们当然也闲不住。很多洋人都喜欢吃一种德国椒盐卷饼，它有些像中国麻花，是由面团盘成花结烘焙而成的一种糕点，一般有巴掌那么大，但我并不太喜欢吃，因为碱味太大。我比较喜欢的是一种样子酷似中国油条的西班牙油条，和中国油条一样，它也是用同样的方法制作，油炸而成的。但西班牙油条是甜的，炸好后的油条外面撒上面糖，可以空口吃，最佳的吃法是蘸着巧克力糖浆吃。对那些饥肠辘辘的大块头成年人，游乐场还卖整只的红烧火鸡腿外加从啤酒桶里直接输出来的新鲜啤酒。

　　母亲在俄勒冈期间，我们还经常到周围的一些有名或有趣的地方去玩。俄勒冈州最大的城市是波特兰，在科尔瓦里斯的北面约 130 公里处，开车大约要一个多小时。波特兰是太平洋

波特兰华盛顿公园里的玫瑰园

147

西北部威拉米特河谷地区的一个主要港口，位于俄勒冈州西北部威拉米特河和哥伦比亚河的交汇处。波特兰也有一个中国城，虽然没有旧金山的唐人街那么大，但中国食品也是应有尽有。闲余时几乎每一个月我们都会开车到波特兰的中国城去买日用百货，顺便下中国馆子饱餐一顿。波特兰最有名的景点应该是华盛顿公园里的"玫瑰园"，它是美国最古老的公共玫瑰试验园。每年在 6 月份左右，玫瑰园里上万株玫瑰会相继盛开，玫瑰花五颜六色、嫣红姹紫、争奇斗艳，所以俄勒冈州的波特兰市也有"玫瑰城"之称。

另外一个孩子们都喜欢去的地方是科尔瓦里斯南面 200 公里处的俄勒冈州温斯顿野生动物园。那是一个自然生态的野生动物园，公园里有来自世界各地的 600 多种野生动物，包括世界上一些稀有和濒危物种。野生动物园坐落在俄勒冈州南部风景如画的山丘中，有大象、老虎、狮子、北极熊、长颈鹿、斑马、犀牛、独角兽、骆驼和鸵鸟等大型动物在那里懒散地漫游。参观公园必须开车进去而且不能下车。开着车在公园里和野生动物们一起漫游，人和动物、人和大自然悠然地交汇在一起，让我们感到那种融入大自然的安详和超脱。突然，我们听到咚咚的敲车窗的声音，一个庞然大物笼罩住我们的车窗。我们一阵紧张，仔细一看是一只硕大的鸵鸟把我们的车给挡住了。它伸着长的脖子，用那坚硬的嘴巴啄着车窗。我把车窗稍微降下一条缝，猛然间，鸵鸟的头硬塞了进来，那嵌着一双玻璃球状大眼睛的、毛发蓬松的头左右摇摆，似乎是要吃的，吓得老人和孩子们都大呼小叫。

其实鸵鸟并不可怕，真正让我们惊骇的是妈妈和贝贝与活生生的猎豹零接触。猎豹来自非洲，属于濒危动物，是陆地上跑得最快的哺乳动物，短距离冲刺时每小时可以达到110公里以上。猎豹面相长得很凶残，头小，身子长，脊椎向下弯曲，身体往前伸展时似乎会随时一跃而起擒取猎物。有趣的是猎豹不会像老虎或狮子那样低吼咆哮，它一旦叫起来，却娘娘腔似的像猫一样喵喵地叫。为了保护濒危的猎豹，温斯顿野生动物园成为猎豹的人工保护和繁殖基地。一些人工繁殖的猎豹也供游客近距离接触、触摸或者一起照相，这使我想起中国的一句俗话"老虎的屁股摸不得"，但同样凶猛的猎豹的屁股还是可以摸的。

与猎豹零接触。

俄勒冈州境内最著名的景点应属中南部的一个火山口湖国家公园。火山口是火山爆发后在山顶留下的一个坑，该火山口大约形成于 7000 年前，在海拔 1880 米高的山顶上。由于海拔高，山顶常年积雪和降雨，火山口逐渐积水变成了一个湖，最大深度 595 米，为美国最深的湖。据记录，湖里的水每 250 年可通过雨雪和水蒸发交替更换一次。火山口湖极为独特的景观是那碧透晶莹、清澈瓦蓝的湖水。更加神奇的是火山口湖还有山，在它的中央有一座小山从湖里跃然而起。那火山口湖占地 50 多平方公里，开车慢行绕湖一周，景色如画，美不胜收。

母亲的到来，为我们在科尔瓦里斯平静安逸的校园生活增添了很多喜悦和色彩，老人家高兴，孩子们也快乐，一家人欢欢喜喜地享受着生活和天伦之乐。1989 年，我们第一次和母亲一起欢度了圣诞节。和其他美国家庭一样，那年我们在家里也竖立起一棵圣诞树。树的上面挂满了星星点点的彩色小灯和各

1989 年，科尔瓦里斯圣诞节

种式样的彩色挂件，在树顶端还镶嵌上一个五角星彩色灯。圣诞夜，圣诞歌曲《平安夜》从远处阵阵飘来，在夜空中回荡，我家圣诞树上的那个五角彩灯也跟着音乐的节奏眨巴眼似的不停闪烁。明明和贝贝在睡觉前先换上睡袍，然后跑到圣诞树下虔诚地摆上一杯牛奶和一块点心，衷心希望圣诞老人今晚会光顾我们家，把他们想要的礼物送来。虽然知道在圣诞夜里圣诞老人一定会把礼物送过来，可是他们不理解的是圣诞老人只能从壁炉的烟囱里进来，我们家没有壁炉，怎么办？我便对孩子们眨巴一下右眼，笑眯眯地说："放心吧，圣诞老人有很多助手，他们会想办法的。"第二天一大清早，孩子们便噔噔地跑到客厅，看看圣诞老人来过没有。果然，圣诞树下面的牛奶和点心没有了，取而代之的是一大堆闪闪发光的彩色圣诞礼物堆积在圣诞树下。明明那一对大眼睛惊奇地睁得圆圆的，闪着光芒，有些不敢相信似的看着那些礼物，嘴里发出快乐的尖叫。

人活在世要庆祝人生，一年一度的生日是必须要过的。那两年，我有机会在母亲面前作为孩子庆祝我自己的生日，并感谢妈妈把我带到了这个世界，我们全家也为母亲在美国庆祝她老人家的 65 岁和 66 岁的生日。阴历九月十八是母亲的生日，那天，我还专门制作了"正式邀请函"，邀请了一些同学和朋友到家里来和我们一起开派对庆祝。后来，母亲和我的同学、朋友及他们的家属们也熟悉起来了。1990 年冬天，我们带着母亲和孩子，还邀请了几家比较要好的朋友一起去湖德山庄滑雪。我们在那里租了一个很大的别墅，一起做饭、聚餐、喝酒、聊大天、侃大山，过了一个非常愉快的周末。

和母亲一起过我的生日。

庆祝母亲 66 岁生日。

1990 年在湖德山庄滑雪。

作为留学生在美国读书，拿着学校给的微薄奖学金，养活着一家5口人，生活不能算宽绰。但逢年过节，我们也会改善生活，出去转转，上餐馆搓一顿；逛商店，买些衣服，穷乐和一番。因为没有钱，那时候我们最喜欢逛的商店是美国救世军（Salvation Army）开办的顾得为乐（Goodwill）商店。店里所有的衣物和家用物品都是富人家捐赠的，衣服有新的，但大部分是旧的，别人穿过的。记得我刚到美国的时候，花了25美分买了一条牛仔裤，穿着合适舒服，感觉非常得意，所以我很少给自己买新衣服。有一次，我在正规商场给妈妈买了一件崭新的橘红色线外套，当然，那既不是名牌，也不贵，但妈妈很喜欢，后来带回了青岛她也一直不舍得穿。我有一个做珠宝生意的远房亲戚，他自己在家里做珠宝饰品。有一次我带着妈妈去他那里玩，看到他做的一个紫色宝石银戒指挺好看。我问妈妈感觉如何，妈妈说好看，我就花了十几美元买了下来，送给了妈妈。虽然那是一件并不很

母亲回青岛后还穿着那件简单的线衣外套。

母亲一生带着那个紫色宝石银戒指。

153

起眼也不值钱的戒指,但妈妈从此就一直带着它。后来每次回国,看到妈妈的手上还戴着那个已经磨旧的戒指,我们俩都会会心地一笑,似乎它是连接我们母子俩的秘密纽带。母亲戴着它走过了她的余生,从来没有摘掉过。

母亲是名副其实的"家政博士"。

1991 年,我和妻子都完成了学业,获得了博士学位。为了感谢妈妈对我们全家无私的付出,我们请妈妈穿上了我的博士学位服,授予妈妈"家政博士"的称号。

同年,我在美国东海岸纽约市的哥伦比亚大学医学院找到了一份博士后的工作,妻子也在纽约曼哈顿学院找到了一份教职。在我们全家搬到纽约之前,我带着妈妈和孩子游览了内华达州雷诺市,好好地放松了几天。

雷诺是美国内华达州西北部沙漠里的一座赌城,它在内华达州西面,与加利福尼亚州相连。雷诺以其闪亮的霓虹灯和赌场而闻名,因为赌城不算大,所以雷诺招揽客人的广告把雷诺称为"世界上最大的小城市"。在赌城南面 35 公里处,有美国著名的旅游胜地太浩湖(Lake Tahoe),它是内华达山脉的一个大型淡水湖,横跨加利福尼亚州和内华达州的边界,以美丽的沙滩和陡峭的滑雪场而闻名。

在赌场里,妈妈不亦乐乎地玩着角子机(又称老虎机)。

老虎机就是一种赌博型娱乐的机器，是为那些不是真要赌钱但又想感觉一下赌博的快乐的人而设计的。玩的程序就是把一毛、两毛五或一块的钢镚放进老虎机，用手使劲向下拉动拉杆，这时候，老虎机就会发出非常悦耳而清脆的音乐。与此同时，老虎机屏幕上的各种数字或图案便会上下随机滚动，一旦停下来，若数字或图案的排列组合符合要求，比如"777"，机器就会按赢得数额自动往下掉钱。哗哗掉下来的银元般的钢镚砸到接钱的金属底盘上，铮铮作响，再加上那令人雀跃的音乐和老虎机顶上呼啸旋转、令人目眩的迷彩灯配合，足以让人有心跳加速和腾云驾雾的感觉。那天妈妈的运气也真是很好，一天下来，她赢了满满一手提包的硬币。捧着那沉甸甸的一包钱，站在多明哥赌场那光彩夺目的霓虹灯火前，回首看着她刚刚"浴血奋战"过的赌场，母亲兴高采烈，那大概是我见过的妈妈最高兴得意的一刻。

1991 年，母亲紧紧抱着一包钢镚于内华达州雷诺多明哥赌场。

东进纽约

　　从俄勒冈州立大学毕业后，我和妻子都在纽约市找到了工作，随后我们把家从美国西海岸搬到了东海岸的纽约市。20世纪90年代初，纽约是美国最大的城市，有700多万人口。纽约市有5个行政区：曼哈顿、布鲁克林、皇后区、布朗克斯和史泰登岛。纽约市的每一个区基本是人以群分，聚集着来自不同国家和族裔的移民，所以纽约很多居民区往往有鲜明的民族特点。比如：皇后区，纽约市人口第二多的一个区，那里是亚裔和华人扎堆聚集的地方。当然，纽约在世界上最出名的是曼哈顿区。曼哈顿的地理形态成半岛状，它西边是哈德逊河，东面是东河，最南端像一把锥子径直插进大西洋。曼哈顿是全美国人口密度最大的地方，平均每平方公里大约有27000人。曼哈顿分为上城、中城和下城，上城被中央公园分为上东区和上西区，公园北边是著名的哈莱姆区。

　　纽约是世界商业、金融、文化艺术的中心，它有一个绰号叫"大苹果"。当然，这个绰号的出现远早于当今世界著名的"苹果"电脑公司。这里的标志性建筑包括帝国大厦、世贸大厦和中央公园周围的众多摩天大楼。曼哈顿还驻扎着联合国总部、许多大型跨国公司的总部，世界各国的银行在这里设有据点，世界著名的纽约证券交易所和美国证券交易所均在华尔街上，主要的商业消费区域包括第五大道、34 街和时代广场。第五大道是纽约市曼哈顿区的主干道，它被普遍认为是世界上消费商品最昂贵的街道之一。34 街之所以出名是因为除了很多灯红酒绿、纸醉金迷的各式场所外，纽约著名的帝国大厦和梅西百货、先驱广场都在那里，一年一度的梅西圣诞节大游行也在那里举行。时代广场位于百老汇和第七大道的交汇处，是曼哈顿的另一个主要商业消费聚集区，是一年一度跨年聚会庆祝的地方。自 1907 年以来，每年的元旦跨年夜，来自世界各地的人们都会聚集到时代广场庆祝新的一年的到来。当元旦的钟声响起时，一个巨大的五彩缤纷、闪耀明亮的彩球就会随着人们的倒计数，缓缓地从 221 米高的时代广场一号楼顶滑落下来，标志着新一年的起始。

纽约也是世界艺术家们的摇篮，那里有著名的格林威治村和苏荷村。听说出了名的艺术家多住在格林威治村，而那些还未成名的东北漂艺术家们多会聚集在苏荷村里，期待声名鹊起。与西海岸洛杉矶的好莱坞相对应，东海岸纽约的百老汇大剧院是舞台艺术表演的圣殿，而卡内基音乐厅则是世界著名音乐演奏家们表演的天堂。

纽约还聚集了多所世界驰名的高等学府，比如哥伦比亚大学、纽约大学、康奈尔大学医学院、阿尔伯特爱因斯坦医学院和西奈山伊坎医学院等。

与西海岸相比，纽约几乎有完全不同的文化。在西海岸住久了，初到纽约，似乎感到进入了另外一个不同的国度。比如：在西海岸的城市里，人们和蔼可亲、态度友好，若走在大街上遇到一个陌生人迎面走过来，一般都会面带笑容打个招呼，说声"哈啰"，愿意讲话的人可能会再加上几句不疼不痒的寒暄，聊一聊天气。走在纽约的大街上则完全不同，那里人人如惊弓之鸟，警惕自危，唯恐被偷或被抢。如果你向对面走过来的陌生人主动打招呼，他很可能会马上高度警觉、疑心四起，怀疑你有不轨之图。记得我到哥伦比亚大学医学院上班的第一天，我按照在西海岸养成的温良恭俭让的习惯，首先到系办公室去向诸位秘书女士们进行自我介绍，其中一位秘书莫妮克冷冷地问了我一句："博士，您有何贵干？"我赶紧说："没事，我刚来，只是想自我介绍一下。"从我眼睛的余光里，我能感觉到其他的秘书们都在用奇怪的眼神瞟着我，这令我很尴尬。后来和她们相处久了，我才意识到，其实那天她们并不是对我冷酷无情，而是生活在纽约久了，人们都习惯于上班时快节奏，有事说事，公事公办。

纽约是一个彻头彻尾的大千世界，它容纳着来自世界各个角落的人，那里的人们形形色色、肤色各异，除了白人和黑人外，其他肤色也应有尽有，所以在纽约没有所谓的"真正的美国人"。不管你是否能讲一口流利的英文，每个人都自认为是美国人。它就像一个大染缸，一个大熔炉，所有的人在这个国度里都会融汇到一起。不管你来自世界哪个角落、拥有哪国国籍、信仰何种宗教，都会在纽约找到自己所喜好的场所和家园。

可是，纽约并不是想象中的天堂乐土，恰好相反，纽约除了商业区那些高耸华丽的高楼大厦外，其他基本上是一片破烂陈旧，整个社会动荡不安。在纽约的大街上，到处都可以见到无家可归的人露宿街头；几乎每天都能在报纸上读到贩毒、抢劫和杀人的消息；警车在各个街道上飞驰，那刺耳惊悚的嘶叫声似乎已经成为纽约每天的城市背景音乐。记得初次在纽约坐地铁上下班，晚间的地铁车站里，住满了乞丐、吸毒者和无家可归无事闲逛的人，他们三三两两地聚在一起，我自己一个人形单影只，而且长相和个头都与周围的人明显不一样，特别扎眼。伴随着周围的那些虎视眈眈的目光，我心惊胆战、小心翼翼地踱步在站台上等车，我感觉自己好像是一只任人宰割的绵羊，随时都会被一拥而上活剥或直接吞掉。我的这个感觉绝对不是胡思乱想，在曼哈顿哈德逊河边大道上，我曾经多次见识过抛锚的汽车在一夜之间被大卸八块，第二天，完好的一辆汽车就只剩下一个空壳。

我们全家跨越美国大陆来到纽约，心情既激动又忐忑，不知道未来会给我们带来福还是祸。正像美国历史上最受欢迎的歌手弗兰克·辛纳屈（Frank Sinatra）在歌曲《纽约，纽约》里所唱到的那样，"请大家奔走相告，我今天要离开了，我想成为纽约的一部分；如果我能在那里混出来，我在任何地方都能行，但那得由你——纽约，来决定"。的确，在纽约，对每一个人来说都是一种奇异的挑战。每一个人都会说恨纽约，但每一个人也都爱纽约，正如电视连续剧《北京人在纽约》里所说的那样："你若爱一个人，把他送到纽约去，因为那里是天堂；如果你恨一个人，也把他送到纽约去，因为那里也是地狱。"我的命运很快在纽约也得到了验证，既升到了天堂，也坠入了地狱。

托尔斯泰曾说过，"幸福的家庭都是相同的，不幸的家庭各有各的不幸"。离开科尔瓦里斯进入纽约的时候，我们的家总的来说和大多数人家一样是平静安稳的。我和妻子都获得了博士学位，妻子被曼哈顿学院聘用为助理教授讲授化学，我进入了哥伦比亚大学医学院做博士后。曼哈顿学院是位于纽约布朗克斯区的一所私立文理学院，成立于 1853 年，由 5 位法国德拉萨基督教兄弟会修士共同创建。曼哈顿学院的著名校友包括美国前总统唐纳德·特朗普的私人律师、前纽约市市长鲁迪·朱利安尼和韩国前总理、副总统张勉等。哥伦比亚大学成立于 1754 年，是世界上最负盛名的常春藤大学之一。哥大的主校园在曼哈顿西面的上城区，在中央公园以西，哈德逊河以东，位于百老汇大街和第 116 街的交汇处。而哥大医学院则位于主校园北边的华盛顿高地，坐落在哈德逊河畔，位于第 168 街和 169 街之间，距离有名的乔治华盛顿大桥仅有几个路口。哥伦比亚大学的著名校友包括两位美国前总统——富兰克林·罗斯福和巴拉克·奥巴马，还有世界上最成功的投资者、企业家及慈善家沃伦·巴菲特。哥伦比亚大学总共出了 96 名诺贝尔奖获得者，其中包括 22 名生理或医学诺贝尔奖得主。著名的华人物理学家、诺贝尔奖获得者李政道教授和著名的华人物理学家吴健雄教授也曾在哥伦比亚大学任过教。在哥大期间，吴健雄教授还参与了举世闻名的"曼哈顿计划"。

在纽约上班以后，我们的生活开始安顿下来，收入多了，日子也开始宽裕起来。我们在纽约北边的洋克斯租了一栋独门独院的小洋房，上下两层，有一个后院，周围的环境也比较舒适安静。洋克斯是纽约州威斯特彻斯特县的一座小镇，坐落在哈德逊河畔，沿哈德逊河畔南下到曼哈顿学院大约 8 公里，到哥伦比亚大学医学院大约 18 公里，所以住在这里上下班很方便。到了周末，我们全家开始走出家门熟悉环境，进城到曼哈顿去游览纽约的一些风景名胜。

1992 年，在纽约洋克斯的家里。

我们最先游览了在曼哈顿中城有 102 层的帝国大厦。帝国大厦是纽约的地标式建筑，它像一艘巨大航船上的高耸的桅杆，高高地矗立在曼哈顿半岛中央。它是世界上第一座 100 层以上的建筑，于 1930 年 3 月 17 日开始动工，从施工到完成仅用了 1 年零 45 天，是一个举世闻名的建筑奇迹。作为纽约人民的骄傲，帝国大厦的名字取自纽约州的昵称"帝国之州"。提到帝国大厦，喜欢看电影的人可能就会联想到著名的浪漫喜剧《西雅图未眠夜》，电影里的男女主人公分别由大牌影星汤姆·汉克斯和梅格·瑞恩扮演。电影中，他们两位本来是各自居住在美国东西两岸的一对陌生人，可是阴差阳错，他们之间的爱情火花最终在帝国大厦的顶层点燃。我们会说他们俩的相遇是缘分，那是命中注定，因为"有情人终成眷属"。然而，女主人公在电影里说的却是一句与众不同的警世名言："因为我们人类无法容忍世间发生的一切都是偶然的这个残酷事实，我们宁愿相信命运注定。"不管如何，在帝国大厦发生的那段罗曼蒂克给观众留下了深刻的印象。

我们还参观了在曼哈顿下城的世界贸易中心。世贸中心由7座高大建筑组成，其中驰名世界的双子塔位于世贸中心的核心位置，是当时世界上最高的建筑。双子塔由南塔和北塔组成，各高110层。站在南塔107层的公共观景台上放眼望去，有站在世界之巅的感觉。往北看去是整个曼哈顿的全貌，远处有帝国大厦遥相辉映；西边是新泽西州，东边是布鲁克林；南面有一望无际的大海，在不远处的海面上可以看到距海边不远的自由女神高举着自由火把，似乎要点燃那通红的晚霞。虽然世贸中心很宏伟，可自1973年建成以来，世贸中心的双子塔似乎总是多灾多难，它经历了1975年的大火、1993年的第一次恐怖爆炸袭击、1998年黑手党组织的巨额盗窃。在2001年9月11日，恐怖分子劫持了两架波音767飞机撞入双子塔，导致双子塔轰然倒塌，从而造成包括来自美国、中国和其他多个国家总共2,996人的死亡。

从世贸大楼下来，在曼哈顿下城的海边，我们乘坐旅游摆渡船穿过纽约湾驶向自由岛，自由岛上那近百米高的自由女神塑像似乎是在远远地向我们招着手。她是一位身穿碧绿色长袍的自由女神，她右手高擎着燃烧的火炬，左手卷宗上展示着美国独立日。她皇冠的围沿犹如灯塔的光芒，上面的锐刺是那引航的灯光射向大海的四面八方。她是自由的象征，也被视为美国欢迎来自世界各地移民的象征。听说自由女神的脸是以法国雕塑家弗雷德里克·奥古斯特·巴托尔迪的母亲为原型雕塑成的，我请妈妈也戴上"女神的皇冠"，她老人家面带微笑地戴上了。

和母亲一起游览纽约自由岛。

纽约唐人街是我们周末经常去购物的地方。20 世纪 90 年代初，纽约有两个唐人街，一个是以老移民为主聚集的地方曼哈顿唐人街，也叫老中国城，位于曼哈顿下城，那里的中国人基本上都讲广东话；另一个唐人街是以来自港台的新移民为主，位于皇后区法拉盛的新中国城，那里的中国人大都讲普通话。据记载，最早移民美国的中国人是来自广东台山的两男一女，他们于 1848 年乘坐"流浪之鹰"号帆船到达纽约。随着后来移民纽约的人数逐年增加，物以类聚，人以群分，大多数的中国人都聚集在曼哈顿下城，从而在 1890 年左右形成了纽约最早的唐人街。曼哈顿唐人街位于曼哈顿下城，西起百老汇大街，东到亚瑟斯大街，北起格兰大街和喜士打大街，南至窝扶大街和亨利大街，依坡傍水。整个中国城横跨 40 多条街道，面积超过 4 平方公里。曼哈顿唐人街地理位置优越，生意兴隆，曾经是美国乃至北美最大的唐人聚集区。1979 年中美正式建交以后，来自大陆的新中国移民开始涌进美国和纽约，随着时间的推移，各中国城里的语言逐渐从广东话演变为普通话。据统计，截至 2017 年，纽约大都市区拥有亚洲以外最多的华裔人口。纽约市的中国城由 20 世纪 90 年代初的曼哈顿唐人街和法拉盛中国城，扩展成今天的十几个。曼哈顿唐人街依然是西半球华人最集中的地方，然而法拉盛中国城已成为世界上最大的唐人街，普通话已经成为所有唐人街里广为使用的语言。

那时候的周末，隔三差五我们便会乘纽约地铁去曼哈顿唐人街或法拉盛中国城买菜、下馆子吃饭。去曼哈顿唐人街，我们需要在曼哈顿搭乘纽约地铁 2 号红线在唐人街的坚尼街站下车；去法拉盛中国城，得先乘 2 号红线地铁在 34 街换乘 7 号紫线，在法拉盛的缅街下车。在曼哈顿唐人街，若想逛国货商城必须去远东超市，那是唐人街里最大的商城；若想吃正宗广式早茶，那得去"银宫"，银宫里面的场面宏大、装潢华丽。

曼哈顿唐人街里还有一家我特别喜欢的海鲜自助餐馆—百伴海鲜，里面各种各样的生猛海鲜应有尽有，记得是每人大约30美元，尽吃管饱。除了海鲜，餐馆还提供各种甜食和煲汤。一百伴海鲜的诸多煲汤里也有用蛇肉做的蛇羹，因为味道鲜美特别好喝，我很想让母亲也尝一尝，但母亲怕蛇。世界上有很多人有动物恐惧症，比如有人怕老鼠、蝙蝠、蛤蟆、蜈蚣、蜘蛛和蛇等动物，和那些人一样，母亲不但怕蛇，连形状像蛇的鳝鱼她也不敢吃，更不用说吃蛇了。因为知道母亲怕蛇，我就哄她说那是鸡肉羹，给她端来一小碗。母亲相信儿子，没有质疑就接了过去。她老人家用汤勺一勺一勺地把蛇羹喝下去，还直说感觉滑润爽口很好喝，我背过身去窃笑，没有告诉她。很久以后，我终于把实情告诉了母亲，她没有责怪我，只是佯怒地用手指头戳了一下我的脑门。

患难母子情

　　看到我们的家逐渐进入正常的生活轨道，贝贝也熟悉了美国生活，英文也跟上了，母亲便开始打理行装，准备待我们全家一切都安排妥当后回国。在美国期间，母亲总是挂念着在家生病的父亲，还常常唠叨说他们早就讲好的，一旦我们在美国一切安排就绪，她就回国。

　　正当我们在热切地憧憬着未来的新生活，母亲也整装以待与父亲重新团聚的时候，突然飞来天外横祸。俗话说"天有不测风云，人有旦夕祸福"，仅仅一昼夜的变化就从此改变了我们的人生和一切。1991 年 8 月 11 日是让我刻骨铭心的一天。那天的清晨还是阳光明媚，可是晴朗的天空骤然间变成了恐怖的黑夜。由于一个突发事故，我的妻子戛然离世，天突然塌下来了。面对突如其来的噩耗，我昏厥了过去，几天几夜滴水不进。我悲痛欲绝，一片茫然，随之而来生活的巨大变化也让我措手不及。人到难处才知道谁是你真正的朋友，幸亏周围的一些好朋友在我生命中最艰难的时刻不离不弃，问寒问暖，照顾周全，恩情、友谊让我终生难忘。我的导师豪沃得·利伯曼教授和他的太太吉米与哥大校方联系，帮助我们在曼哈顿主校园附近的哥大宿舍里安排了一个新住所。在朋友们的帮助下，他们把我的家从洋克斯搬到了曼哈顿。

面对始料不及的生活变化，母亲没有在我面前掉眼泪。她只是在默默地关注着我，专注地帮助我照顾着孩子和家。有一天，母亲用很淡定但却是坚决的语气告诉我说，"我已经想好了，我决定死在美国。从此以后你放心工作，孩子们由我来照顾"。母亲言语淡定，却寓意沉重。苍天世界，人间大爱，一切莫过于此时此刻母亲所作出的忘我抉择。母亲毅然决然地留在美国帮助我照顾孩子和家，其代价就是她放弃了与父亲已经讲好的"早去早回"的约定。没想到，这一决定却变成了她老人家和我父亲的永别和一生的遗憾。

哥伦比亚大学把我们安排在哥大教工宿舍。哥大教工宿舍在主校园附近，位于纽约市百老汇大街和 112 街交界处，曼哈顿西 112 街 542 号。那是一座古老、坚固的欧式 9 层大楼，进门的大堂富丽堂皇，大堂顶上悬挂着一个金光灿烂的大吊灯，地上铺的是乳白色大理石。楼里有一位年长的门卫，他头戴大檐帽，身穿黑色制服，戴着白手套，脚蹬发光的黑皮鞋，衣服领子和袖边都镶着白条，跟他那银白色头发、白色眉毛和络腮胡子搭配得很协调。他有一张略圆微胖有些像圣诞老人的脸，慈眉善目，他那总是笑眯眯的双眼让人感到和蔼可亲。每逢有人出入大门，他总会帮助把门打开，招手致意，给人一种安逸祥和的感觉。

我们的公寓在一楼大堂后面的 1A 室，那是一个两室一厅的公寓。一进门是走廊，上面挂着一个篮球那么大的乳白色吊灯，走廊左面是厨房，右面有两个卧室，正对面是大客厅。总之，室内面积非常宽大，至少有 150 平方米，屋顶很高，窗子也高大。因为在一楼而且与隔壁的楼隔得很近，屋里所有窗户都装着坚固的防盗护栏，把整个房间都捂得透不过气来，让人有些被囚禁在监狱里的感觉。因为一楼的窗户夹在楼群里，外边的光线进不来，屋里很昏暗，所以即使在白天室内也得开灯。虽然哥大宿舍地处曼哈顿的繁华地带，楼房外面也典雅壮观、富丽堂皇，但是宿舍里面却一片脏乱差。厨房里的蟑螂泛滥，四处乱窜，是永远也除不尽的常客。外面大街上的野老鼠可以大得像猫一样，出入公共垃圾箱，流窜街头。在宿舍里，家老鼠也是遍地肆虐。有一天晚上，我坐在沙发上看电视，突然有一对小老鼠在我和电视之间的地板上打起架来，吱吱呀呀地搏斗着，肆无忌惮，根本就没把我看在眼里。看到此情此景，我百感交集，心中涌上一股无名的酸楚，真有"人到凄凉处喝凉水都塞牙"的感觉。

在那里，我和母亲、孩子们一起度过了漫长、沉闷和抑郁的几年。1992 年，母亲在纽约度过了她的 68 岁生日，那是喜忧交加、百感交集的一天。我很高兴能有机会再给妈妈庆生，人生在世，生命不易，愈加感到值得隆重庆祝。与此同时，也触发我对失去亲人的惘然、怀念和失落之情。母亲的头发已经有很长时间没有剪了，由于过度的操劳，母亲失去了以往的精神头，她面容消瘦，脸色略显苍白，她的头发变得卷而长，蓬松得像一位土著印第安老妇人。阴历九月十八那一天，她穿着一身蓝白条纹的劳动布衬衣，愈发显得沉闷、劳苦。以往我会在外边给妈妈定制一个生日蛋糕，那天母亲告诉我，为了节省点，她已经给自己做好了一个简易蛋糕。为了祈求上苍保佑我们全家，母亲把一个吃外卖留下的白塑料筒里加满大米，做成一个上香烛台。以往她会插上 3 柱香，磕 3 个头，祈求神灵保佑，那一天，她在烛台上插上了 6 柱香，祈祷我们全家能平安渡过难关。

1992 年，在哥伦比亚大学宿舍庆祝母亲 68 岁生日。

母亲一如既往地担起了所有日常家务，她每天照顾孩子吃喝拉撒、穿衣睡觉。为了能赚些外快以补家用，妈妈还帮助照看着哥大一对中国同事的小男孩。有一天，明明和贝贝上学后，母亲带着那小孩外出玩耍，结果天已经黑了，母亲和孩子都还没有回来。因为不知道母亲去了哪里，加上纽约的晚上十分不安全，我紧张极了，像热锅上的蚂蚁不知道如何是好。中国同事得知消息，打电话来严厉斥责我，并说母亲不负责任。我终于控制不住自己，眼泪夺眶而出，告诉他丢的不只是他们的孩子还有我的老母亲。我们决定打 911 电话报警。正当我们在焦急等待的时候，母亲带着那小男孩疲惫地回来了。看到我们十分焦急的样子，母亲故作轻松地说她带着孩子去了纽约中央公园，但是迷路了。纽约中央公园是曼哈顿岛上最大的公园，虽然离我们住的 112 街只有 4 个街口，可是公园很大，径直走个来回得几个小时，我不知道母亲在走丢后是怎么自己找回来的。不管怎样，谢天谢地，母亲和孩子都安全无恙，但从母亲的眼神里，我能看出她的惶恐不安。

住在繁华的曼哈顿地区衣食住行都很方便，但每天送孩子上学却是一件很令人头痛的事。哥伦比亚大学校园附近没有小学，所有哥大教工宿舍里的孩子们每天都要乘坐地铁到西 105 街的纽约第 145 公共布鲁明戴尔小学去上学。为了节省时间，也是为了孩子们的安全，我们宿舍楼里的家长们便自发组织起来轮流送孩子，一个家长一般要同时照看五六个孩子。为了让我安心工作，母亲自告奋勇由她去送孩子。纽约的地铁每天在上下班的高峰时间总是拥挤不堪，几乎每一趟地铁里乘客都像沙丁鱼罐头一样人贴人，很难挤进去。在地铁到站的那一瞬间，母亲要把孩子们拢在一起，拼命地推着他们挤进地铁车厢，唯恐会把哪一个孩子给漏掉，遗留在车厢外。有一天，我眼看着母亲把孩子们好不容易推进了车厢，车门一关，我松了一口气，刚一回头，却看见一个孩子竟然被留在了车外，他背着书包在站台上冲着地铁焦急地在哭叫。地铁突然"咕咚咕咚"缓缓地启动了，我一时间惊恐万分，心脏像被千斤重的石头压住了，

170

喘不过气来。我惊恐地叫了起来："赶紧停车！"地铁突然猛地震荡了一下，我清醒过来，大汗淋淋，心脏依然在砰砰直跳，原来是我做了一个噩梦。纽约那段让我心惊肉跳恶梦般的经历，即使在多年以后我依然心有余悸。

日子虽然过得清苦，但不管怎样，明明和贝贝在学校里上学总是很争气，屡屡受到老师们的表扬。记得有一次去开明明的家长会，明明的老师对明明大加赞赏，称他聪明伶俐，是个小天才。我一时激动得不知所措，泪流满面，不知道该如何回答老师。贝贝参加学校里组织的文艺演出时，和她平常腼腆内

1993 年，母亲和朋友一起在纽约第 145 公共布鲁明戴尔小学观看贝贝演出。

向的性格不同，舞台上她判若两人，活泼欢快，表演自如。我带着母亲和明明一起去看贝贝演出，老师表扬，奶奶高兴，我也跟着欢快起来。久而久之，明明和贝贝都在学校交了很

多小朋友，同学的家长之间便经常会安排一些玩耍约会（Play date），安排孩子们放学后一起玩。特别是在孩子们过生日时，好朋友之间会彼此邀请参加。明明和贝贝过生日的时候，我们也请来了明明和贝贝的同学一起庆祝。母亲也结识了一些来自中国的朋友，日子开始有了起色。

1993 年，明明（前排左三）和同学们一起在家里庆祝 6 岁生日。

读完博士后，哥伦比亚大学医学院聘我留校做了研究助理教授，我们依旧住在纽约市曼哈顿区 112 街和百老汇大道交界处的哥大宿舍里。听说著名的美籍华裔物理学家、哥伦比亚大学的教授吴健雄，也就是中国 20 世纪 80 年代家喻户晓的电影《第二次握手》里丁洁琼的原型，也住在我们附近。我们住的宿舍距离 116 街哥大主校园正门很近，只隔 4 条街，出了门向北走几分钟就会到了。

步入哥大的正校门，最先映入眼帘的是端坐在洛氏图书馆

"大学之母"

石梯前面那尊有"大学之母"之称的青铜罗马女神雕像，那是哥伦比亚大学的象征。女神坐在一把雄狮伏地状的椅子里，一对熊熊燃烧的火把守护在她的左右。她神情庄严肃穆、体态端庄，头戴皇冠，身着罗马长袍，膝上摊放着一本厚厚的敞开的书。她右手持一根王冠权杖，左手随着弯曲的左臂微微向上伸开，似乎是敞开心扉欢迎来自四面八方的学生、学者和朋友。女神雕像的前方是一个正方形的广场，广场的西面是哥大最大的巴特勒图书馆，东北角是哥伦比亚学院，西南角是世界有名的新闻学院。另外，几座红黄相间、铜绿色盖顶的高层学生宿舍环抱着整个广场。广场的当中地面整洁，是老人聚堆晨练的好地方。

那时候，母亲每天早晨起来给我们做早饭，在送贝贝和明明上学以后，她便会去哥大主校园广场上晨练。在那里，她结识了许多来自中国陪读的学生家长和家属朋友，那些人当中不乏高级知识分子。因为母亲不识字，能够结识那些朋友们，而且还能和他们平起平坐、一起聊天，她感到非常骄傲。骄傲之余，有时候她还会打趣那些高级知识分子，因为他们大部分人都不会讲英文，所以出门抓瞎，不敢讲话。母亲则不同，她出门在外从来不打怵。母亲曾经告诉我，她刚到达美国旧金山那天，一下飞机，她感到两眼一抹黑，一句话也听不懂，字也不认识。虽然我提前给她写好了所有过海关的有关材料，可是没有具体

173

告诉她下了飞机后该怎样取行李和过了海关后怎么出来，但母亲说她并没有紧张，她决定盯住从同一飞机上下来的一位高大的黄头发洋人。在人群里，虽然人头攒动，但那人个头高大，头发鲜艳，她远远就能看到他，所以她就紧紧地跟着他，取行李，过海关，出海关。最后她看见那洋人出了大门，母亲终于放下了心，可是走到最后那一道门前，她傻眼了——眼看着那明晃晃的大门，却没有门把，怎么开门？正当她推着车不知所措的时候，她眼前的门突然打开了，原来是个自动开启的门。在美国度过了几年后，母亲学会了不少英文单词。在纽约的那段时间，她每天除了做饭、照顾孩子、打理家务，还要去菜市场买菜，母亲用平日学会的有限的英文夹杂着中文再加上手势，不仅可以买回新鲜蔬菜，还能讨价还价，甚至有时候菜市场多收了钱，她还能回去把钱再找回来。后来，哥大周围的那些便利店每周哪天有促销、哪天麦当劳和温蒂卖打折的汉堡包她都了如指掌，母亲对生活的适应能力和不吝不惧的精神的确很难得，也令人敬佩。

由于母亲无私的帮助，我才有机会集中精力工作，终于在哥伦比亚大学医学院的科研工作上取得一些优异的成绩。1994年，我受聘于美国西北大学医学院，在那里得到了一份终身制助理教授的职位，那是一个竞争很激烈的难得机会。于是，我们全家于1994年秋离开了纽约搬到了芝加哥。芝加哥位于美国中北部的伊利诺伊州密歇根湖畔，是美国第三大城市。芝加哥市的绰号为"风城"，因为那里的天气受密歇根湖的影响，经常刮大风，一年到头基本是两个季节——冬季和夏季，冬天很冷，像中国的东北，夏天很热。芝加哥的城市景观很漂亮，它以其不拘一格的建筑设计楼群而闻名世界，它的标志性摩天大楼式建筑包括西尔斯大厦和约翰·汉考克中心。芝加哥还以其博物馆而闻名，包括芝加哥艺术博物馆、自然博物馆和阿德勒天文馆等。芝加哥也聚集了几家著名的高等学府，包括芝加哥大学、西北大学、伊利诺伊州立大学和洛伊奥拉大学等，我工作的西北大学是全美前 10 名、全球前 30 名的著名学府。

随着工作的改变，生活也开始重新安定了下来，我也有幸重新组织了家庭。在芝加哥落户后，我们在芝加哥郊区帕勒坦买了房子。生活宽裕了，日子也开始过好了，一切又开始按部就班，进入了正常的生活轨道。1995 年秋的一天，母亲告诉我，她决定离开美国，她要落叶归根，返回故乡青岛。母亲要走，我和孩子们都恋恋不舍。那年母亲 71 岁，母亲此去一别离开美国，不知道是否还能回来。母亲不在眼前，我不知道以后该如何报答母亲的养育之恩，还有多年来她老人家在美国对我和孩子们的照顾和无私付出。于是，我向母亲许下诺言，从那以后，我会每年回青岛探望她老人家，并且每个星期天我都会与她老人家通话。1995 年 9 月 19 号，母亲离开了美国，终于又重新回到了家乡青岛。自 1995 年到 2020 年母亲回国的 25 年间，我每年至少一次青岛探望她，而且每个星期六晚上，也就是青岛的每个星期天早晨，我都会与母亲通话，后来转成为视频。20 多年如一日，风雨无阻与母亲定期联系，我做到了，从未食言。开个玩笑，如果世界上有儿子跟母亲连续通话的吉尼斯世界纪录，那我一定会榜上有名。当然，那是我愿意和诚心诚意的，也是我对母亲春天般的慈爱和无私奉献的报答和寸草心意。正如唐代诗人孟郊《游子吟》里所提到的："谁言寸草心，报得三春晖。"

叶落归根

人总有一死，这个道理似乎人人都明白，可是真的要落到自己的亲人身上，心里总是感觉有一种说不出的滋味。随着时间的推移，眼看着母亲在一天天地慢慢变老，我心里总是很难过，也常常惴惴不安。虽然心里也明白那一天迟早会到来，但心里总是有千百万个不愿意。为了祈求上苍不要把妈妈很快带走，母亲离开美国后，每天早晨，当我打开车库门看到天空的那一瞬间，我就会虔诚地祝福几句，请上天保佑母亲健康、平安、长寿、不要生病。与此同时，我也总是想尽办法让妈妈生活得健康幸福，轻松愉快。

1995 年秋天，母亲回到了故乡青岛，又回到了我们在市南区小港莘县路的旧家。母亲在美国住了 6 年之久，虽然我们在衣食住行方面并不富裕奢华，但想必母亲也一定习惯了在美国干净和舒适的住房。母亲本来就是一个喜欢干净的人。她回到故里，又回到了以前的大院，重新过起了简朴清贫的生活。然而，那楼房大概是 20 世纪 50 年代盖的，到了 90 年代，已经变得破旧不堪，环境脏、乱、差，一切都不方便，但她没有吱声，也没有怨言，从来没有跟我提起过。

母亲再次回到青岛的时候，父亲已经不在了。她又回到了与父亲相濡以沫住过的十几年的老房子，虽然还是那串在一起的 3 个小房间，向西依然能看到大海，还是那曾经刷成白色的墙和漆成天蓝色的门，但人去屋空，呼唤无声，亲人永别。妈妈回到家里，看到那熟悉的一切和空无一人的家，想必会触景生情，旧日的甜蜜时光和生活的酸甜苦辣可能都会一股脑地涌出来：厨房里的锅碗瓢盆还都在，但灶间里那往日袅袅升起、扑面而来的炊烟已不复存在；父亲做完饭后笑呵呵地把热腾腾的饭菜端进屋里、香味扑鼻的情景还历历在目；小客厅里的那个方桌依然铺着那红白方格塑料桌布，桌子上父亲心爱的紫茶壶好像还弥漫着那往日茉莉花茶的芳香；茶壶的旁边，爸爸天天捧着的那个半导体收音机还静静地靠在墙边，冥冥中似乎又飘出了声音浑厚、字正腔圆的山东评书，叙说着梁山泊一百单八将……可能发生的这一切，我居然没有提前想到。现在想起来，妈妈刚刚返回故乡的那些日子里，她是多么难过。

在纽约，当我的前妻刚刚离世时，我无所适从，一片茫然，是母亲为我着想，她镇定地告诉我，她已经想好了，她准备死在美国，让我集中精力好好工作，孩子们由她来照顾。那语言简单平淡，可那个决定对母亲来说是多么艰难的一个人生选择。那时候，恰好父亲病重，父亲是那么殷切地期盼着母亲能回到他的身边。在电话里，爸爸多次央求母亲回青岛，母亲默不作声，没有答应他。我知道母亲左右为难，左边是丈夫，是她心的所在；右边是儿子和孙儿，是她老人家的心头肉。那个时候，我最需要的就是亲人特别是母亲的呵护和照顾，母亲最终还是选择了留在美国照顾我和孩子，因为父亲有妹妹在青岛照料。但无论如何，现在回想起来，那对母亲多么不公平，让她老人家二选其一是多么残忍，更没有想到的是母亲的那一个抉择竟是与父亲的永别。

回到青岛故居，不知情的邻居们都对母亲冷眼相对。她们指责母亲无情无义，在她丈夫最需要她的时候，居然抛弃了她的丈夫，不在丈夫的身边。听说有一位性格直爽的邻居竟然当着妈妈的面冷嘲热讽地说："哎哟，回来啦。美国那么好，怎么不在那里享福，你老头又不在了，还回来干啥。"母亲没有解释，也没有反驳，她只是默默地承受了那一切的嘲讽和冷漠。

自从母亲回国后，我就开始寻找各种机会回国探望母亲。在离开了祖国13年之后，1996年我又回到了祖国，先是去香港和广州讲学，本计划请妈妈一起到广州玩一玩，但不记得是为了什么，居然最后没有成行。我只记得，我探母心切，放弃了接待方安排去海南三亚参观访问的邀请，提前离开广州回到了青岛。返回青岛后，青岛中华医学会安排我住在青岛华侨饭店。在青期间，我忙于应付讲学和接待方安排的参观访问，虽然几次见到了母亲，可是居然没有回莘县路的家里去看看妈妈居住的生活环境。直到第二年，我又回到了青岛，才返回家去探望母亲。这次与我出国的时间相隔14年，呈现在我眼前的是一片狼藉。由于楼房常年失修，各楼层厕所长期缺水和清洗不干净而导致臭气熏天。看到那破旧不堪的楼、斑驳的门、多年没有粉刷而灰污的家和浊气熏天的厕所，我震惊了。面对那不忍直视的景象，想到我心爱的妈妈竟然住在这样一个破瓦寒窑似的家里，我泪流满面，羞愧难当。我真的没有想到，是我疏忽大意了。当即，我通过做物业的好友薛海云，在宁夏路刚刚盖起来的天泰新村小区里买下了一小套一室一厅的房子。1997年10

月，母亲搬进了宁夏路112号4栋2单元103户。那房间虽然不大，只有50几平米，却也干净舒适。崭新的小区整洁明亮，一栋栋的新楼房一模一样，高矮均等，排列得整齐有序，所有楼房的墙都粉刷成阳光灿烂的金黄色，与红色的楼顶相互辉映。小区位于市北区宁夏路以北，这边商家林立，有便利店、饭店和理发馆等。小区西面还有青岛要价最贵的巨无霸海鲜饭店，东面有青岛手表厂旧址。小区的前面还有一家颇为富丽堂皇的"勇丽美食城"，美食城旁边有一家小超市，里面日用百货应有尽有。小区斜对面是青岛著名的"小绍兴"连锁饭店，里面的南瓜饼特别好吃。母亲住的新房子在一楼，坐北朝南，阳光充足。我们自己家门前还有一个小院子可以种花、种菜。总的来说，我还是比较满意，母亲也非常高兴。

母亲在那里住了接近5年，母亲喜欢那里，但美中不足的是平常上街买菜很不方便，要走很远的路才能到菜市场。虽然小区前面有一个小超市，可是母亲经常抱怨那里的东西太贵，另外母亲还习惯像过去那样每天早晨出去买豆浆、油条，或者出门去逛菜市场买新鲜蔬菜和日用百货。为了让她高兴，我后来又请好朋友薛海云帮忙在青岛城市花园小区里买了一套两室一厅的房子。2002年3月5日，母亲又搬往了青岛市北区南口路6号城市花园里的9栋2单元202户。城市花园也是一个刚刚竣工不久的小区，是由青岛市城建局设计的。由于受早年德国建筑风格的影响，小区楼房的总体设计还是能看到德国建筑的影子。一栋栋大楼高大敞亮，坚固且壮观，楼外面的墙虽然是水泥砌成的，但贴在墙上的巨大水泥方块远看还是有些像大理石。小区正门处是一个半月形的小广场，当中有一个池塘，小区里的楼座高低不一，但左右对称。正门在小区南面，南口路 6 号，东边是和兴路，北面是汉口路，西面是威海路。小区所在的位置恰好靠近台东威海路附近的一个居民密集的商业区，过去那里是青岛台东镇的一个特殊区域，叫"仲家洼"。仲家洼曾经是一个贫穷、出苦力、贫民百姓聚集居住的地方，是青岛最大的棚户区。仲家洼，顾名思义，是一个地势低洼的区域，放眼望去，乌压压一片低矮、阴暗的"趴趴房"密密麻麻地连在一起，"趴趴房"之间的胡同非常狭窄，泥土铺成的道路坑坑洼洼，听说仲家洼里比较有名气的"地标"是仲家洼的大茅房。根据方位，仲家洼也分成东仲、南仲、西仲和北仲。城市花园小区的所在地恰好在北仲，那块地虽然不大，方圆仅有几百米，但在青岛历史上也算是一个颇有名气的地方，叫"太平镇"。太平镇南通北仲，北至汉口路、海泊河，其东面便是南口路，老青岛人叫"四号炮台"的地方。和仲家洼的棚户区略有不同的是太平镇曾经是一个家家织布忙的纺织小镇，前面提到母亲的老家昌邑是山东纺绸织布有名的、曾经一度垄断山东半岛的纺织作坊集中的地方，那种作坊式的垄断在太平镇得到了验证。在上个世纪的 30 年代到 60 年代间，太平镇大约有 200 多家小织布作坊，而那些纺织业主大多是昌邑人。冥冥之中，母亲又回到了昌邑家乡人的地界。

总而言之，虽然老青岛人过去不十分看好仲家洼一带，但是时代不同了，今非昔比，今天的台东、仲家洼和太平镇一带和过去大不一样。那里现代居民楼高耸林立，那以贫穷和小作坊为代名词的仲家洼和太平镇也从人们的记忆当中和版图上消失殆尽，取而代之的是拥有各式各样适合大众生活的设施的现代化小区。母亲住的小区周围有数不尽的大小饭店、商店和超市，母亲住在临街的二楼上，楼前是汉口路，是一条餐馆林立的美食街。夏天的晚上，路边灯火通明，各饭店都在门口摆下桌子，招揽顾客。记得母亲住的楼下的饭店有"晓李哥""四川蜀香火锅""山东沂蒙火锅"，还有一个驴肉馆子。晚饭桌上摆的几乎都是大盘子、大碗，吃饭的人也痛快地大碗喝着酒，大口吃着肉，一派豪爽。夜幕里，人们喝着青岛啤酒，吃着红岛的蛤蜊，外加新疆孜然烤肉串。食客们通宵达旦地在街边与亲朋好友相聚、凑堆，吃着、喝着、吆喝着，酒令、猜拳的声音此起彼伏。坐在母亲家里，可以嗅到街上弥漫过来的阵阵令人垂涎的香气。除了大众化饭店，街对面还有两家高档饭店"海通达"和"海派"。我回家在那里和朋友聚会吃饭，然后再到隔壁的"同乐迪"唱卡拉OK。另外，附近还有一个很大的海泊河公园，海慈医院也只有两个路口远。总之，一切都很方便。那一套房子比天泰新村的稍微大了一点，使用面积80几平米，也是南北向。为了把室内装修得好一些，我还专门一家一家地看装修公司，最后终于找到一家，这家装修公司做工细致，装修的格调也很不错。果然，最后给我们装修的房间也的确很漂亮。后来，我还让装修公司在客厅里额外加上了一个精巧别致的小酒吧台，吧台上面还悬挂着红黄两个花朵造型各异的吊灯。听说青岛港上的"艺德"家具很有名气，是欧洲式样，典雅精致，还听说公司老板是我在青岛九中文艺宣传队时的队友，叫邓淮。邓淮比我小几级，上学的时候我们还一起下乡到青岛仙家寨体验过生活、演出并搞文艺创作，他唱歌，我吹黑管，相处不错，我于是就前去拜访。看在老同学的面子上，邓淮同意商品打折，所以我在他那里买了全套的家具。总的来说，家里布置得还算惬意舒适。

妈妈住在城市花园期间，有一次我回国，从来不做饭的我，每天早晨起来给妈妈做早饭。虽然做的饭不一定合妈妈的胃口，但妈妈却吃得津津有味。

大约是在 2011 年夏天，青岛市政府决定快速路三期工程动工，我们莘县路的旧家小港一带的楼房全部拆迁。我家拆迁后被分配到青岛老四方区（现在被划为市北区）兴德路 96 号的宜昌馨苑，我们在那里分到了一个两室一厅的公寓房，90 几个平米，在 10 号楼 2 单元 705 室。我们自己选的楼座和楼层，有电梯，室内几个窗户都冲南，总体感觉不错。因为采光很好，屋内阳光明媚，视野也好，从窗户向楼下能看到一个由楼群围绕起来的环形中心休闲区，有秋千、踏板和双杠。白天，经常会看到孩子们在那里荡秋千，妇女、老人蹬着踩踏板，身体健壮的男人前后悠着双杠在秀肌肉。我们楼的斜对面是一个色彩鲜艳的幼儿园，在家里经常听到孩子们爽朗的笑声。每天早晨，社区的大叔大妈们便会成帮结队地绕着中心区的走道一圈一圈有节奏地快步行走，稍微年轻一些的女士们天不亮就伴着降央卓玛的音乐节奏跳着火辣辣的舞。

小区里虽然环境还不错，但其所在的位置偏远，出入交通十分不方便。它在青岛市区西北面的城市边缘，除了乘坐 6 路电车到杭州路下车走到那里以外，没有其他公共汽车经过那里。过去那里是一个小湖岛村，青岛土话称为"湖岛子"，位于胶州湾东岸，西临大海，有一片工业污染严重的海滩。我小时候，母亲经常把我留在吉兰姨家与同岁的表弟学亮一起玩。吉兰姨住在四方国棉三厂宿舍里，在杭州路中段，离湖岛子不算太远。记得在夏天的晚上，趁着退潮，学亮带着我和邻居的孩子们一起去湖岛子的海边挖蛤蜊。和前海沿的细沙海滩不一样，湖岛子的海滩是一片黑色淤泥，一脚踩下去能没过脚背。在前海挖到的蛤蜊是颜色清淡的花皮蛤蜊，而在湖岛子挖到的蛤蜊壳发乌。不管怎样，"赶海"曾经是住在那里的人的一大爱好。"湖岛子，靠海沿，家家挂个四鼻子罐"，"四鼻子罐"是湖岛人用来赶海盛海鲜的，这个顺口溜足以说明湖岛子周围人民对赶海的热爱。

2011 年以后，母亲行走开始出现困难，她柱上了拐杖。再后来，即使拄着拐杖每天上下楼梯也很艰难，我们决定将母亲搬到宜昌馨苑，因为那里有电梯。回想起来，那的确是一个很好的选择，因为我们从此不用担心母亲上下楼梯困难。她能够每天乘电梯上下楼，还经常在中心休闲区锻炼、晒太阳，与邻居们聊天。

考虑到从宜昌馨苑进市里交通不方便，2014 年秋天，我想把城市花园和宜昌馨苑的房子一起卖掉，换成一个更大、更舒适一些而且靠近海边的房子。我看好了位于团岛的金茂湾地产楼盘，那里交通方便，有庭院般的小区，小区环境设计别致、高档典雅。楼盘恰好位于青岛前海和后海的交界处，视野宽广，可俯瞰大海，小区外刚好是青岛前海木栈道的起点，一直沿着海边向北延伸几十公里到青岛新区的黄金海岸，晨练和走路都方便。为了母亲起居行动方便，我特别看好了一层的一个临海的三室一厅的套间，我兴高采烈地带着妈妈去看房子，想给她老人家一个惊喜。令我十分意外的是，母亲看完房子以后，坚决不同意。我百思不得其解，经多次询问后，母亲才吞吞吐吐地说，在过去，团岛的那个海滩是一个断头台，很多冤魂都留在了那里。

贪玩的母亲

母亲一生好动，很贪玩，她在家里总是待不住，特别喜欢出门看热闹。前面提到我小时候，妈妈会把我扛在肩上在青岛第三公园里转悠着彻夜看戏，年轻时是这样，到了老年，她玩的兴趣也丝毫未减。1989 年，在母亲俄勒冈州科尔瓦里斯帮助我们照看孩子的时候，我们认识了镇上基督教会的一位年长牧师，同学们都尊敬地称他唐老爸（Papa Don）。唐老爸是一位慈眉善目、满头银发、白白胖胖而且个子高大的老者，那时大概 70 多岁，已退休。他和他的太太唐妈妈（Mama Don）对我们中国人特别友好，为了让我们大家在留学期间能有机会感受到美国各地的风土人情和文化，唐老爸为大家组织了一次环美旅游。为了省钱，他决定亲自驾驶一辆破旧的教会大巴车，利用学校放假几个星期的时间，驱车千里，跨越全美国。大家伙纷纷报名，我因学业脱不开身，但母亲想去。考虑到母亲已经60 多岁了，不宜长途旅行，我就劝母亲不要去，可是她老人家执意要参加，最后还是去了。据一起去的一位朋友说，母亲一路上精神饱满、兴致盎然。从西海岸的俄勒冈州到东海岸的美国首都华盛顿，自美国最北边的尼加拉瓜大瀑布到最南端的迪斯尼世界，她老人家的足迹几乎踏遍了整个美国。旅游归来，母亲还是余兴未消，很兴奋，不时地说玩得痛快。

随车游览弗罗里达州的迪斯尼世界。

游览尼加拉瓜大瀑布和美国首都华盛顿等地方。

185

每次回国探望母亲，我总是想尽办法逗母亲开心。除了到外地旅游，在青岛，我们也总是找机会逛街、遛海边、去饭店。每次回家，我总是不可避免地有一些应酬，比如和老同学、朋友们一起聚会、唱歌、聚餐等，只要有可能，我总是愿意带着母亲一同前往。不光是因为母亲在人们面前和蔼大气、慈祥可亲，我也可以借机向朋友们"秀"一下我对母亲的孝敬和爱戴。母亲也很乐意跟我出去。即使到了暮年，走不动了，每次我问母亲想不想出去玩，她也总会像孩子一样，眼睛马上一亮，兴奋起来，说"愿意"，我们这些晚辈们经常被母亲的稚气逗得忍俊不禁。

母亲喜欢看戏。我小时候经常听妈妈讲吕剧《墙头记》，那是一个在山东民间流传几百年的故事。故事的基本内容是讲一位好人张木匠含辛茹苦地把两个儿子抚养成人，他的两个儿子和儿媳妇都不孝，两家互相推诿都不想抚养老爹，张木匠的好朋友王银匠替张木匠想了一个好办法，让视财如命的儿子和儿媳妇们误认为爹有钱，争着抢着供养老爹、讨好老爹。

吕剧讲的是地道的山东济南府官话，它是一个历史悠久、很有山东特色的地方剧种，年轻的一代人不喜欢那些已经老掉牙的本地剧种，吕剧和中国其他地方剧种一样，变得市场萧条，几乎无人问津。2009年，山东吕剧团正在青岛上演母亲喜欢的《墙头记》，我托人买了3张戏票请母亲和大姐一起去看戏。那时正值冬天，天气很冷，出乎我意料的是吕剧团为了节省开支，剧院里居然没有开暖气，所以观众们都只好穿着厚厚的棉大衣在低温下抄着手看戏。即使在那环境恶劣的情形下，母亲还是饶有兴致地看完了戏。

2009 年春节期间，母亲和大姐在寒冷的冬天看吕剧《墙头记》。

　　另外让我记忆犹新的一次是我在山东省省会济南请母亲看文艺演出。那次我在济南讲学，请大姐一起陪着母亲前往。我白天开会，大姐陪着母亲去游览了济南的千佛山、趵突泉和大明湖等著名景点。晚上，我陪着妈妈和大姐去看文艺晚会。在那里，我们又听到了家喻户晓的《红灯记》里李铁梅的几个唱段，特别让母亲惊喜的是那名演唱者就是当年样板戏李铁梅的扮演者刘长瑜。第二个惊喜是我的好朋友、中国著名歌星郑绪岚也参加了演出，她演唱了我们大家都熟悉的《牧羊曲》等脍炙人口的曲目。演出结束后，我带着母亲和大姐到后台去见郑绪岚，并和她一起合影。那天母亲和大姐都很开心，因为她们都很喜欢刘长瑜的戏和郑绪岚的歌。

2009 年，在济南市观看郑绪岚独唱音乐会后在后台合影。

　　那一次我们还游览了离济南不远的中国文化圣地——曲阜。我们参观了中国古代著名思想家、教育家和儒家学派创始人孔子的故居，拜访了孔庙。随后，我们又登山游览了五岳之首——泰山。从泰山南天门入口，我们经过天街，登上了泰山之顶上的碧霞祠。南天门在旧时也称"三天门"或"天门关"，那里的高度已经是海拔 1460 米，是登山盘道的顶端。放眼望去，远处天空被左右两个山峰夹在当中，一抹淡淡的云雾飘浮在两个山峰之间。一阵风吹来，仿佛是一道天门缓缓敞开，一股仙雾随之漫延喷薄而出，随风飘去。南天门的结构为典型的阁楼式建筑，整个大门的墙为暗红色，上有金琉璃瓦盖顶，当中有一石头砌成的拱形门洞，门洞上方悬挂着一匾额，题为"南天门"。门洞左右两侧挂着一副楹联："门辟九霄仰步三天胜迹，阶崇万级俯临千嶂奇观"。

在泰山天街。

过了南天门，再步行登上很多台阶后，迎面看到的便是一个结构壮观、似乎耸立在天宇之间的"天街"牌坊。天街牌坊是一个四柱三门式的花岗石跨道牌坊，花岗石的颜色青白肃穆，4 根石柱前面端坐着 4 只满头卷发、双目怒睁、雄猛的麒麟，华表式石柱顶端缠绕着龙纹。牌坊正门上端刻有"天街"两个大字，这是进入天街的标志。顾名思义，跨过了天街牌坊，我们就进入了天上街市。的确，天街里商铺林立，有卖小吃的、纪念品的和各式香火的小卖部。与一般街市不同，漫步在天街，上有晴空白云，下有云雾缭绕，让人隐约地感到是在天上人间，却又似乎是在人间天上。天街不长，只有百米左右，南起南天门，东至碧霞祠。碧霞祠位于泰山之顶，是道教"天仙圣母碧霞元君"的祖庭，老百姓亲切地称"碧霞元君"为"泰山奶奶"或"泰山娘娘"。自明清以来，每年都有数百万信徒登临泰山，来碧霞祠朝拜"泰山娘娘"。他们有专门来祈求生子的，有为家人求赐平安的，还有为父母祈求健康长寿的。

山上有许多庙宇，母亲是一位虔诚的信徒，她老人家逢庙必拜、逢佛必跪。那天泰山上人很多，我们漫步在拥挤的善男信女和香火缭绕的庙宇之间，怕把妈妈给挤丢了，我时不时地转身看看母亲在哪里。突然，母亲不见了，我迅速挤过人群寻找母亲，终于在一个寺庙祭拜堂的后面看到一位身着素衣的年轻僧人正拉着母亲的手往一个簿子上写字。我很奇怪，因为母亲不识字。我赶

母亲在虔诚地祷告。

紧过去问母亲做什么，母亲说那僧人让她在那簿子上签名。我问："你知道你在写什么吗？"母亲回答"不知道"。我看了一下那簿子，是一个"许愿簿"，上面写满了很多许愿者许诺还愿的钱数，数目都比较大。那位僧人在母亲不知情的情况下正握着母亲手上的笔写母亲的名字和钱数。问清楚情况以后，我很愤怒，告诉那位年轻的僧人："我不知道你祭拜的是哪方

神圣。可是有一点我很清楚，那就是你尊崇的神圣现在一定很生你的气。"在如此地方，出现如此不善之举，的确是大煞风景。

梦巴黎，夜上海。上海是中国最大也是最繁华的城市。2000年我和妹妹一起携妈妈去上海旅游，游览了外滩、大世界、城隍庙和九曲桥等景点。适逢吃大闸蟹的季节，我专门在九曲桥最里面的饭店的顶楼上请妈妈吃了一顿大闸蟹，其实，我们每人也就吃了一整只蟹。虽然淡水蟹没有青岛的海蟹好吃（至少青岛人是这样认为的），但上海人讲究，服务周到。两位服务员在我们桌子旁边一边一个，而且款曲周至地帮着母亲一点一点地剔剥着大闸蟹的每一个细小部位。妈妈很高兴，也很坦

2000年，在上海城隍庙。

然地接受了服务，我们也都很满意。

　　虽然母亲以前去过北京，可是我和母亲还没有一起去过。2002年，我们全家从美国回来和大姐一起陪同母亲游览了北京各大景点。那年母亲78岁，她兴致勃勃地攀上了颐和园最高处，并和我们一起游览了长城。后来为了节省时间，我们参加了一个旅游公司安排的"北京一日游"。彼时电视连续剧《大宅门》正热播，《大宅门》变成了老百姓饭后茶余谈论的剧目。想必是为了招揽顾客，我们游览行程中的一个项目就是去参观《大

2002年，在北京天安门。

宅门》的原景拍摄地。到了以后，我才发现我们上当了。那个地方的宅院看起来有些像《大宅门》里的场景，但绝对不是原拍摄景地。更有意思的是，在院子里还有自称是同仁堂的医生在给游客们免费把脉看病。母亲一听免费，便前去看病。我劝母亲不要上当，但她老人家不愿意错过名医义诊的机会，便进去了。一会儿母亲回来了，拿着开的一个药方，一问价，几千块钱。我说那都是骗人的，母亲不相信，因为同仁堂是中国老字号。无奈，我只好现身说法。我无病无疾，也报名进去请名医看病。一进屋子，只见大房间里有几十个穿白大褂的医生，流水作业。一圈走下来，我也被诊断出有各种各样的疾病，我的药方也是几千块钱。虽然那些医生打着同仁堂的牌子，但我确信他们一定是冒牌的，只是可惜他们玷污了同仁堂的牌子。

2004 年我和大姐一起陪同母亲游览了西安。在那里，我们参观了兵马俑、城隍庙、大雁塔和华清池等景点。在华清池看到了当年唐玄宗御赐给杨玉环的"贵妃池"和西安事变时扣押蒋介石的"五间厅"。

2006 年 5 月，我女儿贝贝也同我一起回来探望奶奶，我们一起陪同奶奶重新游览了上海，然后又去了素有"上有天堂，下有苏杭"美誉的杭

2004 年，在西安华清池。

州和苏州。在杭州我们游览了久负盛名的灵隐寺和雷峰塔。雷峰塔有名，是因为民间有一个传说——"白蛇传"，讲述那塔下面数千年来压着一条白蛇妖精。白蛇因为偷吃了仙草变成了一位窈窕诱人的女子，人称"白娘子"。白娘子下凡后爱上了凡夫许仙，因为触犯了天规，被法海和尚捉拿压在了塔

2006年，在杭州雷峰塔。

下，囚禁千年。那楚楚动人的爱情故事既让人们为被囚禁在塔下的白娘子惋惜，也让人们为雷峰塔能辟邪压住妖精而感到肃然起敬。傍晚，我们陪同妈妈漫步在杭州的西子湖畔。夕阳里，天空的边际自上而下由天蓝色变成橘红色和深蓝色，天渐黑，空气凉爽新鲜宜人。奶奶孙女揽拥，细细的微风里，岸边的垂柳作陪衬，暖意浓浓，亲情满满。

高高兴兴地离开了杭州后，我们又兴致勃勃地赶往苏州游赏姑苏的园林庭院和民俗风情，并准备去游览苏州的虎丘。虎丘是苏州的一个著名景点，宋代诗人苏东坡曾感叹，到苏州不游虎丘乃憾事也。虎丘上最著名的是云岩寺塔，建于1000多年前的后周，被称为"中国第一斜塔"。云岩寺塔远处看去略有些像意大利的比萨斜塔，但比萨斜塔建于1173年，比虎丘斜塔晚了至少两百年。就在我们满怀期望去一睹"中国第一斜

塔"的风采时，却碰上了一件令人哭笑不得的事情。

我们从杭州乘火车到达苏州，一出火车站，我们便准备搭乘一辆出租车直奔虎丘。出了火车站，虎丘的云岩寺塔已经是隐约可见，但俗话说"看山跑死马"，其实距云岩寺塔还很远，我们还是需要乘车前往。搭乘出租车的人很多，出租车站前已经排起了一条长龙。正在我们等得不耐烦的时候，一辆三轮车驶过队伍的旁边，车夫一边骑，一边喊着"去虎丘，十块钱"。虽然不是汽车，但我想坐三轮去虎丘既便宜又有情趣，还不需要排队，就赶紧招呼说"我们去"。我们搭上车，车夫一边很客气地招呼着我们，一边很卖力地上下踩着车，三轮车随着微风呼呼地飞奔起来。正当我为自己做了一个正确的决定而洋洋得意时，突然发现远处虎丘的云岩寺塔离我们越来越远。我赶紧问是怎么回事，车夫不回答。我感觉不对，就叫停车，车夫不仅不理会，反而车速越发加快。我真急了，叫车夫赶紧停车，他高声回答说需要绕个圈去虎丘。我知道他在撒谎，我想，这下子麻烦了，我们可能是被劫持了。光天化日之下，居然有如此恶劣的行为。母亲也很紧张，我正想着如何对付他时，三轮车在一个游人很多

在苏州被骗游览的无名公园。

195

的旅游景点售票处前急停了下来。到了人多的地方，我一颗紧张的心也稍微放松了一点，但还是一头雾水。那三轮车夫下了车，转过身来，笑眯眯地对我说这是一个比虎丘好百倍的苏州公园，建议我们进去游览，自己买票。我放眼打量了过去，果然是一个新建的大型公园，很有姑苏园林庭院的特点和民俗风情，而且很气派。既然来了，我们时间也紧迫，母亲说那干脆就去这个公园吧。等我买完票以后，我注意到那车夫正在售票处前数着钞票，想必是他的拉客提成。我们的本意是游览历史悠久的苏州虎丘和"中国第一斜塔"，结果却游览了一家现代但的确是很漂亮的一个人工苏州式园林公园。不管怎样，母亲玩得很开心。

吸取教训，2008年我同妹妹一起陪妈妈前往南京游览时，我提前联系了大学同班的一位要好同学。有本地同学的帮助和安排，我们没有再碰到意外。适逢六一儿童节，南京很是热闹。我们游览了南京的夫子庙、江南贡院——古代科举考试的场所，吃了南京盐水鸭、松鼠鱼、金陵丸子和小笼包等名吃，坐着龙舟荡漾在玄武湖上，还参观了总统府，拜访了中山陵。那年，母亲84岁高龄，但她仍能自己拄着拐杖攀上百级台阶，登上中山陵。

2019年母亲节，我和大姐一起陪着母亲到青岛汇泉王朝大酒店的旋转餐厅去吃自助餐，庆祝母亲节。汇泉王朝大酒店曾经是青岛最上档次的饭店之一，位于青岛前海风景最好的汇泉湾。在旋转餐厅里，随着餐厅慢慢转动，我们可以看到东面的中山公园、上中学时每年在那里开运动会的青岛体育场，南面有青岛著名的八大关和中国国家海洋研究所，西面有青岛很有

2008 年，84 岁的母亲独自攀百级台阶登上中山陵。

名、也很最热闹的第一海水浴场，我上大学的时候，经常在那
里洗海澡，西北面就是鲁迅公园、水族博物馆和后面的小鱼山。
饭后，我想带着母亲到第一海水浴场走一走，可是出了餐厅后
感觉风有些大，我有些犹豫，问母亲还要不要到海边去走一走，
母亲毫不犹豫地说"去"。迎着风，我推着母亲在海边走了一

会儿，便停住了。我把母亲的轮椅固定好，让她老人家面对着大海坐着。我注意到坐在轮椅上的母亲利用停留的那短暂时间，双手托着下巴，身体前倾，目光紧紧地盯着前面的大海，似乎想要把相伴她一生的大海深深地刻在她的心上。

2019 年母亲节，在青岛第一海水浴场。

重归故里

　　有一次，我问母亲还有什么地方想去还没去过的，母亲说她很想再回老家看看。母亲逃荒离开家乡进青岛的时候是 1942 年，那年她只有 18 岁。打那以后，她曾经回去过一次。那是 1949 年，她带着刚刚一岁的二姐淑梅回到了昌邑马疃村，那次回乡主要是探望想念已久的奶奶。那时候母亲在宋家过得还算舒适红火。回村里的时候已是初冬深秋，天气冷了，天上偶尔会飘落零零星星的雪花。母亲身穿绣花斜大襟织锦棉袄、软缎棉裤，脚蹬绣花棉鞋，棉袄领子高高地竖着把脖子捂得严严实实，她还大包小包地带了很多吃的和衣服布料等礼物，很有些荣归故里的感觉。家乡的叔叔婶婶等亲戚们热情地欢迎招待了母亲。因为天气冷，为了能让母亲和孩子睡好，二叔和二婶还把他们儿子新婚的洞房腾了出来请母亲住，母亲没加思索竟然欣然接受了。多年以后，母亲回忆起那次回乡的往事心里总感到很惭愧。她说，因为她那时候年轻不懂事，竟然不顾别人新婚，住进了人家新婚洞房。不管怎样，那次回乡，母亲终于又见到了她日思夜想的奶奶。母亲说她小时候，家里经常吃了上顿没有下顿，常常饿肚子。为了能让母亲和吉兰姨吃饱，她们的奶奶常常舍不得多吃，把饭留给她们。母亲说，那次回乡她准备让奶奶好好饱餐几顿，她的大大小小的包裹里很多都是带给奶奶的好吃的，有青岛的炸麻花、枇杷梗、蜜三刀和青岛桃酥等。另外，怕奶奶饿肚子，母亲还特意买了一大袋子青岛杠子头火烧。"杠子头"在青岛话里一般用来形容一个人性格固执、顽固不化、愿意钻牛角尖，也就是说一旦杠子头执拗起来，谁都不可能让他做他不想做的事情，即锤敲不动、铁打不弯。所以望文知义，青岛杠子头火烧是一种高度压缩的白面饼子，坚硬无比，一般用刀也切不动，只能"烩"着吃，就是先用手把杠子头火烧掰成碎块，然后加入热锅里同蔬菜肉类和作料一起炖到火烧块能嚼动为止。烩火烧很好吃，因为它有汤、有肉、有蔬菜，外加煮软和的杠子头火烧，有滋有味。其实青岛烩杠子头火烧和陕西羊肉泡馍有很多相似之处，它们共同的特点就是耐吃、耐饥，吃了以后很长时间不会饿。早年国家号召人民"备战、备荒"，青岛杠子头火烧就是可以长期储存的最佳食物之一。为了不让奶奶再挨饿，母亲给她带去了很多杠子头火烧以备长期储藏食用，只可惜那时候奶奶已经是年迈龙钟，吃不下去东西，更不用说啃杠子头火烧了。

在阔别家乡61年后，2010年秋天，母亲终于又回到了生她养她的故土——山东昌邑东冢乡马疃村。虽然马疃村还在，但时过境迁，现代的马疃和过去已经大不一样了，让母亲感到既亲切又陌生，所到之处似曾相识却又不认识。首先，马疃村名依旧，可是其行政归属却因历史的变革几经改变。母亲离开家乡的时候，昌邑是山东的一个直辖县，隶属胶东区西海专区。

解放后初期，改属昌潍专区，后又改名昌潍地区。母亲回乡的时候，昌邑已变成了潍坊市的一部分。

今日的老家，对母亲来说，一切都是那么新鲜。马疃村的整体村落结构基本上和原来一样，方方正正，但今天的村子比过去大了许多，人口已经有近千人，依然是多姓混居；昔日的圩子沟和圩子墙都不见了，取而代之的是宽敞的疏水堤坝，堤坝的两岸整齐地排列着随风飘荡的柳树；村的东北角上还建起了一所学校；村北头那张家贞节牌坊和广济桥都不见了，但村东头的大口井依然存在，张家庙还在，可是往日的辉煌已不复存在。母亲惊讶地说张家庙比她想象当中的要小得多。现在的交通也比过去方便多了，村东边的那条通往莱州湾的南北大道已经是 S221 省级高速公路，它在不远处便与 G206 国道相接，听说是往南一直通往深圳。

母亲的一位远方亲戚，她叫五叔的，在村头给我们大概介绍了一下马疃村的近况。抬头看去，过去马疃的破旧村庄已经焕然一新。村头的那棵老槐树还在，可是那驴拉的石头磨盘不见了。村头上的那块老石头村碑也换成了一块黑色大理石的，但形形色色的小广告像伤湿止疼膏药一样贴满了村碑。村里的路依然是土路，但是主路显然是被碾压过的。路两边房子的墙都刷成了橘黄色，

昌邑县东冢乡马疃村村碑

离地大约半米高的墙根漆成了带有白色线条的天蓝色，与红色的瓦相配，形成红、黄、蓝的三原色，颇有意境。

进到胡同里，母亲说看上去和过去差不太多，还是那坑坑洼洼的黄土路，发黑的玉米秆、高粱秸垛和杂草垛零散地堆积着，随处可见。房屋还是旧时那些典型的山东农村房屋，村里的房子依然有大有小，显示出各家经济状况的不同。母亲出生的那半堵草墙的破瓦房早已无影无踪。和过去不同的是，过去那些有钱财主家门前的高大雕花牌楼、红漆门和门前耀武扬威的石狮子都不见了，现在各家都装上了厚实的铁门或者是带有菱格的防盗门。似乎水泥在村里遍地派上了用场，水泥墙、水泥地和水泥院子到处可见。有意思的是几乎家家门前都挂着一对红灯笼，门两边都有红色对联外加门上面的横批。正方形红底的"福"字也比比皆是，但与港台地区的人们把"福"字倒立着贴，寓意"福到"的习惯不同，山东人家的"福"字还是规规矩矩地笔直地站着。我们路经一户人家，对联上写的是"福财八方来，鸿禧四方进"，放眼望去那延伸入深巷的一片红色呈现出一片喜气。总之，对母亲来说，久违的家乡勾起了她尘封已久的回忆，却也让她感到新奇生疏。

五叔还带着我们挨家挨户地拜访了母亲在马疃的亲戚，堂叔的儿子、二婶、五叔和七叔及其家人等。每到一家，便会送上一份已经提前准备好的礼物。我们首先拜访了母亲堂弟家。还没进门就知道他家过得不错，他家的大门高大气派，金属的大铁门漆成了明亮的草绿色，门上面对称地吊着一对大红灯笼。门的两边有巨大对联，横批是悬挂在大门上方的一个红底镶金字突起的大幅横匾"家和万事兴"。门框围边是黑色大理石的，

202

其他各边框都漆成了大红色。黑色的基石、红框、绿门、金匾烘托出这家生活的富裕与红火。跨进门到了院里面，房屋的结构和旧时的四合院结构类似，三面都有房子，有东西厢房和一个偏房。房子的地基是由水泥垫底和红色发亮的方砖砌成的，房外墙面贴着白色的长方形瓷瓦，天井的地面全部是用水泥抹的，平整光亮。院子里由钢筋架子搭成的遮荫棚下停放着一辆崭新的乳白色摩托车，靠窗的墙上还悬挂着空调。一阵寒暄后，我们进了厢房的客厅落座。室内的装修让我们惊讶地感到这不像是在农村，反而好像是在城市里做客。屋顶由闪光的印花饰面板罩顶，屋子四周和门窗都是由质地上好的番木色桦木护墙壁板包着，雪白的墙上并排悬挂着 4 幅内容各异的中国山水卷轴画。客厅里摆着长短两个鹅黄色宽大蓬松舒适的欧式皮沙发，沙发角台上有鲜花和盆景。与现代化客厅迥然不同的是隔壁的房间，里面的摆设俨然一个庙里的祈祷和许愿殿。墙的一面放着一条长长的供台，台面上覆盖着一层暗红色的塑料桌布，桌子上方墙的正中上挂着一幅画着盛开的荷花、莲藕和一对鸳鸯漫游在水面的巨大卷轴画，两边陪衬的是一对松鹤大瓷瓶。桌面正中放着一座精美的上香烛台，两柱高大蜡烛分列在两边。香台和蜡烛后面供奉着一对牌位，上面没有名字，只有一个很大的"寿"字。左边的牌位是朱红色，右边的是暗黑色。参观后，母亲的堂弟邀请母亲和五叔等客人在客厅里坐下来，喝茶聊天叙旧，母亲堂弟的儿子、儿媳妇还有孙女都前来相见问候。稍微休息后，母亲和前来探望的亲戚们在院子里一起合影留念。

　　母亲那次回乡还有一个心愿就是她能当着二叔和二婶的面向他们道歉，因为 61 年前，母亲回乡探望她奶奶期间，她二

母亲和家乡的亲戚们合影。

叔和二婶热情好客地请她住在他们刚刚结婚的儿子的新婚洞房里，母亲那时年轻不懂事竟然没有客气，当仁不让地住进了新婚洞房。多少年来，母亲一直懊悔至极，希望能有一天当面致歉。再次回乡，二叔已经不在了，但二婶还在，所以母亲坚持要专门去二婶家登门探望她老人家。五叔带着母亲和我们在村的另一头找到了二婶的家，与母亲堂弟那富裕华贵的家相比，二婶的家显得陈旧寒酸多了。二婶家的门楼是水泥砌的，门头上面横搭着一块建筑工地使用的多孔钢筋水泥板，粗糙裸露的水泥门框两边也有一副对联："福寿双吉祥，人才两兴旺"，但没有横批。大门原本也是草绿色，但是由于年长日久已经变成了灰绿，门楼两面凌乱地堆积着有半人高的陈年树枝、玉米秆和高粱秸垛。一进门，看到院子里有一根晾晒衣服的绳子横跨着整个院子，一根已经朽枯发黑的树枝在院当中插在地上支撑着那根绳子。晾衣绳上有铁夹子夹着几件衣服和两只破旧蓝套袖，在随风摇曳。院墙边有一个锈铁皮搭成的矮棚子，棚子上面用旧铁皮盖着。棚子旁边倚墙停靠着一辆破旧的自行车，两个轮子的辐条都已经生锈无光。随着一阵喊喊喳喳的欢笑声，母亲的二婶和家人出来欢迎母亲一行。二婶看上去人很矮小，个头刚刚够到母亲的肩头。她头戴着一个棕褐相间的旧绒线帽子，身穿一件黑色夹袄，外边套着一件深紫色的背心。那身衣服可能是为了欢迎客人穿的，背心前面还嵌着两排闪闪发银光的装饰扣。二婶有一张圆圆的脸庞，两个耳垂带着一副简单的圆耳环，一脸喜庆。二婶脸上虽然布满了皱纹，但并不显苍老，她两颊是常年风吹日晒、经历沧桑而成的红晕，整个脸庞有些微胖。她下巴微微上

母亲见到了二婶。

翘，张开嘴讲话时会露出几颗所剩无几的牙齿。二婶戴着一副高度近视镜也许是老花镜，那厚厚的镜片随着光线闪着模糊的反光；她的上眼皮已经松弛耷拉下来把右眼完全盖住，似乎已经失明，但左眼还露出了一丝缝隙；那黑色眼镜框远大出她的脸颊，透露出眼镜后面那两只笑眯眯的眼睛，给人一种憨厚但

略有些凄凉的感觉。二婶迈着小脚，略有些踉跄但快步走过来紧紧地握着母亲的双手。她把脸贴近了母亲的脸，仰着头仔细地端详着母亲，显然她很激动。母亲也非常激动，两只手不停地摇着二婶子的双臂久久不肯松开。端详了许久后，二婶用手拽着母亲的一只手转身一边走一边说："咱们回家说去。"

迈进正屋，看到客厅后面正中也摆着一个供桌，摆设基本和母亲堂弟家类似，只是简陋了很多，而且桌子两边多了两把椅子。门右边有一个久违的煤炉，和我小时候家里的炉子很像。炉子也有铁皮烟囱，由门上的一个玻璃洞直接延伸到室外。或许是为了保暖或者遮风，整个门都用牛皮纸和胶带贴得严严实实。屋里由于常年烟熏火燎且没有粉刷，整个房间的墙都已经发黑，墙上的石灰裂缝挂着层层烟灰。屋里左边有一个折叠饭桌，旁边放着几个凳子。桌子上方挂着两个发黑的相框，里面有很多老照片，母亲从那些照片里认出了二叔。相框下边还有一张用胶带粘在墙上的"2007 年纪念红军长征胜利 70 周年"年历。虽然是一张过了期的年历，但看来主人不舍得把它揭下来，因为那年历上醒目地印着"赠给光荣人家"。

虽然没有看见里屋山东农村的土炕，但在隔壁灶间里却看到了烧炕的炉灶。那炉灶还是山东农村过去常见的那种泥土做的方形锅台，当中安放着一个巨大的铁锅。做饭时在炉灶底下添加柴火加热，同时也顺便烧炕取暖。墙的一角堆满了用来烧火的玉米秆和高粱秸。不知道为什么，左边的锅盖是向上鼓着的铝盖，右边的是过去常见的那种厚重的黑木锅盖。有趣的是，在黢黑的锅台上还放着一个新的"囍"字印花洗脸盆。脸盆外边是白瓷衬底，周围印着一圈"囍"字，脸盆边缘是大红色，盆底当中画面是一对游在水面的鸳鸯。看到那脸盆让我联想到或许这所旧房子就是当年母亲曾经借住过的新婚洞房。在隔壁客厅里，母亲和她二婶子拉着家常。想必母亲一定向二婶提起了当年她年轻，悔不该冒冒失失地住进了她儿子新婚洞房的事。当然她们也一定谈到了母亲奶奶的晚年，还有我外公当年出外逃荒，遥死他乡，尸骨未还等往事，免不了掉眼泪难过一番。

那一天，人们日出下地、日落归家，平时只闻鸡叫狗吠的村庄被我们的访问打破了以往的平静，我们惊动了村里好多人。起先，一些村民在各自的家门口向外探头探脑，互相打听，很快好奇的人们便前呼后拥地在村口聚成了堆。有一位看来40有余的媳妇，惊奇地睁着大眼睛说"咋么来了这么多的轿子呐"。当我们回到村头时，村民们好像一下子热络起来，一时间，纷纷涌上前来，孩子们也围了上来。附近的几只杂毛狗似乎也想凑热闹，远远地跑了过来，它们把尾巴卷成一个个毛茸茸的大问号，左右摇摆着，汪汪地问着是怎么回事。母亲见状非常兴奋，不停地向乡亲们问好，她还从口袋里拿出了一把糖向孩子堆里撒了过去。孩子们爆发出一阵热烈的欢呼，抢着捡糖。在众多村民当中，有一位与母亲年龄相仿的老年人，穿着一身破旧黑棉袄，腰里缠着老式布腰带，由于常年田间劳动，脸黑黑

母亲年轻时的"暗恋者"

的，布满了皱纹，满头白发而且还有些驼背。他两手交叉地插在棉袄袖筒里，挤到了人群中央，凑到母亲面前，表情神秘，笑嘻嘻地问"你还记得我吧"。看着他那异常兴奋和烁烁发光的神秘眼神，想必他可能是母亲年少时的暗恋者。

近十年后，我向 95 岁的老母亲再次提起那次重回故里之行时，她老人家还扬起了眉毛，虽说话艰难、吐字困难，但却微微地抿起嘴，很自豪地说："他们还叫你潍坊第一外甥哩。"

又见星条旗

　　母亲是 1995 年我们还在芝加哥的时候回国的。我们搬到马里兰以后，母亲还没有来过。2006 年秋天，离开美国 11 年后母亲再次来到了我们身边。马里兰州在美国东海岸，是美国大西洋海岸线中部的一个州，地理纬度和青岛很接近，一年春夏秋冬，四季分明，特别适合居家过日子。马里兰州的地形地貌高低不平，很有特点。这个州虽然不大，但它把美国的各种地形地貌都浓缩囊括在一起，有海滩、山脉、沙丘、农田、原野和森林等，所以马里兰州的绰号叫"小美国"。因为临海，人们靠海吃海，马里兰州以其独特美味的海鲜而闻名，尤其是马里兰的蓝蟹和用蓝蟹做成的蟹饼，那美味想起来都让人馋涎欲滴。在这里，人们吃螃蟹不是一个一个地买，而是成打地买或者干脆整纸箱、整木桶地买；吃的时候也是工具俱全，大刀阔斧，首先抡起小木槌直接把螃蟹壳敲碎，然后用核桃夹子把壳肉掰开，再用手或小叉子吃肉。在蒸螃蟹前，如果在螃蟹上撒上马里兰著名的"老湾"辣椒粉，那美味绝对是独一无二、举世无双。马里兰的自然植被在美国应该是最好的，各种树木灌丛高低有序，种类也多得不计其数，再加上各种花草自然生长在有高有低、人烟稀少、原始广阔的土地上，一年四季，郁郁葱葱，景致变化多端，处处是田园风光。在野外随便走到一处，只要用两个手的食指和拇指圈一个方框，把眼睛放进去一看就是一幅美丽的油画。

马里兰所在的地区也是美国"大华府"的一部分。所谓"大华府"是以美国首都华盛顿哥伦比亚特区为中心，由相临的3个州环绕而成的一个城市大都会。马里兰州在首都华盛顿北面，西有西弗吉尼亚州，南有弗吉尼亚州，东面与特拉华州隔海相望。因为靠近美国首都，大华府是美国的政治、经济和文化中心。

自从搬到马里兰以来，我就一直想让母亲能再到美国来看看我们在马里兰的家并能同我们一起享受天伦之乐。母亲来美后，我们一家人终于又团圆了。那一年，我们全家再一次和母亲一起度过了美国传统的感恩节和圣诞节。

在美国，圣诞节是一年一度的最大节日。圣诞节其实和中国春节类似，各单位也都放假过节，在外地工作的人一般也都争取回家与家人团聚。2006年的圣诞节大概是我们一家多年来一起度过的最热闹的一个节日。那年，女儿贝贝在西北大学上大三，她专门从芝加哥赶回来和奶奶一起过节。大儿子明明刚刚进入马里兰大学，住在学校里，可他离家比较近，也回来了。有奶奶、姥姥、3个孩子和我们夫妻俩，家里的气氛一下子热闹了起来。

为了过好圣诞节，我们家屋里屋外都提前装饰得焕然一新，一片节日景象。客厅里竖立起了一棵高大橄榄形的圣诞树，树

我们的圣诞晚宴

尖上有一个五角彩灯，树周身缠绕着五颜六色的彩灯，还挂满了形形色色的闪光装饰物。门框和窗框围饰着闪烁的彩灯，每一个窗台前都放着一盏发光的蜡烛，屋里墙上和门上悬挂着大红色的绒布花结。房子外面，在人行道绿灌木丛旁边，6位"皇家卫士"笔直地站立着。他们个个戴着高高的黑色戴高乐军帽，身着红外套、白裤子和黑皮靴，红外套上有3排横跨前胸的纽扣，左右双肩交叉斜挎着两条佩枪剑的背带。每一位"卫士"还束着一条有方形黑色裤扣的白腰带，据说那是拿破仑时代骑兵的象征。在房前的草地上，"圣诞爷爷"和"圣诞奶奶"在向人们"招手致意"，旁边还有"圣诞老人"驾驭着驯鹿拉的雪橇，雪橇上装满了圣诞礼物。虽然听说圣诞老人在北极有八九只驯鹿，但在我家房前，只有红鼻头的鲁道夫和喜欢助人为乐的丘比特在卖力地拉着雪橇。

到了夜里，整个房子像一堆闪光的积木，积木方框里点缀着星星点点的蜡烛。屋外夜色中的"卫士"们严阵以待护卫着我们的世界。房前圣诞爷爷和圣诞奶奶满面红光，笑容可掬地目送着装满圣诞礼物的雪橇在夜幕里飞驰。屋里面圣诞树上的灯像夜空中的群星，闪闪烁烁。树顶上的五角彩灯就像是夜空当中那颗最亮的恒星，在众星的陪衬下发着耀眼的光芒。

按照圣诞节的传统，我们在壁炉上面挂上3只红白相间的圣诞袜子，每一个袜子上都印着圣诞老人的图像和每一个孩子的名字。圣诞袜实际上就是一只形状像袜子的布袋子。小孩子都相信在平安夜里，圣诞老人会顺着屋外的烟囱由壁炉进到屋里来。圣诞老人不仅会给他们带来梦寐以求的礼物，在吃了孩子们留给他的点心、喝了那杯牛奶后，在钻回壁炉之前还会在圣诞袜里给每一位孩子装满各种各样的小玩具、糖果、水果、硬币或其他小礼物，大概也算是应了那句老话"吃人家的嘴短，拿人家的手软"吧。记得明明和贝贝小的时候，每年我都得充当圣诞老人的助手把孩子想要的礼物放在圣诞树下，然后再用各式小玩意儿把圣诞袜填满。随着孩子们逐渐长大，他们开始怀疑圣诞老人是否真的存在。有一年他们终于识破了我的"谎言"，因为他们发现，年复一年，他们圣诞袜里的许多小物件都是一样的，而且那些小物件圣诞节前我家里就有。从那个时候开始，孩子算是正式脱离了梦幻的幼年。

孩子们小的时候，在圣诞夜入睡之前，总缠着我给他们讲有关圣诞的故事。几乎每年我都给孩子们读打印在一张纸上的安徒生的童话《卖火柴的小女孩》，那是我上大学的时候为了学习英文用手动打字机一个字一个字地打出来的。几十年下来，那张薄薄的纸已经发黄了，油印的字迹也开始模糊，但我还是很愿意给孩子们读那段故事。故事的大意是在寒冷的圣诞夜，一个赤着脚、衣着褴褛的小女孩还在大街上卖火柴。因为饥寒交迫，她浑身颤抖着。为了取暖，她蜷缩在两栋房子之间的小巷里，点燃了一根火柴取暖。透过燃烧的火焰，她脑海里闪现出一个温暖的家，家里有温暖的炉子、热腾腾的火鸡和彩灯闪烁的圣诞树，那幻觉随着火柴烧尽而消失。她赶紧划着另一根火柴，在火焰里，她看到了日夜思念但已经过世的奶奶，她高兴地伸出两只小手高声呼唤着奶奶，可是奶奶慈祥的面容随着火柴烧尽而转瞬即逝。为了不让奶奶离开，她一根接一根地划着火柴……第二天清晨，过路人发现那小女孩已经冻僵，死了，她的身边有一堆燃烧过的火柴梗。

我愿意给孩子们讲这段故事是因为我希望我的孩子们能体会到他们舒适安逸的生活来之不易，世界上还有很多贫穷苦难的孩子依然处在水深火热之中，吃不饱、穿不暖，在生死线上挣扎。的确，每当我读完这段故事，屋子里总是一片寂静，孩子们个个眼泪汪汪。但久而久之，孩子们开始反对，拒绝再听这故事。贝贝抗议说圣诞夜应该是一个让人高兴、安稳入睡的平安夜，每年听完这故事她都非常难过。我想了想，孩子说的也有道理，所以我们的这一个圣诞夜传统也就不再继续了。可是不管怎样，每年那经久不衰的《平安夜》乐曲还会在屋里低吟回荡，"寂静的夜，神圣的夜！一切都平静，一切都光明"。

孩子们长大了，已经不再相信圣诞老人会无私地送给他们礼物了。圣诞节前夕，大家都充当起圣诞老人助手的职责，自己上街逛商场、买礼物，个个忙得不亦乐乎。圣诞节的清晨，圣诞树下与往年一样，还是神奇地堆满了许多礼物，所有的礼物都用各种闪光的彩纸仔细包装好，外面贴着大红、金黄、天蓝或者碧绿的拉弓丝带蝴蝶结。遵循圣诞节的传统，早饭过后，全家人都围坐在圣诞树前，相互交换圣诞礼物，这仍旧是我们全家和孩子们最欢乐的时刻。我带着圣诞老人的帽子，一面模仿着圣·尼古拉斯"嚯！嚯！嚯！"的吆喝声，一边按照礼盒上标注的名字把礼物分发给每一个人。只一会儿，每个人的面前都摆起来一堆礼物。每一个孩子都给奶奶买了礼物，贝贝给奶奶买了一双舒适温暖的包子拖鞋，明明给奶奶买的是一条毛茸茸的围巾，小儿子中智买的是一副棉手套，我和太太送给母亲一块手表。和往年一样，圣诞节的一切依旧充满了浪漫的节日气息。礼物交换过后，圣诞树前堆起了一簇簇支离破碎的彩色废纸和散乱的拉弓丝带。

圣诞晚宴是圣诞节的一件大事，和许多美国的家庭一样，那年我们全家一起吃了一顿像模像样的圣诞西餐。主食有最传统的填充火鸡、火腿、土豆泥和烤帕尔马芦笋等。和其他西方国家不同，火鸡是美国独有而且也是最传统的圣诞节主食，做法和感恩节时吃的火鸡基本一样。在几天前就开始准备硕大的火鸡：先清洗，在皮上涂刷腌制佐料如黄油或人造黄油。然后剖开肚子，往肚子里面填塞配料。火鸡肚子里填充的馅料很讲究，一般包括面包屑、洋葱、蘑菇、芹菜、坚果，以及油盐酱醋和香料（如胡椒、百里香和鼠尾草）等调味品。一切准备完毕，将填充好的火鸡在烤箱里烘烤几个小时，待整个火鸡烤成淡古铜色、皮脆肉软时就好了。计算火鸡烘烤时间的方法一般是按照火鸡的重量，填充后的火鸡每磅（1 磅 ≈0.45 公斤）大约需要在 350 华氏度（177 摄氏度）的烤箱中烤 15 分钟。我们总共 7 口人，买了一只 15 磅的火鸡，需要烘烤 3 小时 45 分钟。另外一个确定火鸡是否烤好了的办法是把一个特殊温度计插入火鸡体内以确保将火鸡烘烤到最佳的温度，在 170 到 180 华氏度（即 77 到 82 摄氏度）之间即可。

我们的晚宴是自助餐式的。烤好的火鸡放在厨桌中央，其他各式菜肴依序放在厨桌周围。吃饭时，每个人拿着自己的盘子到桌子边排队挑菜选肉。虽说是西餐，我们也是中西合璧，刀叉和筷子并用，各取所需。我负责分配火鸡肉，先问大家想吃火鸡的哪一个部位，然后我就"磨刀霍霍"向火鸡，精准地削下一片片肉放到来人的盘子里。根据个人喜好，可以在火鸡上浇上提前配好的牛肉汁，若和蔓越莓酱配在一起吃味道绝佳。母亲尝了尝，说蔓越莓酱的味道有些像山楂糕。的确，美国的蔓越莓酱和中国的山楂糕味道很相像，但蔓越莓和山楂不是同一种东西。另外，还有从火鸡肚子里掏出来的各种填料，烘焖得香味四溢，和火鸡搭配在一起吃很是美味。

那天，女儿贝贝也大展身手。她做的是水果沙拉，既甜又酸，非常好吃。水果沙拉里除了常见的混合蔬菜如羽衣甘蓝、紫色生菜、小菠菜和小西红柿外，她还加了蓝莓、菠萝块、橘子瓣和草莓片等。喜欢吃酸的，可以浇上香醋沙拉酱。我喜欢蜂蜜芥末沙拉酱，因为它除了苦味，其他日常生活里的甜、酸、辣味都有。因为我喜欢吃辣，女儿还特意准备了炖辣椒花斑豆牛肉汤。这道炖汤起源于墨西哥但在美国很流行，它是一种由牛肉沫、墨西哥辣椒、花斑豆和西红柿等再加上其他调味料如大蒜、洋葱和孜然等一起用慢火炖制而成的菜肴。每人一小碗，炖汤很厚重，颜色深红。吃的时候每个人根据自己的口味可以在汤上面加上黄切达干酪丝或者白酸奶油，又辣，又酸，既好看，又好吃，特别是在冬天，吃下去后，浑身会感到特别温暖舒服。你如果怕辣或者怕吃下去胃不舒服，在吃炖汤之前，可以先吃点东西垫一下胃，比如可以把烤得香脆可口的法国面包撕成片，蘸着上好的意大利橄榄油当开胃菜吃。

为了给大家助兴，我用玻璃高脚酒杯为每一个人做了一杯乳白雪花状的皮纳克拉达，也称椰林飘香鸡尾酒。皮纳克拉达是美洲特别是加勒比海一带很流行的一种热带风情鸡尾酒，它由白朗姆酒、凤梨汁、柠檬汁外加碎冰调制而成。我给母亲和其他女士们做了不加酒精的处女皮纳克拉达。酒配好后，在那乳白的冰酒上再点缀上一颗红樱桃，很有些画龙点睛的感觉。

晚饭后，我们的家庭小乐队开始演出。我吹单簧管，小儿子中智吹萨克斯管，大儿子明明弹低音吉他，岳母钢琴伴奏。

家庭乐队

我们一起演奏了美国音乐剧电影《音乐之声》中的著名歌曲《雪绒花》。"雪绒花，雪绒花，每天清晨你都以娇小白净的花朵迎接我，向我快乐地摇曳。雪绒花，雪绒花，愿你雪绒似的花朵尽情开放，永远鲜艳芬芳飘逸故乡。"

此时此刻，在静谧夜里，屋外洋洋洒洒地飘起了雪花。室内，壁炉里的火焰升腾，交响乐曲把清新的凉意带进了暖烘烘的圣诞夜，屋内虽一片安静，却充盈着浓浓亲情。有母亲和我们在一起阖家团圆，共度佳节，同享天伦之乐，节日的气氛比往年浓郁了许多。

奶奶和孙子中明、孙子中智、孙女贝贝在一起。

217

重返纽约

　　母亲在美国的那一年恰好赶上我 50 岁生日，半个世纪的成长和打拼终于让我在事业上取得了一点成绩并在社会上有了立锥之地。虽然我已进知天命之年，不再为追逐名利地位而发愤忘食，可是人生苦短，不可虚度光阴，更何况有高堂在上。为感激母亲的养育之恩，为庆祝人生，我在家里搞了一个大型派对。派对那天，我家真可谓高朋满座、蓬荜生辉，有亲朋、好友和同事，有中国外交官，也有美国政府官员；有黑头发、黑眼睛的，也有金发碧眼的；有大学教授、科学家、企业家，也有电视台主持人、专业音乐和演唱艺术家。屋内人声鼎沸，笑语喧天，大家欢聚一堂。晚会由一位好友——著名电视台主持人叶女士和一位企业家、业余艺术高手陆总联合主持。演

参加鸡尾酒会。

出的节目花样百出，有钢琴演奏、诗歌朗诵、脱口秀等。中央乐团的大提琴手丁先生拉奏了一段大家都熟悉的《天鹅之死》。随后马里兰大学毕业的一位钢琴博士杨女士演奏了贝多芬的钢琴协奏曲《皇帝》和钢琴协奏曲《黄河》片段。我家没有三角钢琴，只有一台古典的金博尔钢琴。演奏罢，她笑骂我家的破钢琴损害了她的名誉。来自中央音乐学院、上海音乐学院、天津音乐学院和约翰·霍普金斯大学皮博迪音乐学院的几位男女歌手轮流演唱了多首脍炙人口的中国歌曲如《我爱我的祖国》和《半个月亮爬上来》，同时也演唱了古典歌剧咏叹调《我的太阳》和《茶花女》等。那一夜，音乐、欢声、笑语此起彼伏，余音绕梁，彻夜不绝。

那一天，山东教育电视台的工作人员也刚好在场，他们在美国拍摄系列纪录片《留洋故事》。利用派对这个机会，电视台还专门采访了母亲，请她老人家讲述她是如何在一个普通工人家庭里培养出一位留洋博士的。母亲讲述了当年她是如何想尽办法把我培养得出人头地，即使要借钱也要支持我学习的故事。我把母亲送回青岛以后，电视台还在青岛实地追踪采访了母亲，最终录制成的纪录片起名为"充满激情的跌宕人生：赵玉琪"。在纪录片结尾，我依偎在妈妈的身边和她老人家一起迎着海风走在青岛五四广场的海边栈道上，背景音乐是我最喜欢的郑绪岚演唱的《大海啊，故乡》，我遥指着雾茫茫的大海和远方，似乎是在与母亲叙说着迷茫的过去与未知的未来。这时候，字幕上闪现出"慈母手中线，游子身上衣。身在大洋彼岸，更多更强烈的心情，就是对祖国的怀念和感激"。这个结束语非常贴切地表达了我对故土的怀恋之情，对母亲一生含辛茹苦、

219

无私奉献地养育我的感激之情。

　　母亲是一个闲不住的人。在马里兰住了不到一年，她就嚷嚷着要回国，因为我家住在大华府郊区，离周围的几个大城市都比较远，距离北面的巴尔的摩 30 英里（1 英里≈1.6 公里），距离西南面的首都华盛顿 20 英里。因为住得太偏僻、太清净，母亲整天看不到人，也没有人说话聊天，用她老人家自己的话说"每天就像坐庙一样地清闲"。为了不让妈妈寂寞，周末我们带着母亲出去逛商场、下馆子或者去参加朋友家的派对。那一年，我还专门给她老人家在后花园里划出了一块菜地，她种上了各种各样的蔬菜。秋天到来，妈妈的菜园里大丰收，结满了西红柿、黄瓜还有向日葵，丰收的硕果让我们一时都吃不完。

和母亲一起参加朋友家的派对。

母亲的菜园大丰收。

　　2007 年初春 3 月，天气还是很冷。我开车带着母亲去纽约上州探望一对多年的老朋友滕大夫夫妇。他们住在纽约上州北部，一个比较偏远的小镇犹提卡。因为路途较远，我们先到纽约市，在皇后区唐人街吃过港式午餐，下午从纽约出发，按照里程计算我们应该在傍晚的晚饭前就会到达。可是没想到,那天下午天气骤变,气温急剧下降,乌黑的天空开始飘起了雪花,高速公路上的车流也随之停滞了下来,直到天开始抹黑的时候,我们才终于下了高速公路,驶上了乡间公路。那时天空已经变黑,路面能见度很低,因人生地不熟,我把车开得很慢,一路上我一直用手机与朋友保持联系请他帮助导航。更加不凑巧的是,天上突然下起了鹅毛大雪,铺天盖地,把路面完全盖住了。眼看着地上的积雪马上就要没过汽车轮胎了,汽车行驶越来越困难,雪上加霜,汽车油箱的红色指示灯也突然亮了起来,手机电池也快用完了。陡然间,一种从未有过的恐惧和无助的危机感油然袭来,我的大脑开始胡思乱想起来:我们的车随时都有可能因汽油耗尽而停在那荒郊野外,前不着村,后不着店,周围一片漆黑;若手机再没了电,我还无法打电话求救;在那摄氏零下几十度的气温下,汽车一旦停下来,很快就会被大雪埋没,车内的暖气也马上就会消失。若没有人救援,我们很有可能在很短的时间内就会被冻僵。想到这些可怕的情景,想到我心爱的妈妈就在我的身边,一种恐惧骤然间袭击了大脑,一股冷飕飕的寒气透过脊梁骨往下坠。我不顾一切,拼命地踩大油门,双手紧紧抓住方向盘,在看不见道路的黑暗里左右摇摆,滑行着向前奔驰。母亲也意识到了险境,但她没有说一句话,只是默默地看着我的每一个动作。每次我与母亲双目相对时,她老人家总是投给我充满信任的眼光,和往常一样,她相信她的儿子一定能够带她脱离险境。可能是因为母亲的坚定信念和上天的保佑,在黑暗里,突然,我看到远方映出了一片灯光,我们安全了。

在犹提卡，老朋友滕大夫夫妇热情地接待了我们。他们为我们准备了丰富的晚餐，已经等候多时了，晚饭后我们叙旧聊天到很晚。第二天，母亲休息，我和滕大夫出去一起打了一场高尔夫球。在那里我们愉快地度过了两天两夜。访问过老朋友，我和妈妈又返回了纽约市，重新回到我和母亲曾经一起同甘共苦、度过了 4 个风雨春秋的哥伦比亚大学。我们先去了 116 街哥大主校园，那是母亲曾经每天早晨锻炼、和朋友们聊天的地方。哥大广场景色依旧，洛氏图书馆前的那尊女神雕像依然端坐在那里，右手持权杖，左手敞开，在欢迎四方来客，可旧时的友人却已无影无踪。

在母亲曾晨练的哥伦比亚大学校园。

和母亲在哥大洛氏图书馆前。

随后我们又回到了我魂牵梦绕的哥大宿舍——曼哈顿西 112 街 542 号一楼 1A 室。旧地重游，尘封的记忆像打开闸门的水，一股脑地涌上了心头。大楼还是老样子，周围环境依旧，只是一切似乎都蒙上了一层薄薄的灰雾。我们住过的楼坐落在纽约市百老汇大街和 112 街交界处，是一栋古老、坚固的欧洲式 9 层大楼。楼下两层是方形灰白大理石建造的，所有窗口上都有不同花样图案的石头雕刻；入口大门高大宽敞，由几个雕花石柱撑着；大厅的地面还是铺着豪华的大理石，大厅上方还挂着那绚丽耀眼的大吊灯。只是门卫已换成了一位制服整洁的年轻人，那位满头白发、满目慈祥的老者门卫已经不在了。楼上 3 至 8 层依然是红砖砌墙，装着带花白石头护边的窗户；最顶层和底层的大理石装饰相同，但楼顶覆盖着因空气氧化作用呈墨绿色的巨大铜板。从远处看去，上下灰白的花岗岩楼层把砖红色的主楼夹在当中，大楼犹如一个大大的礼品盒竖立在日夜繁忙的曼哈顿大街上。街南端依然耸立着圣约翰大教堂，它是世界上最大的英国国教教堂，庄严、华丽、肃穆。这座教堂自 1892 年起就开始建设，我们在纽约那些年，教堂一直在修建中，教堂外边墙上总是扎满了纵横交错的建筑支架。旧地重游，教堂外边的建筑支架依然密密麻麻地覆盖在墙上，教堂仍在建设中，它似乎把时间锁定在了往日的旧时光。环顾四周，路西面的尽头还是那贯通纽约市南北的哈德逊河和河边公园。我们住过的街正对面，那挂着"汤姆饭店"招牌的小饭店还是门面如故，

母亲在百老汇大街和 112 街交汇处。左后方是著名的"汤姆饭店"。

别看它很不起眼，它可是一个很有名气的地方，因为它在美国一部家喻户晓的电视连续剧《宋飞传》里经常出现。虽然名气很大，但那饭店门前看不到游人光顾，生意仍旧清淡。

　　在哥伦比亚大学学习工作的那几年，是我在学业和事业上

有长足进步的几年，却也是我跌入人生底谷的不眠长夜。在那里，我在医学研究的海洋里奔游驰骋，在生活上我却陷入了沼泽的淤泥欲拔还沉，幸亏有母亲无私的抉择和博大的母爱，在我叫天不应、叫地不灵、伸手无援的时刻把我从泥沼里慢慢地拽了出来。那些年我们一起经历了许多生活的清苦，尝遍了人生的苦辣酸甜，也算历尽艰难。故地重游，回想往事，感慨万千。

从纽约回来不久，母亲就要启程回国了。临行前，我带着妈妈到我工作的马里兰大学医学院，主要是想让妈妈看看我每天工作的地方和环境。妈妈参观了我在医院工作的科室，也参观了我在医学院的实验室。在实验室里，妈妈还饶有兴致地观察了显微镜下的人体细胞。在办公室里，我请妈妈坐在我每天工作的高背转椅上，打开了我的双电脑屏幕，让妈妈摆了一个我平常工作时的打字姿势并照了相，我能看出，妈妈的脸上充满了对儿子的自豪和骄傲。

母亲在我的办公室"办公"。

　　傍晚，我陪着妈妈游览了巴尔的摩市最有名的内港。那是一个游客必去的旅游景点。夜幕降临，我带着妈妈去了一家我最喜欢的法国餐馆拉士逊斯卡泊吃了一顿法国大餐。餐厅位于内港的最里面，如果把整个内港想象成一个扇状贝壳，那拉士逊斯卡泊就像是躲藏在扇贝里的那颗珍珠。餐馆四周都被海水围绕着，汽车只能从内港后面进餐馆。在服务生的引导下，我们坐到了靠窗的一边，在钢琴师演奏的潺潺流水般的音乐衬托中，我们欣赏着几乎环绕着整个内港的大海和隔岸市区里川流不息的汽车，以及错落不齐的高楼大厦。在晚霞里，夕阳的余晖、闪光的海水和城市灯火相映成辉，构成了无数金色光柱在海港里扭扭斜斜地上下跳跃，格外好看。那餐馆是我款待贵宾才去

母亲在巴尔的摩内港。

225

的地方。在那里，我给妈妈点了一份我最喜欢吃的法式普罗旺斯海鲜煲，那是法国大餐里的一道高档海鲜菜品，它是由各种海鲜如龙虾、对虾、蛤蜊、海虹、鱼块和西红柿及其他高级调料煨成的高汤混在一起炖成的。海鲜煲的最佳吃法是一边吃海鲜，一边把烤的焦脆的面包撕成小片，蘸着高汤一起吃，格外有滋味。

晚饭后，我陪着妈妈在内港沿着海边散步。内港海边的人行道有些像青岛前海栈桥的海边步道。晚霞里的海水细波如鳞。内港里停靠着一艘艘游艇，在岸边灯光的映照下，轻风把游艇

和母亲一起在巴尔的摩内港边看到的鸭妈妈和她的孩子。

的倒影吹得闪闪烁烁、波光潋滟，把内港装扮得格外漂亮。内港旁边的公园里传来阵阵孩子们快乐的笑声，凑巧的是公园的旗杆上还肩并肩地悬挂着美国和中国两国国旗，在晚霞里哗哗作响，随风飘扬，交相辉映。在波浪轻轻拍打的海边，我们看到了一只鸭妈妈正带着一只小鸭仔在波浪边戏水。此景此刻，是那么地巧合，或者说大自然是那么地配合，像是在映照着我和母亲在美国一起度过的那最后的美好时光。母亲那次离开美国后，就再也没去过美国。

回家过年

　　人生的一大幸事就是逢年过节全家人能够团聚在一起。我上小学的时候，有一年学校放寒假，我去牟平铜矿探望大姐。春节期间，矿山各种庆祝活动很多，很热闹，我就和姐姐一起留在矿上过春节。春节后回到家里才知道爸爸妈妈一直都在眼巴巴地盼望着我们回家过年。事后，父亲语重心长地对我说："过年就是要全家人在一起。将来你长大了，不管走多远，只要能回来，就一定要回家过年。"我把父亲的这番话深深地记在了心上。从那时候起，我懂得了回家过年和与全家团聚的重要性，所以在以后的很多年里，我都在家和父母亲及家人一起欢度春节。然而，我后来飘洋过海，生活在大洋的彼岸，中国春节在美国不是假日，我很多年都没能够再回家和父母亲一起过年，现在想起来，心里很酸楚，感到既惭愧又难过。直到2009年我才又一次回到家里过春节，可是父亲已经不在了。

　　在我幼小的心灵里，过年的一切都是美好的。进入腊月，似乎整个世界都开始忙碌起来。左邻右舍开始忙着收拾房子、买煤、买粮、买年画、做新衣服、置办年货。

到了年根，几乎每家都要大扫除，得把一年的尘灰污垢全部扫除掉，去去晦气，迎接新春。

过年穿新衣服也是每一个孩子翘首以待的事。现在我们不愁吃不愁穿，买件新衣服是常事，可是那时候，各家都不富裕，只有过年，孩子们才能有机会穿上一套新衣服和新鞋袜。腊月里，百货商店里的鞋帽、布匹柜台前面总是人满为患、拥挤不堪，因为每年的这个时候几乎家家都要给自己的孩子们添置新衣裳。

买年画、贴年画是过年时的一件大事，揭掉旧年画，贴上新年画，除旧迎新，旧貌换新颜。一到年根下，青岛中山路的新华书店和百货商店文具柜台上就摆满各式各样的年画。为了方便顾客浏览选择，年画有的挂在柜台后面，有的吊在柜台上方相互交错的绳子上，还有的就干脆直接铺在柜台上，年画数量之多用铺天盖地来形容一点都不夸张。买年画的人群在年画的海洋里舒缓地漫游着，攒动的人头像一颗颗黑色的蝌蚪在浩荡的彩色年画波浪里上下浮动。我记忆中年画的内容变化大概可以分成两个阶段：我刚刚开始记事的时候，隐隐约约记得我家墙上挂过灶王爷年画，灶王爷年画的下面还有祭台，上面有供果和上香台。另外一些年画画的是京戏里面那些帝王将相。我家曾经挂过《穆桂英挂帅》年画。我记得年画上穆桂英头戴金冠压双鬓，金冠上面有两排大红七星额子绒球，还有两根上下舞动的长花翎；她身穿鳞片铁甲，后背佩戴着4面靠旗，手执斗大的"穆"字令旗；她瓜子脸，桃色面容，长着大大的杏眼，细眉上挑，威风凛凛，集威武、美丽于一身，一副调令千军万马、所向披靡的巾帼大将军的豪迈气派。我正在上小学时，"文化大革命"开始了，随着"破四旧、立四新"的口号，年画的内容也变得迥然不同。京戏里的那些帝王将相都消失了，取而代之的是革命样板戏里那些妇孺皆知的英雄形象，比如我家墙上挂的年画上是由演员刘长瑜扮演的李铁梅的形象。我清楚地记得她梳着黝黑的大长辫子，扎着红头绳，身穿大红斜襟外衣、白衬领。她也是瓜子脸，和穆桂英长得差不多，红扑扑的面颊，大大的杏眼，黑眉高挑，英勇不屈。她左手高举着闪着红光的扳道灯，意欲继承自己的父亲扳道工李玉和的革命遗志。年画人物形象中，更让人感到提气的是童祥苓扮演的杨子荣。他面目端正，国字脸，棱角分明，浓眉大眼，鼻梁坚挺，显得性格刚阳。他身穿草绿色军装，肩披白色斗篷，腰上扎着斜挎枪的牛皮腰带，棉军帽上的那颗红星闪闪发光，革命的红旗佩挂在衣领两边。他左拳紧握微挺向前，右手斜持驳壳枪，威武雄壮，气宇轩昂。他那"人定胜天"的豪迈气派是我们那一代年轻人梦想追随的英雄气质。进入中学后，在全国普及 8 个样板戏时，我也曾经有幸在舞台上扮演过杨子荣，在《智取威虎山》"定计"一场里还引吭高歌过"人定胜天"的片段。

过年置办年货也很值得回味。那些年，几乎所有食物和日常物品都得凭着票证按分配的额度去购买，比如平常每个月都按人口定量供应粮、油、肉、煤和木柴等，粮食供应还要根据干部级别、工人工种等按比例买细粮（如白面）和粗粮（如苞米面和高粱面等）。逢年过节时，紧俏食品的定量供应会适当放宽，比如春节每家可以凭票额外买半个猪头、一条鲅鱼、几斤刀鱼和两斤花生等。到了冬天，我们还能凭票买过冬吃的大白菜、青萝卜和地瓜等。因为食品经常短缺，不够分配，排队购物是家常便饭。记得小时候，为了能买到地瓜，我和邻居家的孩子们结伴半夜到临清路粮店去排队。那买地瓜的场面就像赶夜间大集：粮店在店门口的街上用竹竿挑起了电灯照明，整麻袋的地瓜上下摞在一起，就像是高高筑起的阵地掩体，在街道上蔓延。一个冬天几乎每家都能买到一整麻袋地瓜，人们把地瓜运回家的方式各异，有用自行车驮的，有用地排车拉的，也有用自制的带 4 个轴承的小木拖车运的，还有的壮汉子干脆就把一麻袋的地瓜扛在肩上。人们熙来攘往，粮店门前人声鼎沸，如同闹市。突然一下子买回来那么多的地瓜、大白菜和青萝卜，家里没有地方储藏怎么办？各家就纷纷用各种锅碗瓢盆腌制大白菜和萝卜条咸菜。长期保存地瓜的一个办法就是把地瓜煮熟，切成地瓜条，在室外晾晒风干变成地瓜枣。那时候冬天几乎家家都晒地瓜枣，一排排的地瓜枣挂在大院里相互交错的晾衣服绳子上，在强烈阳光的照射下透露出一片片柔润的枣红色，它们夹杂在晾晒的各色衣服当中，随风摇曳，有些像西藏拉萨挂的五彩风马旗。

把年货买回家里后，各家就开始忙活着洗、切、炸、煮、蒸，为过年及正月里吃的各式饭菜做准备。和很多邻居家一样，我家也是一通忙活，腌咸菜、拌凉菜、炸刀鱼、炸萝卜丝丸子、煎鲅鱼……除了在缸里腌上很多大白菜外，妈妈每年还要腌上一坛子青萝卜咸菜，就是把青萝卜切成条，加上盐挤出水，再加上花椒大料、五香粉和萝卜条一起揉搓，然后倒进瓷坛子里，封口，腌制，几个星期后就变成了清脆可口的五香萝卜条。每年过年我家还有一道妈妈必做的家传凉菜，凉菜里有芹菜条、胡萝卜丝、白菜心、黄豆芽、龙口粉丝、海米和香菜等。做这道凉菜时，需要把芹菜和白菜心切成寸段长，胡萝卜丝一定要切得非常细。因爸爸的刀功好，每年都是由爸爸负责切胡萝卜丝。芹菜条要提前用盐水泡过，胡萝卜丝、黄豆芽和龙口粉丝也要焯水，然后将胡萝卜丝和白菜心用花椒和油炝锅后炒一下。做凉菜接下来的步骤是：在热锅里加半勺花生油，待油热后，加入数个提前用水洗干净的海米爆锅入味，再加大葱段、姜末、酱油和少许盐后迅速热炒，然后将所有的其他成分全部加入锅内搅拌均匀，最后盛到一个大盆里，加上盖子，储藏在室外的冷空气里。在吃之前，将适量凉拌菜盛到盘子里，根据大家的口味，加适量油盐酱醋以及糖和大蒜泥，外加少许香菜点缀，淋上香油，搅拌均匀即可。正月里，每次吃饭前，妈妈总会端上满满的一大盘凉拌菜，那凉菜包含橘红、艳绿、乳白和米色，味道也有麻辣、微甜、爽口，可谓色、味、香俱全。

前面提到过年每家都可以凭票买半个猪头，猪头上会带着很多杂毛，清洗处理猪头是家家都必须做的一件事，最常见的方法就是用烧红的火钩子直接放到猪脸上把猪毛烧掉。在各家锅碗瓢勺的叮当响声、风箱呼啦呼啦长短不同的喘息声中，一阵阵火烧猪皮的味道便会从各家的厨房里随着炊烟飘逸而出，那股独特、诱人的过年味道令人没齿不忘，绝对是世界上独一无二的。青岛人烹饪猪头的方法也独具特色，一般是将整个猪头放到锅里加上水、咸盐酱醋，外加一个装有花椒、八角等调料的小纱布袋，直接煮熟，煮熟后可以"一猪头多吃"。首先可以把猪耳朵割下来，切成丝，加上葱花，浇上香油，做成一盘"红烧猪耳朵"，这是青岛人的上等菜肴，吃起来香脆可口。和红烧猪耳朵一样，猪舌头，也称"猪口条"，属上乘的下酒菜。青岛人最钟爱的也是最具特色的菜肴应该是"猪头冻"。猪头冻就是把剩下的猪头肉剁成小块，加上花生米和装有花椒等调料的纱布袋，以及更多的咸盐酱醋继续煮，待把肉煮烂后，连汤带肉盛到一个大的容器里放在室外，厚厚的肉汤在冬天的低温下会凝成胶冻，看上去像凉粉但色泽深红透亮。吃的时候，将其切成方丁，在寒冷的冬天，围坐在火炉边，喝着冒白沫的青岛扎啤，细细品尝那冰凉滑润的肉冻，偶尔嚼到肉冻里面的花生米，浓香四溢，沁人肺腑，美不可言。

青岛人过年时每家都要蒸很多枣饽饽，目的是在正月里不再做主食。我家每年蒸的好多枣饽饽都储藏在饭桌下面的大瓷缸里。所谓枣饽饽其实就是山东人平常吃的白面馒头，唯一的不同是枣饽饽外面镶嵌着红枣，一般是馒头正当中有一个枣，四周各有一个枣。我家做枣饽饽的时候，母亲总是喜欢让我和妹妹和她一起做，让我们帮着揉面，在馒头上加枣。我现在还清楚记得往馒头上加枣的过程：首先用一枚硬币在揉好的馒头上印 2 条线，在线的两边用小手指头相对勾挑起一个洞，然后将枣塞进去。枣饽饽蒸好后，热气腾腾，雪白的馒头上面环绕着 5 个诱人的大红枣，令人食欲大增。除了枣饽饽，妈妈还教我们用卡子做面鱼和卡子花。卡子是用枣木或槐木等坚硬木料制作的一种面食模具，模具花样有各种吉祥的图案如鲤鱼和各种花草等。将揉好的面团塞进卡子，用手压紧，再用刀削去超出卡子的多余的面，然后再将卡子反过来在面板上轻轻一叩，一个印有图案的面鱼或卡子花便会脱模而出。

除了面鱼和卡子花，母亲做的最拿手的面食是那栩栩如生的打鸣公鸡。把面揉好后，她像一位雕塑大师那样把面团握在手里捏来捏去，一个面团很快就会成形，变成一个有头、有身子的鸡的雏形。她在鸡头的前端用手指头轻轻地向外拉扯出一个尖嘴，然后用剪刀在嘴的当中一剪便骤然出现了一个准备张开打鸣的鸡嘴。妈妈会在鸡的头部捏出一个鸡冠子，然后在头的两边各按上一颗小红豆，一对活灵活现的小眼睛就出现了。

在鸡的身体部位，妈妈会用刀在左右边勾画出鸡的翅膀，再用刀在尾部切出微微上翘的雄鸡尾巴。为了让那公鸡更能体现出雄鸡好斗的姿态，妈妈会用剪刀在鸡的脖子周围剪出两圈交替向上爹起来的羽毛，像变魔术一样，一只栩栩如生的打鸣雄鸡就会展现在我们的面前。

大人们都在忙着置办年货，孩子们扳着手指头一天一天地数着日子，盼望春节的到来。进了腊月，民间就开始了各种各样的庆祝活动，比如腊八节、小年等节日的庆祝活动。腊八节，在农历十二月八日，据说这天原先是佛教纪念释迦牟尼佛成道的日子，后来演化成了一个民间节日。在腊八那天，要腊祭八神，泡腊八蒜，喝腊八粥。泡腊八蒜，做法就是把剥了皮的蒜瓣放到一个玻璃瓶子里，倒满醋，盖上瓶盖密封腌制。刚刚泡上的腊八蒜因为没有入味不能马上吃，得等到进入正月里吃饺子的时候当佐料吃。正月时的腊八蒜腌得刚好，味道和颜色俱全，蒜瓣泡成了草绿色，咬上去不再是干辣，而是酸辣，腊八醋汁也不再是刺嗓子的酸，而是吸足了蒜瓣的辣味变得柔酸兼辣。吃饺子的时候，先把腊八醋淋到饺子上，用筷子夹起一个饺子，咬一口，再啄一瓣既酸又辣的腊八蒜一起嚼，现在想起来都流口水。

腊八蒜不能马上吃，但腊八粥得当天喝。腊八粥基本上就是把五谷杂粮一起煮成粥，大概有庆祝五谷丰登之意。我家的腊八粥里一般有大米、小米、玉米、红豆、绿豆、花生、莲子和红枣。在北方，有"小孩小孩你别馋，过了腊八就是年"的民谣，当然不馋是不可能的，喝过腊八粥后，就开始盼着过小年，因为过小年吃糖瓜。腊月二十三日的小年实际上也是一个传统民俗祭神日。我小时候，老百姓家里都供奉着灶王爷。据说灶王爷是天上玉皇大帝派遣到民间负责各家各户的灶火、饮食和防火的神，每年到了腊月二十三，灶王爷就得回天宫去向玉皇大帝汇报一年的工作并报告每家的情况。为了不让灶王爷说一些不该讲的话，老百姓便想出一种"贿赂"灶王爷的办法，在欢送灶王爷"辞灶""上天述职"的那一天，各家的百姓都会在灶王爷的祭台上摆上一些糖瓜。糖瓜是用麦芽糖做成的一种特殊的用来祭神的糖，吃起来很脆甜，但是很粘牙，往往会把上下牙给粘住。小时候，妈妈在灶王爷的祭台上摆糖瓜的时候，总会对着灶王爷唠叨几句，请他"上天言好事，下地降吉祥"，希望灶王爷吃了糖瓜后会把嘴堵住，万一堵不住，至少灶王爷开口说话时也会甜言蜜语，向玉皇大帝多进美言。当然，那天我们孩子们也跟着灶王爷沾光，也有糖瓜吃。

大年三十的除夕夜是年前最令人兴奋的时候，为了迎接即将到来的春节，各家忙年都进入了倒计时，进行最后的突击。那天晚上，我家的煤炉总是烧得很旺。我家的大煤炉是我爸在厂里自己用铁皮做的，比一般人家的大一些，铁炉前面开了一个很大的方形炉口，炉子一旦烧起来，满屋暖烘烘的。随着炭火的燃烧，燃烧未尽的煤核噼噼叭叭地掉下来敲打在铁炉底上，叮当作响。那燃烧的火焰和炽热的煤核会把炉口映照得像一盏闪烁的灯，这"灯光"折射到墙上，与我家那盏 8 瓦日光灯的灯光红白交织，忽明忽暗。那时候，大年三十的除夕夜里既没有电视可看，也没有春晚，只有收音机。除夕夜，我家的无线电老戏匣子总是开着，里面唱着抑扬顿挫的京戏曲调，《穆桂英挂帅》和《苏三起解》是爸妈最喜欢听的京戏剧目。随着唱腔高低的变化，戏匣子里的音量指针在微弱的黄色指示灯光映衬下左右摇摆。后来，戏匣子里的戏曲换成了 8 个样板戏。因为我家在山东，过年听的最多的是山东省京剧院演出的京剧《奇袭白虎团》，由宋玉庆扮演的侦察排长严伟才的那段西皮流水"打败美帝野心狼"我至今都还记忆犹新："同志们一番辩论心明亮，识破敌人鬼心肠。美帝野心实狂妄，梦想世界逞霸强。失败时它笑里藏刀把'和平'讲，一旦间缓过劲来张牙舞爪又发疯狂。任凭它假谈真打施伎俩，狼披羊皮总是狼。对敌从不抱幻想，我们还要更警惕，紧握枪，打败美帝野心狼！"随着那"打败美帝野心狼"雄壮唱段的节奏，我家新收音机那用灯芯绒紧绷的前脸也一突一鼓地随着节奏助威。

爸爸坐在圆凳子上守在煤炉边，一边听戏一边用铲子翻炒花生。炒花生是个慢工，要想把花生炒好，炒得不焦、不糊、既脆又香，得把花生和沙子混在一起炒。首先把半锅米粒大的沙子加火炒热，然后把花生加进去，利用沙子的热度把花生烘烤好，其中一个诀窍就是得像翻砂工一样不停地用铁铲子翻动，慢工细炒。偶尔，爸爸还会往煤炉下面扔进去几个地瓜，炒花生的香气和烤红薯的甜味糅杂交织，一股浓浓的年味溢满整个屋子。大年夜，妈妈也不闲着。为了能让我们姊妹几个在春节都能穿上新衣服，有时到了大年三十晚上妈妈还在家里带着套袖，匆忙地踩着缝纫机，随着那脚踏板吱吱呀呀地上下摆动，她手里的衣服在缝纫机台上前后来回穿梭。衣服做好了，妈妈会用针线把衣袖或者裤脚边缝好，用牙齿把多余的线头咬断，然后用双手把衣服展开，仔细检查一遍，若没有问题，她便会满意地将衣服使劲向下一抖，转向我们说："试一试，看看合不合适。"

除了做衣服，在除夕夜，妈妈还负责炸麻花。因为家里地方狭窄，妈妈干脆就把面板放在床上，揉面，擀面，做麻花。

我和妹妹也跟妈妈一起学会了做青岛人过年吃的翻花。做翻花其实挺简单，前面的基本程序和擀面条一样，但不能用水和面，得用鸡蛋加盐和糖和面。在把擀好的面片摞起来后，如果做面条就用刀把摞好的面皮切成细丝面条，如果做麻花就把摞好的薄面片切成大约 3 寸宽，也就是麻花的宽度。在 3 寸宽面片的当中切上 4 刀，但不要把面切断，把切开的面展开，用双指将面从里向外翻过来就显出了翻花。经过热油一炸，翻花的面就膨胀起来，变成金灿灿的翻花麻花，又脆又香。上小学时，我还从大姐牟平铜矿食堂的大厨于师傅那里学会了炸菊花酥。和做麻花类似，制作菊花酥前面的程序和做面条一模一样，唯一的不同是把切好的面条分成 3 寸宽的堆，然后在 3 寸宽的面条堆当中用筷子使劲一夹，就夹成一圆形花丝状的"菊花簇"，放到锅里过油一炸，油锅里就会飘起一簇簇金黄色的"菊花"。最后在"菊花"顶上点缀上一小撮染红的砂糖，有金色花瓣、红色花蕊的菊花酥就做好了。

青岛人常用"谁家过年都得吃一顿饺子"来形容不管人穷富偶尔总是要吃顿好饭。的确，在除夕夜，青岛人家家都会包年夜饺子。其实包饺子也是为了守岁，就是大年三十午夜之前不能睡觉，要一直守到 12 点，迎接新春的开始。我家几乎每年都包三鲜饺子，就是用大白菜、海米和猪肉作馅包的饺子。因为青岛过年家家都有票能买到一条鲅鱼，有时候我们也会包鲅鱼馅饺子。为了守岁，全家人在一起，爸妈在这一边包着饺子，我们兄弟姊妹几个就在那一边糊窗纸和窗花。过年的窗纸很薄，几乎是透明的粉红色，按传统，凡是有玻璃的门窗都要贴。为了不遮光，只在门窗最下面的一层玻璃上用糨糊贴上窗纸。窗花也是用剪刀自己剪的，虽然没有现在的大红喜庆福字年帖那么漂亮，但粉红色的窗纸和窗花还是给家里增添了浓郁的过年气氛。在午夜前，爸妈会早早地把饺子包好，整整齐齐地排列在用高粱秸做的盖件上，午夜一到，就下锅煮饺子。一锅饺子里总会有一个幸运饺子，里面包着一枚一分钱硬币，谁若能吃到那个饺子，来年一定有好运。

午夜 12 点的钟声一敲响，农历新的一年就正式开始了，一瞬间，家里屋外一片欢腾，寂静的黑夜里骤然间鞭炮齐鸣，五彩缤纷的烟花在夜空中轮番不停地噼噼啪啪地争鸣斗艳。那时候的鞭炮（青岛人叫"爆仗"）的花样比现在少得多，只有小鞭、二踢脚、小花翎和大花翎等几个种类，从鞭炮的爆炸声就能判断出是什么样的爆仗。大、小花翎都是重型爆仗，响起来如同放炮，是"咚、咚"的单一爆破声。小鞭则是小型子弹，"叭叭"的响声很清脆。有钱人家可以一下子把成挂的几百个小鞭挑在一根竹竿上一起放，像机关枪扫射一样噼噼啪啪地响个半天。那时候最有特点的爆仗大概应该是"二踢脚"。二踢脚的大小形状像一根香烟，是硬纸壳子做的，炮筒子的肚脐眼处露出一个短短的点火信子。可以把它放在地上点火放，胆子大的人也可以一只手拿着它，把胳膊伸直，脑袋侧到另一边，用另一只手点火放。为了节省火柴，孩子们大多用一种松软的香木当火种，在家里用炉火将香木点着，香木没有火苗但火种一直在，点爆仗之前，冲着香木吹一口气，香木就会迸发出火星，点着火引子。二踢脚有点像一枚导弹，点燃信子以后，会"噼"的一声引爆，径直飞向天空，在空中划出一条弧线后发出"啪"的一声回响，一低和一高的"噼、啪"声划破夜空，引起孩子们的欢呼声。

大孩子放爆仗，小孩子玩"滴答金"。滴答金是一种无声的烟花，用软纸卷着一种易燃但不易爆的黑火药粉，有手指头那么长，吸水管那么粗。我记得二分钱就可以买一把 20 几根滴答金。点滴答金的时候一手捏着一端，用香木将另一端点燃，燃烧的滴答金散发出一簇簇磷光般的金色火星，呲呲啦啦地四溅到地上，像是手里拿着一束微型烟花。在刚懵懂记事的时候，我最喜欢放滴答金，因为在漆黑的夜里那簇簇磷光能激起心中对那深奥的夜空和未来世界无限的憧憬。

春节一到，吃团圆饭、拜年、串亲戚、访朋友、阖家相聚等活动基本上就是正月十五前的主调。从初一到初三大家都忙着互相拜年。自家人里，初一拜父母，初二访亲戚，初三是过门媳妇回娘家的日子，初三那天青岛的大街小巷都能看到打扮整齐的男人在老婆孩子的簇拥下喜笑颜开地赶往老丈人家。朋友之间，初一到初三都可以拜年。过去拜年是要亲自登门拜访，当面恭贺新年，所以朋友多的人就会穿梭点卯式地拜年，前脚进门，见到要拜访的人即双拳紧抱作揖，高声颂贺"过年好！"，后脚就扭身出门再奔往他家。为了招待来拜年的亲戚朋友，我家桌子上初一到初三一直摆着糖果、炒花生、炒瓜子、炸麻花和茶水。朋友来拜年就极力挽留，坐下来吃花生，嗑瓜子，喝茶聊天。要是来了亲戚和特别要好的朋友就硬拽着留下一起吃饭，喝酒聊大天。伺候客人的菜谱几乎每天都一样，除了几个热炒菜之外，再就是猪头冻、灌香肠、红烧刀鱼、熏鲅鱼、白菜心拌海蜇皮、皮蛋拌香菜、萝卜丝丸子和妈妈做的家传凉拌菜。

过年陪客人喝酒是让爸爸最感到为难的一件事，因为他不能喝酒，略微抿一口酒就会面红耳赤，喘不动气。妈妈虽然能喝酒，可是当时山东人的规矩是女人不能陪客人喝酒，所以来我家吃饭喝酒的客人总是比较拘谨不能畅饮。对于山东人来说，客人喝不足酒，或者在酒席上没有人喝醉那是主人的过错，因而，主人总是要千方百计地劝酒，直到客人喝足或者喝醉为止。为了能好好接待客人，爸爸在我很小的时候就开始培养我喝酒，希望我长大后可以尽责地尽地主之谊。可是没过多久他就发现不对劲，因为我喝酒不但没有像他那样上脸憋气，似乎还挺能喝，从不醉酒，他就赶忙叫停。

总之，过年的记忆是美好的，可从 1983 年出国以后，我很多年都没有能够回家过年。少小离家老大回，直到 20 多年以后，在 2009 年我才又一次回到了家乡和母亲一起过年。那年春节也给我留下了深刻的印象，总的感觉是中国人过年的传统还是没有变，不管是远离家乡还是临时出外打工，无论在哪里，人们还是要放下一切回家过年。据了解，自我出国以后的几十年来，国人春节回家过年的春运大军与日俱增，在一个节日内一次性的人口大迁徙是全世界独一无二的，这足以说明回家过年的传统在国人的心中依旧是根深蒂固。另外，描述现在过年情景用"今非昔比"是最恰当不过了。和我小时候相比，在城市如今是人人不愁吃穿，家家丰衣足食，孩子们也不用等到新年时才能穿上新衣服啦，大人们也不用再忙年，忙着蒸枣饽饽、炸麻花、炒花生，我家附近的超市里和路边的小摊上年货应有尽有。虽然除夕夜不用再惦记着挂年画、糊窗纸窗花了，但各家的大红纸金色"福"字和对联醒目可见。大年三十晚上比过去也热闹多了，现在家家有彩电，年年有春晚。不光是有央视春晚，各省各市也都有花样百出的各式春晚，舞蹈、戏曲、歌曲、小品和相声轮番上演，观众笑声盈天。除夕夜依然是全家团聚，做年夜饭，包年夜饺子，年夜饭格外丰盛。午夜将近，央视春晚上的新春倒计时令人振奋，当那浑厚的钟声在 12 点响起时，世界突然变得万马奔腾，烟花、爆竹轰鸣如雷，一时间天空烟雾弥漫，犹如一个焦灼激战的战场：天上有"飞机轰炸"，如天女散花；地上有"高射炮""迫击炮""榴弹炮""机关炮"和"喀秋莎火箭炮"，万炮齐发。一瞬间，地面上留下了厚厚一层鞭炮碎屑、残纸废壳。那阵势、那气氛让过年格外红火、热闹。

但是在那一片欢腾的间隙，我心中似乎还有一丝丝遗憾和对儿时过年情景的留恋，想念那静谧发光的滴答金和那单一清脆"噼、啪"作响的二踢脚。面对山珍海味、鸡鸭肉鱼俱全的晚宴，我还是有些留恋那久违的猪头冻和妈妈做的家传凉拌菜，怀念和妈妈一起做枣馉饳、做菊花酥和炸麻花的时光，想念妈妈做的面鱼和那栩栩如生的打鸣公鸡，期望能再次嗅到儿时那过年的老味道，那飘散在空气里火钩子烧猪头的味道，那沙子炒花生的味道，还有那烤红薯的香味。

春节依旧，时光流逝。蓦然回首，几十载过去。童年已逝，家父已经不在，老母也近耄耋之年，颇感凄然。

故地重游

　　2009年回家过年期间，我和大姐、妹妹全家一起陪着妈妈又回到了我们儿时曾经住过的地方——聊城路。只可惜，聊城路106号大院已经不复存在。那一带是青岛老市区，在20世纪

2009年，我们兄弟姊妹陪同母亲重新回到聊城路旧址。

80 年代就已经开始进行改造。到了 20 世纪 90 年代，青岛市政府实施"901 工程"，对聊城路及其周围一带进行了整体设计和大规模整改，目的是要把那里打造成青岛的一个具有民族特色的地方商业聚集区。从胶州路到吴淞路、从临清路到聊城路，那里原来的日本式街道和楼房都已经彻底消失了，取而代之的是一条中国江南城隍庙建筑风格的商业街。楼房格调变了，可是聊城路作为商业一条街依然保留着往日的繁华，只是旧貌换新颜，处处焕然一新。

今天的聊城路两旁有各种小吃店、饭店、金银首饰店、鞋帽精品屋和美容店等。我家大院原来的位置也已经盖起了几栋很大的居民楼，横跨市场一路和市场三路，临街的一层依然是各种商家门面，原来 106 号大门洞的位置成了一家高档美发中心。有趣的是多年后我带着儿子、儿媳和两个孙子再次重游聊城路时，有意无意地走进了那家美发中心给孙子们理发。坐在理发馆里等候期间，我心中涌起一股异样的感觉，突然间，我意识到我们赵家祖孙三代居然都一起坐在我从小长大的地方，世间的事情居然有如此的巧合！更逗的是，理发师客气礼貌地问长问短，询问我们是从哪里来的，我告诉他我是青岛人，我们所坐的地方就是我的老家，理发师含笑不语，那神情分明表示不相信。这情景正应了唐代贺知章《回乡偶书》中的诗句："少小离家老大回，乡音无改鬓毛衰。儿童相见不相识，笑问客从何处来。"

我原来的家对面也已建成了一个在国内外享有一定声誉的"即墨路小商品市场"。该市场入口在聊城路上，有地上 1 层和地下 3 层，听说地下的那 3 层就是当年"深挖洞、广积粮"

时代挖地百尺建的地下防空洞，防空洞的面积之广、深度之深令人感叹。开始我有些不理解为什么建在聊城路的市场叫即墨路市场，后来才知道这小商品市场起始于即墨路。随着年代的推移，即墨路小商品市场因受到老百姓的喜爱急剧扩张，现在已经是青岛最大的小商品市场，日客流量可达 10 万人以上，年营业额数亿元。市场里各种各样的大小摊位出售各式服装、日用百货、礼品玩具、工艺土产和金银首饰等，各类商品应有尽有，琳琅满目。除了价格远低于一般正规大商场外，在这里买东西可以讨价还价，为购物增添了很多乐趣。今天的即墨路小商品市场实际上已经成为一个驰名在外、为人所熟悉的著名商场符号，有些像北京秀水街的小商品市场，台北的"五分埔商圈"或香港旺角的"女人街"。与其他著名商场所不同的是，现在的即墨路小商品市场是政府整体规划建造的，市场及周围商场房屋为江南城隍庙式风格，从夏津路到胶州路，从聊城路向东至临清路的整片地方都已完全蜕变成了一个城隍庙式商业片区。

最早见于记载的城隍庙建于三国时期。城隍庙的初衷是用来祭拜八神当中的第七神——"城隍神"，也称"水庸神"的。中国城隍庙式建筑继承了中国传统建筑的四大特点：一、外形轮廓独特，多具中国庙宇式色彩，建筑群多为院落式。房顶曲面斜坡，铺琉璃瓦；雕梁画柱，色彩鲜艳。二、整个外部构型以木结构体系为主。三、房屋基本由台基、屋身和屋顶组成，以圆柱为主要间距支撑。房顶按样式和结构的不同而分成不同的形式，如城隍庙式的房顶多见檩木挑于山墙之外的"悬山屋顶"和四角上翘的"歇山屋顶"。四、房的横梁和立柱之间伸出一独特结构"斗栱"。斗栱的主要作用是承重，因其结构奇异成为中国古典建筑的主要特征之一。

　　漫步在这江南风格的闹市里，我们注意到路两旁的商家门头几乎都是上下两层，上下层都有雕梁画柱的走廊，主色调是中国古代宫廷建筑惯用的朱红色。即墨路小商品市场的正门在市场二路东头和聊城路的交界处，正门脸是庙宇结构，有歇山式琉璃瓦盖顶，下面由4根巨大的朱红立柱支撑着，屋檐上的4个三彩斗拱显得趾高气扬，巍然上翘着指向天空，"即墨路小商品市场"烫金横匾高高地悬挂在大门的上方。在原聊城路和高唐路交叉口也竖立着一个牌坊一样的三层悬山式大门，这在城隍庙式建筑里又称"山门"。山门的两侧是人行道，山门当中可以双向行车。在小商品市场的东南面延伸到博平路的那一段是"富地商城广场"。两个歇山式金琉璃瓦顶的庙宇式商铺在左右护卫着广场的入口处。我明明是走在从小就熟悉的地面上，却浏览着江南城隍庙式的楼群。我感觉神智有些恍惚，心里不敢确定我究竟是在家乡青岛还是在水乡江南，可是从嘈杂拥挤的人群里一阵阵飘来的都是我熟悉的家乡方言，实在有一些南北错位的感觉。我似乎是在梦幻中，在青岛的家里看到了远方江南的海市蜃楼。

　　看完老家旧址后，我们又一起去了小时候最向往的当时青岛最繁华热闹的市中心——中山路。旧地重游，我们从中山路北面的大窑沟起一直走到最南面的前海栈桥。我们首先逛了劈柴院。记得小时候，每次从中山路上经过劈柴院时，我总是惦记着劈柴院里的小吃。由中山路进劈柴院的门洞特别宽敞，上为拱形圆顶，地上铺着略微鼓鼓的、有半尺宽的方形石头，多年来，人来人往，人们的脚已经把地上的石头踩磨得锃亮。在劈柴院门洞左面，有一个清真食品店，食品店门前左右各有一个玻璃柜，专卖各式酱牛肉，有五香牛肉干、五香牛肉丁、咖喱牛肉干和咖喱牛肉丁等。一毛钱能买一小块牛肉干，牛肉干那味道美到简直难以形容。门洞右边下坡处，经常有小摊贩卖海冻菜凉粉。与绿豆凉粉不一样，海冻菜凉粉是用海里的一种天然藻类植物——石花菜加热熬制而成。海冻菜在海藻分类学上属于红藻门，石花菜科。用石花菜熬好的凉粉柔软透明，把它切成小方块，盛到一小碗里，加上一点蒜末和老醋，再在碗上摆一个白色的瓷勺，每碗只卖5分钱。盛夏的时候吃上一碗，滑润的凉粉会自己滑进喉咙，让人浑身感到凉爽舒服。

进到大院里面，母亲说劈柴院里又恢复了旧时的繁华，东南西北的胡同在院里彼此相连，胡同两边是风味各异的饭店和小吃店，胡同里挤满了人，熙熙攘攘，来回涌动。早年的"江宁会馆"的大牌匾又重新挂起来了。在大院里，我们又看到了重新兴起的老式表演，说相声的，玩杂耍的，说书唱戏的，大院里人声鼎沸，热闹非凡。站在老"谦祥益"布庄对面，母亲指着北京路和河北路交叉口处那座已经破旧不堪但风貌犹存的五层大楼说："你们姥爷当年就住在那个五起楼上。"想必母亲是在告诉我们姥爷当年也曾经在那旧时的"山东第一楼"风光过，当然也可能是那天母亲想到了她当年刚进青岛时的老地方，触景生情，感叹人生。

走在那既陌生又熟悉的中山路上，街道两旁的电线杆上垂挂着左右对称的标语旗，上面写着"置身老街里，寻找儿时回忆"，此情此景，说得恰到好处。那一天，我们走过了许多我小时候很熟悉的一些地方，历史的变化让人感叹不已。中山路

重游中山路。

和胶州路交叉路口处的国货公司虽然还在，只是已经面目全非换新楼了。路拐角的新华书店不见了，但那车顶上挂着两条辫子的2路和5路电车还像往日一样地来回穿梭。再往南走，经过了天真照相馆，下一个路口就是四方路。转头向东看去，驰名的四方路大茅房不见了。风迎面吹来，我似乎闻到了小时候常常让我口水直流的热糖炒栗子的香味。小时候，每次和妈妈一起经过这里，我都会拖住妈妈央求她给我买一包炒栗子，好像是一毛钱就能买一小三角纸袋。往前走一点是以前经常去看电影的两家电影院——中国电影院和红星电影院，虽然一切都还是熟悉的老样子，但门脸商业广告增多了。中国电影院旁边是一座建于1931年的大楼，那里是中国建设银行青岛分行的所在地。这座大楼是一座仿古罗马式建筑，整体建筑古典壮观，门前有4根花岗岩雕刻的科林斯柱，坚实地支撑着象征经济实力的大楼。青岛饭店依然与红星电影院毗邻，但它已经焕然一新。老青岛人习惯称它为"青岛咖啡"，据妈妈说，这是因为过去这里的咖啡非常有名。那个时代，门前悬挂着一个闪亮的霓虹灯咖啡壶，夜晚里它一闪一闪滴滴倾倒着诱人的咖啡，让人流连忘返。我小时候，那里的白面猪肉菜包子曾经是青岛港上的一道名吃，令人回味无穷。青岛饭店对面是中国银行青岛分行，其建筑风格简洁明快，别具匠心。青岛饭店的后面是青岛最著名的天主教堂。青岛天主教堂又名为"青岛圣弥厄尔教堂"，是青岛最大的哥特式建筑，也是中国唯一的祝圣教堂，由德国天主教传教士发起，在 1932 年破土动工，在 1934 年 10 月落成。

在青岛天主教堂前。

教堂前面是由两个锥形塔尖钟楼互相连接成的一座双子塔，教堂主厅在塔楼的后面。双子塔塔体由花岗岩和钢筋混凝土砌成，墙体为庄严宁静的深黄色，塔顶覆盖着鲜红色的瓦片，两个塔尖上各竖立着一个巨大的十字架。塔内悬有4口大钟，教堂内有巨大的管风琴，听妈妈说过去星期天做礼拜时，一旦钟琴齐鸣，整个市区的人们都能听到那庄严肃穆的声音。从青岛南边的前海沿看青岛市区，天主教堂就像是坐落在天边那红瓦绿树丛中的两把通天的利剑，直指天空。

我们一直走到了中山路最南边的前海栈桥。斜倚在栈桥回澜阁的栏杆上，环顾四周，近处依然是竖立在渤海湾口"小青岛"的白色灯塔；遥看大海，远处是碧蓝通透的海面。海涛声和大海的味道还是那么熟悉亲切，我似乎又回到了童年。环视青岛老市区，那是生我养我的地方，我熟悉那里的每一幢大楼和每一条街道。再回头看身旁的老母亲，她年轻不再，日见沧桑，我不禁感叹人生，思绪万千。

稍微休息了一下，我们又返回了中山路，这次是由南向北走。经过中山路和天津路交界的老字号"春和楼"时，我们还进去吃了一顿老青岛有名的油爆海螺、香酥鸡、蒸饺子和大包子。春和楼见证着我家几代人的欢乐时光。那一天，我们一家人又有机会和妈妈一起重新回到了我们儿时生活的中山路，一起体验尘封的旧时光，也是别有一番风味。

🌸 庆祝人生

　　虽然我没能经常回去陪伴母亲过春节，但是我几乎每年都在妈妈的生日时回青岛为她老人家祝寿。按照中国人的传统习俗，生日一般都是以阴历为准。母亲的生日是阴历九月十八，换算成公历就是每年的 10 月份左右。虽然我没能总是在母亲生日的那一天到达青岛，但基本上是在 10 月份左右到家。只要是我在家，我总是会张罗着请兄弟姊妹和一些亲朋好友前来共聚一堂给母亲祝寿，所以母亲每一年的生日基本都是全家团聚、亲情满盈的时光。

　　俗话说，"人过七十古来稀"，人进了 80 岁就是迈入了耄耋之年。有趣的是，按照传统，中国人的年龄往往是以虚岁计算，据说是把十月怀胎也算在里面，其实这更有科学道理。按阴历算，母亲的八十大寿应该在 2003 年农历九月十八。母亲 80 岁生日是我家的一件大事。生日的那天，母亲所住的城市花园公寓里格外热闹，卧室里堆满了亲朋好友送来的鲜花，吉兰姨带着她的孩子们也赶来祝寿，一整天家里都充满欢声笑语，热热闹闹。兴头之上，母亲还嚷嚷着要打麻将。麻将一摆上桌，大家就哗哗啦啦地洗起牌来。这边叫着红中、白板、幺鸡、发财，那边吹着东风、南风、西风和北风，吉兰姨召唤着一饼、二条和三万，母亲时不时地兴高采烈地喊着"胡啦！"。几个回合下来，母亲正儿八经地胡过几次，这让老寿星心花怒放。那天晚上，我们全家和亲朋好友在青岛"海梦园"欢聚一堂为母亲祝寿，切生日蛋糕，唱生日快乐歌，一起吃寿桃。为了给母亲祝寿，我和女儿贝贝一起合作特别为母亲编印了一本自制相册。相册总共 100 页，寓意祝愿母亲长命百岁。相册精致的大红封面上有一个很大的烫金"寿"字。相册内除了献给母亲的前言，还引录了一段黎巴嫩诗人哈利勒·纪伯伦的《母亲颂》："人的嘴唇所能发出的最甜美的字眼，就是'母亲'，最美好的呼喊，就是'妈妈'……母亲这个字眼，蕴藏在我们的心底，就像果核埋在土地深处。在我们悲伤、欢乐的时刻，这个字眼会从我们嘴里迸出，如同万里晴空和细雨蒙蒙时，从玫瑰花蕊溢出的芳香。"相册由两部分组成。第一部分题为"母亲"，总共 80 页，象征母亲八十大寿，其中每一页都记录着母亲的生平和她人生不同阶段的经历。相册的第二部分题为"合家同庆"，记录着妈妈的每一个孩子和其家人。每一家都附有一个标题，比如大哥振武一家的"四世同堂、长子、长孙、重长孙"，二哥振文一家的"待到成家立业时，莫忘祖母情"，还有大姐一家的"贴心大棉袄、处处贴心"，二姐一家的"戴氏家族"和妹妹玉美一家的"舒心小棉袄、天天舒心"。我的每一个孩子贝贝、明明（中明）和中智都制作了专页为奶奶祝福。相册里多数照片的设计排版都是贝贝利用暑假夜以继日地用了近百小时才完成的。贝贝在她的前言致辞里写道："虽然小贝贝已经不小了，但她还是深深地爱着奶奶。谢谢奶奶多年的照顾和无私的爱。"

贝贝在母亲的心中占有特殊的地位，主要是因为贝贝从一出生就跟着爷爷和奶奶在青岛一直长到4岁，被爷爷和奶奶视为掌上明珠，后来母亲又在美国照顾贝贝和明明多年，她们祖孙之间建立了一种特殊的亲情。母亲回国后，时常想念贝贝和明明，为了减少母亲对贝贝和明明的思念之情，我给她老人家专门制作了一个录音带。晚年的母亲几乎每天晚上睡觉前都要听一会儿在美国和贝贝、明明一起时的录音。贝贝和明明也十分想念奶奶，每逢有机会，他们就会到青岛探望奶奶。2002年，我们全家五口回国和母亲一起旅游，度过了很多难忘和温馨的时刻。2008年，明明和他的好朋友安迪·皮川到中国看奥林匹克运动会，恰好奥帆比赛在青岛举行，明明和安迪住在奶奶的家里。奶奶见到孙子高兴得不得了，每天天不亮她就爬起来去菜市场买新鲜蔬菜、水果和早点。等到他们起床时，桌子上已经摆满了饭菜，明明回忆说。

贝贝2015年和杰西·恩格尔订婚，为了让奶奶高兴，女儿和准女婿杰西专程从加利福尼亚飞回青岛在奶奶面前举行了订婚仪式。订婚要买订婚戒指，贝贝便执意要奶奶亲自帮助她挑选。她用轮椅推着奶奶到中山路老华乐戏院旧址，现在的青岛工艺美术商店二楼金银首饰部，在琳琅满目的金银首饰柜台前，奶奶认真仔细地挑选了半天，然后抬起头来问贝贝是谁付钱，贝贝用手指了一下杰西，奶奶便毫不犹豫地选了一个大款的24K金戒指。贝贝和杰西的那个订婚典礼完全是中国式的，那天他们都身穿中国古典婚庆大红袍：杰西身着蟒袍玉带状元服，头戴红色官帽，神气十足；贝贝则穿大红霞帔、彩凤外衣，里套大红长裙，头戴饰满凤羽、明珠和玉石丝坠的硕大凤冠。他们依照中国的传统习俗把拜堂成亲的所有步骤在奶奶面前一一举行：他俩双双拉着一个绣球，一拜天地，二拜高堂，夫妻对拜，随后喝交杯酒，揭盖头。大家都随着拜堂的流程高声喝彩、欢呼雀跃。杰西的姑姑米丽亚姆恰好从以色列到青岛访问，也前来祝贺。我的亲家夫妇也从加州通过视频参加了订婚仪式。从留下的照片上可以看出那天妈妈是多么地高兴！

2015 年，女儿贝贝和杰西在订婚仪式上与奶奶在一起。

第二年，贝贝和明明在同一年双双结婚。那年底，利用美国圣诞节和新年假期，我们全家人包括双方的亲家总共十几口人一起从美国回到了青岛，给奶奶报喜。母亲也第一次见到了她的孙媳妇莫琳（Maureen）、重孙子小六（Leo）和莫琳的母亲克里斯·谢勒（Chris Shealer），又见到了刚刚转正的孙女婿杰西（Jesse）和他的父亲杰里·恩格尔（Jerry Engle）以及他的母亲雪莉·菲舍尔（Shirly Fischer）。我们的庆祝宴会是在八大关海韵楼的海韵厅里举行的。由于饭店方面做了周密安排，席

2016 年，母亲见到了刚入门的孙媳妇、孙女婿和亲家们；亲家公杰里即兴表演"皇帝吃鱼"。

间有圣诞老人为每一位来宾分发了圣诞礼物，我的亲家杰里·恩格尔还穿上了皇袍，上演了一幕"皇帝吃鱼"的即兴喜剧。全家老幼同庆，喜笑颜开，欢聚一堂。那一年，我们全家人和母亲在一起欢欢喜喜地共同度过了 2016 年的圣诞节、犹太人的光明节和 2017 年的元旦。

特别令我感到欣慰的是母亲等到了、也看到了她心爱的孙女贝贝和孙子明明都结了婚，成了家。后来，贝贝获得博士学位，贝贝夫妇又一次回到青岛在奶奶面前重新举行了博士毕业典礼，并在奶奶面前再次庆祝了小贝贝的生日。奶奶终于看到了她心爱的孙女长大成人，学业有成并成家立业，也算是为她老人家多年来辛辛苦苦照顾孙女的历程画上了一个圆满的句号。

天有不测风云，人有旦夕祸福。正当我们全家都各得其所，沉浸在幸福、安逸的日子里，一切都有条有序地平静生活时，我被诊断出甲状腺乳头状癌。刚刚听到这消息时，我突然感觉到眼前发黑，天旋地转，大脑缺氧，胸闷，喘不动气。这突如其来的坏消息如同晴空霹雳，我一下子懵了。待情绪稍微冷静了一些，作为科学家的理性又回到了大脑，我跟自己说：人必有一死，这是人生的自然定律，所以对于死亡我不应该感到如此极度的恐惧。我首先想到的是如果我不在了，我的家、太太、孩子和我的妈妈该怎么办。我最担心的是我的老娘，我的老母亲。多少年来，我一直在尽心尽力地孝敬着母亲，衷心希望能让她老人家安度晚年，能给她老人家养老送终。如果我有个三长两短，让白发人送黑发人，她老人家能承受得了吗？如果是那样，我非但没能够报答母亲，却让母亲为我这个儿子遭受精神打击，那可真的是天大的不敬和不孝。愁加愁，愁更愁，一夜之间白了头。我左思右想，决定不把这坏消息告诉母亲，我告诉自己：你一定要坚持，不能死，绝不能让历尽艰辛的母亲再跟你一起提心吊胆；我要赶紧手术，好好治病，争取时间；我的目标就是在我的有生之年能加紧探望、照顾老母亲，多多地在母亲面前尽孝，争取为老母亲养老送终。

我手术后的那年年底，刚好是母亲的九十大寿，那必须得隆重庆祝，于是我们全家人一起又回到了青岛。母亲的寿宴安排在黄海饭店的锦绣厅。锦绣厅的装饰是欧洲格调，整个大厅里富丽堂皇，大厅的天花板是欧洲宫殿式，四周弧面过渡到顶棚。天花板的中央有外方内圆罩顶，四周装饰着金阁银壁，向下垂挂着一个巨大的 3 层璀璨琉璃吊灯。灯光一亮，吊顶四周金光灿烂，与琉璃吊灯珠辉玉映出一片璀璨斑斓，把整个大厅烘托得金碧辉煌。黄海饭店锦绣厅的中央摆着一个可坐 50 人的大圆桌，周围所有座椅的风格都是素雅的苏格兰情调，扶手和靠背上都有花纹雕刻。寿宴那天，黄海饭店对锦绣厅进行了精心的布置：大厅里飘动着彩色气球，四面墙上挂着红色福、禄、寿字；大厅正中墙上还有一副大红对联："寿比南山不老松 福如东海长流水"；对联的当中有一个巨大的"寿"字；大圆桌里面还套着一个小圆桌，当中摆设着由锦绫绸锻拥簇着的一对粉红大寿桃。

那一天，母亲神采奕奕，喜笑颜开。她穿着一身专门为她过寿定做的中式大红丝绸对襟夹袄。夹袄上布满了圆圆的金色"寿"字，一排整齐漂亮的红蝴蝶结紧扣着对襟。因为母亲行走困难，那天还拄着拐杖。在我们的左右搀扶下，母亲缓步走进大厅，受到来宾的热烈欢迎。母亲满面笑容，向大家招手致意，很有老寿星的风度。因为大厅是欧洲式的，我们的晚宴也是西式的。晚宴前我们还沿用了西方晚餐前的习惯举行了一个小型酒会，酒会上大家可以随意走动、相互交流、喝酒聊天，为此我专门在美国买了一大盒爱心形状的巧克力，分给各位来宾，希望大家都能甜甜蜜蜜、爱心满满。宴会席上，大家轮流向母亲敬酒，表示祝贺和问候。在我的建议下大家一起举杯、干杯，祝愿她老人家健康长寿。在"祝你生日快乐"的歌声中，母亲自己吹灭了 9 支蜡烛，她老人家还亲自操刀，笑眯眯地切下了第一块蛋糕。

晚宴间，我们播放了明明专门为奶奶祝寿编辑的一段录像，录像里有大姐和她儿子巍巍一家从西班牙马德里送来的对母亲的祝福。他们用西班牙语唱起了"祝你生日快乐"，末了，大姐还带领她全家一起唱起了妈妈小时候教给我们的一首儿歌："一只小巴狗，坐在大门口。黑溜溜的小眼睛，想啃肉骨头。"母亲的重外孙子安海和重外孙女苏菲亚认真地唱着那首儿歌，那劲头仿佛真的把我们带回了童年。二姐和她的家人从纽约，妹妹玉美的儿子尤扬从俄亥俄托莱多都发来了视频祝福。我的全家，我和太太从马里兰的布鲁克维尔，贝贝和杰西从加利福尼亚，明明和莫琳一家自明尼苏达州的圣保罗，中智从科罗拉多州的格里利也分别为母亲送上了祝福。明明的好朋友安迪·皮川还用蹩脚的中文祝愿奶奶生日快乐，然后用萨克斯管独奏了《祝你生日快乐》。在晚宴现场，一位来自澳大利亚的客人向母亲鞠躬祝福，贝贝和杰西给奶奶带来了来自以色列和加利福尼亚亲戚们的生日礼物。为了助兴，我们还组织了一支临时小乐队，明明和杰西弹吉他，我的好友冯苍林击鼓，我和贝贝用英文首先演唱了《铃儿响叮当》，随后我和好友薛海云、冯苍林用三声部和声唱起了"雪绒花，雪绒花，每天清晨你都以娇小白净的花朵迎接我，向我快乐地摇曳。雪绒花，雪绒花，愿你雪绒似的花朵尽情开放，永远鲜艳芬芳飘逸故乡"。随着歌声的起伏，大家情绪高涨，随即一起唱起了"难忘今宵，不论天涯与海角，神州万里同怀抱……告别今宵，不论新友与故交，明年春来再相邀……青山在，人未老，共祝愿，祖国好"。大家也共同祝愿母亲健康长寿。那一天，在场的还有我的 3 位好友——专业摄影师阿福、李新立老师和李立平老师，他们在那难忘的一夜为我们留下了珍贵的镜头。

自那以后，我每年都要回青岛两三次探望母亲，为母亲庆祝每一个生日。2019 年感恩节期间，我们一家人再一次一起重聚在青岛黄海饭店锦绣厅为母亲庆祝九十五大寿。那一天，因为是母亲的九十五大寿，我们摆了 5 桌宴席，同时也寓意母亲已经是五世同堂。5 张桌子，5 桌客人，有我们自己的家人和孩子、姨表亲戚、兄弟姊妹、至朋好友和各位嘉宾。那一天，母亲还见到了我的两个孙子，她的重孙子小武（Remy）和小六（Leo）。见到身着宫廷王爷服装的大孙子小六和精明活泼的小孙子小武，她老人家非常开心。在那个宴会上，为祝愿母亲健康长寿，我向前来祝寿的各位嘉宾表达了我衷心的感恩、感激和感谢之情。我感恩上天赐给我们一个慈祥大爱的母亲，我也感恩大地能让母亲颐养天年，我更感激有那么多的亲朋好友和他们多年来对母亲多方的照顾和关怀，我特别对那些从事医务工作的好友专家们对母亲多年来的精心照顾表示了由衷的感谢。当我在用麦克风讲话向大家表达我的感恩、感激和感谢之情的时候，我一

2019 年，为母亲庆祝 95 岁生日。

258

岁半的小孙子小武在众目睽睽之下突然从大厅的一边跑到我的面前让我抱着他一起向大家讲话，大概是他也和我一样想向大家表达他的衷心感谢。

在宴会期间，明明和杰西用吉它合作演奏演唱了美国歌曲《这片土地是你的土地》："在太阳出来的时候，我在散步，麦田飘扬，尘云滚滚，歌声传来，迷雾散去，从加利福尼亚到纽约岛，从红杉林到墨西哥湾水域，这片土地是你的土地。"那节奏分明，旋律悠扬的歌曲把我们带到了遥远辽阔的异邦。然后明明和杰西伴奏，大家一起唱起了祝福母亲生日快乐的歌曲。好友张成峰专门从外地赶来，为母亲献上了他的祝福并用葫芦丝演奏了欢快明亮的《月光下的凤尾竹》。葫芦丝那别具一格的音调，幽美恬静、婉转动听。随后，中国著名歌手、东方歌舞团男高音歌唱演员袁岱也现场献唱，祝愿母亲身体健康、长命百岁，他的一首"酒喝干，再斟满，今夜不醉不还……"把晚宴推向了高潮。那一晚，大厅里充满了欢声笑语、琴曲歌赋、芦笛声声。五桌高朋满座，五代子孙满堂，庆祝母亲95年的人生历程，大家都沉浸在幸福快乐的气氛当中。然而，此时此刻，我们谁都没有想到那竟然成为我们对母亲的最后祝福。

暮年的母亲

晚年的母亲，最让她感到不服气的是日益衰老的身体。看着自己布满皱纹的双手和松软疲沓的皮肤，她经常会感叹不已，喃喃自语："我怎么会老了，我怎么会老了。"

母亲的晚年过得基本上算是平静安宁。1995年，母亲回国后又回到了我们在青岛小港莘县路的老家。那里是一个劳动人民聚集的居民区，因为从旧中国开始就有很多穷人住在那里，莘县路的家里阳光充足，与大海只有一街之隔，在家里就能直接看到小港的海。可是，老家一个很大的缺点是位于4楼，没有电梯。更奇怪的是楼梯在楼两面紧贴着大楼的墙直通而下，有些像现代楼房的紧急防火楼梯，所以，上下楼会令恐高的人感到眩晕。因为母亲每天要爬那么高的楼梯，自然增加了很多不便，特别是后来那楼房多年失修，更加破烂不堪。前面提到，由于我的疏忽，让妈妈在那里住了一年多，让她老人家受委屈了。后来母亲搬到了宁夏路天泰新村，住在一楼坐南朝北的一室一厅的公寓房，还可以在前院种一些花草或农家菜。母亲在那里住了5年多，生活过得应该还算安静惬意。因为出门买菜购物不方便，后来母亲又搬到台东威海路附近的城市花园。虽然那儿也不算很好的地区，但那是一个崭新的小区，德国式楼型，看上去挺不错，出门买菜购物都特别方便。在那里，母亲非常活跃，交了一些朋友，还参加了小区的老人合唱团，经常演出。母亲曾很骄傲地说，她是合唱团里年龄最大的团员。随着年龄的增长，母亲走路开始有些困难，也就不再参加合唱团的活动了。再后来母亲就拄上了拐棍，上下楼也逐渐地开始有些困难，刚好 2011 年我们莘县路的旧房拆迁，在四方宜昌馨苑分到了新房子，于是母亲就搬到了有电梯的宜昌馨苑，一直生活在那里直到去世。

母亲享年 96 岁，虽然我希望母亲能活过百岁，但不管怎样，与当今中国人平均寿命 77 岁来比较，母亲也算是长寿了。根据现代科学理论，一个人寿命的长短由 3 个 1/3 来决定：第一个 1/3 是先天遗传，也就是老天爷在人体的基因库里已经提前编码把程序安排好的部分，母亲有一个几乎完美的基因库，所以理应长寿；第二个 1/3 是后天的生活环境，比如身体健康状况、有无后天性疾病、饮食好坏、睡眠状况和周围环境有无污染等；第三个 1/3 便是运气，那可是不以人的意志为转移的一个变数，也就是说若老天爷哪天动了怒，随时就有可能把你招去。所以，如果想长寿，我们唯一可以控制的就是改善后天的生活和环境条件。

晚年的母亲虽然不能说过得富裕，但也能算得上是不愁吃、不愁穿，过着平民小康的生活。因为家里有大姐和妹妹轮流精心周到的照顾，再加上亲朋好友特别是那些医务界朋友们的关怀和照顾，母亲的身体基本保持健康无恙。在母亲刚回国时，

261

母亲 八十大寿留影。

母亲九十大寿留影。

母亲九十五大寿留影。

情况却不是如此。由于母亲常年踩缝纫机，她老人家的下肢静脉严重曲张，双腿微细血管暴突犹如蜘蛛网，母亲还患有高血压需要常年吃药。因为缺乏基本医学知识，母亲养生治病的方法比较乱。她会经常听信电视媒体里的那些售药广告，几乎每一次母亲都会跟我说电视上提到的那些病情和症状与她的一摸一样，所以她就自己对症买药。另外，她还去参加那些在药房里或者大街上推销药品的"医生"的免费疾病诊断活动，听信那些人的所谓处方，经常会买一大堆药回家。比如到了晚年，母亲感到力不从心，走路开始有些吃力，为了调节筋血，她就花了几千块钱买"养血饮"和鹿筋，她老人家还振振有词地说药房里的大夫说了那叫吃什么补什么。后来，我回家时发现母亲每天可以吃上一大把的药，惊恐之至。通过朋友介绍，我们认识了海慈医院老干部科的钟志欢主任，钟大夫刚好是母亲的邻居，她为人热情，医术精湛。在钟大夫的精心调理下，母亲到了晚年除了吃养生的补品外，基本不吃任何药，却也无病无疾，身体的各项指标都正常。当然这也与我每个星期与妈妈视频时喋喋不休的告诫和检查把关有关。

母亲晚年的生活非常有规律，每天的食谱包括喝牛奶，吃益生菌酸奶、奶酪、多种维生素、钙片和促进心脏微循环的辅酶 Q10 等。大姐和妹妹每天也是挖空心思地帮助妈妈改善饮食生活。说到吃饭，母亲吃饭从来不挑食，无论吃什么饭，她都会吃得很香。有趣的是，妈妈特别喜欢吃西餐，她爱吃生菜沙拉，更喜欢吃奶酪、土豆泥、披萨饼和意大利通心粉等。晚年母亲早饭的饭量也很大，大姐经常跟妈妈开玩笑说"你吃的比我都多"，妈妈便会嘿嘿地笑。除了吃饭，母亲也是性格开朗，从不计较小事，笑颜常开，这应该也是她长寿的原因之一。母亲之所以长寿，另外一个很重要的原因是她老人家晚年坚持运动锻炼。她运动的积极性也可能来自她先天的基因，因为母亲的基因图谱显示，她的 PAPSS2 基因在 RS10887741 位点上有一个"TT 位点突变"，预示着她"运动积极性高，倾向于在闲余时间参与锻炼"。的确，在晚年，即使母亲已经不能走路，坐着轮椅，她也要坚持每天到户外去，一天两次出门晒太阳，呼吸新鲜空气，风雨无阻。

母亲性格坚毅，从不认输，到了晚年她也不能接受自己已经不能走路的现实，所以在家里她经常尝试着走路，想通过锻炼增加自己的腿部力量。2017 年，母亲 93 岁，她开始多次跌跤。然而，她依然不服输，摔倒了，爬起来，跌倒了，再爬起来。令人惊奇的是，每一次母亲摔倒都是有惊无险，没有造成骨骼损伤和大碍，我认为那是和她老人家常年坚持喝含钙量多的牛奶，吃酸奶、奶酪和钙片等有关。可是，事三而竭，母亲终于又一次重重地跌倒在地上，这一次没有那么幸运，母亲的尾椎骨粉碎性骨折。我本以为母亲余生再也不可能起床了，可是在青医附院骨科马主任的精心指导下，母亲以惊人的毅力，每天打凝骨针，坚持了整整一年，她老人家的尾椎骨竟然奇迹般地愈合了。但由于长期卧床，2018 年 3 月，94 岁的老母亲患上了肺炎，高烧病危，我和女儿贝贝夫妇紧急赶到青岛。我赶紧向在青岛的医学专家朋友们求助，青医的几位专家教授赶到家里为老母亲会诊。在专家们的指导和协调治疗下，妈妈的高烧终于退了。令人惊叹的是，连续发了几天高烧的母亲，刚刚退烧，神智开始清醒并能睁开眼睛的时候，她就立刻要求下床。其实母亲的尾椎骨折那时尚未完全愈合，身体稍微一动便会钻心地疼。为了止痛，我们从医院拿到一种高效止痛药膏，贴在身体上，止疼效果几乎立竿见影。刚刚止住疼痛，母亲便执意要出门。因为心疼奶奶并担心奶奶的安全，女儿贝贝坚决反对让奶奶下床，更不让她出门下楼。可是看着母亲那坚毅和祈求的眼神，我犹豫了。考虑到母亲病情严重，那很可能是母亲最后一次外出，她老人家极可能是想再看一次外面的蓝天和太阳。趁着止痛药药效还在，我含着眼泪，不顾女儿的强烈反对，狠心把母亲扶下了床，用轮椅把她推到了楼下。我们沿着小区中心花园周围走了一小段路，我便把母亲推到了她每天晒太阳的那个位置停下来，希望她老人家能够再看看熟悉的景象。坐在那里，母亲静静地看着花园里的大人和孩子们，他们正在一如既往地嬉闹。

那一次离开青岛，告别母亲，我不知道那是否是和母亲的生死离别。清晨，看着熟睡中的母亲，我轻轻吻了她老人家的额头便悄悄地离开了家。那一瞬间，我真正地体验到了向临终前的亲爱的母亲永远道别的戳心之痛。

没想到，母亲又奇迹般地挺过来了。恢复后的母亲又能坐着轮椅，每天两次出门晒太阳，呼吸新鲜空气。在之后的一年多里，我连续回青岛 5 次。每次回家，我一如既往地带着母亲出门逛商场、遛海边、下馆子。2019 年，我们全家再次回到青岛为母亲庆祝她的九十五大寿，我们全家都期盼着下一次能给母亲庆祝她老人家的百年寿辰。本来无病无疾的母亲应该是可以长命百岁的，可是谁也没有想到，可恶的新冠病毒的来袭，导致家家关门闭户，人人不能出门。这对年轻人来说可能只是一种不便，但对像母亲这样的老年人来说就是生死存亡。由于不能再一如既往地每天出门活动，她老人家每天规律有序的日常生活被打破了。人突然不活动了，母亲的大脑和右腿很快形成了血栓，导致吞咽功能下降——最终母亲还是得了我多年来最担心的老年肺炎。

母亲和孩子　孝顺与爱

　　每一个孩子的健康成长和长大后事业的成功与否往往与孩提时代家庭环境的优劣有很大的关系。一个孩子将来的成功不仅要靠"天时、地利、人和"，也就是我们平常说的孩子自己的天分、后天的机遇和贵人的帮助，更重要的一个要素是要有一个大爱无私的母亲。母亲对孩子的信任和鼓励以及母亲的一言一行都会对孩子产生潜移默化的影响。

　　从我开始记事起，母亲就跟我有说不完的话。我从母亲那里得到的都是自然而然的肯定和鼓励，久而久之，我建立起了对生活、做事情的自信。记得上初中的时候，我们班里排演革命样板戏京剧《智取威虎山》中的"定计"一场，我扮演杨子荣。有一次在学校鲁迅礼堂里演出，开演前，我心里特别紧张，像揣着一个小兔子一样惴惴不安，但当我在观众席里看到了气定神闲的母亲，看到她向我投来了充满鼓励和殷切期待的眼神时，我的那颗突突直跳的心便马上安静了下来，一股像杨子荣那种人定胜天的心气油然而生。有母亲在场，我什么都不怕，我的恐惧消失了。那场戏我演得很自如，也很投入，从而赢得了观众很好的反响，我也因此被选入了学校里的毛泽东思想文艺宣传队。

　　母亲对我做事的肯定和鼓励，让我相信只要去努力，世上就没有做不成的事。这种心态让我逐渐形成了一种初生牛犊不怕虎、敢作敢为的精神。1977 年恢复高考，国家向全社会公开招考录取大学生，从全国发通告到入学考试，考生只有 3 个月的复习时间。因为我结识了一些积极向上的同学和朋友，我自然而然地和大家伙一起回学校复习功课准备高考。那年考试竞争很激烈，因为"文革"十年没有高考，全国有 570 万年轻人参加考试，录取率极低，真可谓是百里挑一。然而我并没有担心，我也没有感觉到考试可怕。大概正是这种无所畏惧的精神，让我在考场上发挥得比较好，最终幸运地考上了国家重点大学——山东海洋学院（现在的中国海洋大学）。上大学以后，我注意到班上有一位同学刚刚入学不久居然跳级考取了研究生，我就也想试一试，所以，大二时，我也报考了研究生。虽然后来导师没有接收我，可是我的考试总分数超过了录取线而且英文考试在所有考生中考了第一。后来参加出国留学考试更是源于信心和无畏，我凭着好奇心和好胜心，懵懂地报名参加了全国出国留学统考，结果又考了专科头榜。最终，由于后生无畏的盲目驱使，我有幸也是不幸地通过了出国留学考试，幸运的是我考上了令人羡慕的国外大学；不幸的是，明明知道父母亲舍不得我离开家，我还是决定出国留学，机会难得，只好违背了"父母在、不远游"的中国传统，背井离乡，远渡重洋。

　　不夸张地说，我之所以有今天的这一点点成就，跟母亲一如既往的无私支持和信任是分不开的。像我前面提到的那样，从小无论我想做什么，包括一次一次地改变爱好和转移兴趣，母亲总是坚定地给予我肯定和鼓励。在小学时，我突发奇想要学习自己安装半导体收音机，母亲便拿出钱来让我去买那些她自己也弄不清楚是否有用、一般只有成年人才去摆弄的二极管和三极管等玩意儿。进了初中，我开始学习芭蕾，妈妈便帮我定做只有专业演员才穿的牛皮底练功鞋。在高中，我决定改行吹单簧管，母亲既没有指责我也没有问我为什么，二话不说就给我买了一支崭新的、令同学们羡慕的单簧管。即使在大学，我也曾以学习英文为名，让妈妈为我买了那时市场上都很少见的"半头砖"录音机，其实我多数是用来听邓丽君等港台歌星的"靡靡之音"，当然也顺便用它学习了英文。总而言之，为了支持我的学习和兴趣，母亲花钱从来没有因为经济拮据而犹豫过。

说到在任何环境下都要鼓励孩子的做法，我得提一下 2017 年发生在海边的一件事。那时候，93 岁的母亲只能坐轮椅出门了，而且在外面她经常会感觉累。为了让母亲玩好，休息好，我们住进了青岛海边的一家旅馆，白天我推着妈妈在海边栈道上散步，欣赏大海。有一天，我们在海边栈道上正走着，天突然刮起了大风，瓢泼大雨随即而至。因为没有提前准备，我们既没有带雨衣也没带雨伞，在那无遮无掩宽阔的海边也无处避雨。没有办法，我只好推着妈妈在雨里拼命地往回跑，大雨很快便把我和妈妈的全身都浇透了。我心里十分恐惧，担心那场雨会给年老的妈妈带来伤害。我一边跑一边流眼泪，回到旅馆后，我们都变成了落汤鸡，可妈妈的脸上没有一丝埋怨，反而她老人家还对我报以鼓励的微笑。

　　如果说我在人生或者事业上有任何成就，那都应该归功于母亲对我的鼓励和鞭策。从我的幼年、童年、少年、青年到成年，我无时无刻都能感觉到母亲是我坚强的后盾。她老人家在我的身后时时地激励着我，给予我足够的信任，让我对生活和事业充满了信心。正是因为母亲给予的那些支持和信任，我才变得信心满满、无所畏惧，一味地向前走、往上冲。我从一开始一步一步地往前走，然后由走到跑，由跑到飞，最后飞到了地球的另一边。在母亲的激励下，我义无反顾，勇往直前，几十年如一日地努力，直到我两鬓开始斑白，蓦然回首，我才意识到我已经站在了一个我小的时候连做梦也梦不到的境界，这一切，全都归功于母亲在我背后的默默支持。当然，母亲所有的鼓励和信任也让我从小就学会了珍惜我所得到的一切，"穷人的孩子早当家"，要立志、要进取，争取出人头地好让父母亲高兴。

　　2019 年，我当选了美国微生物科学院院士，这对我来说是一个殊荣，因为美国微生物科学院是世界历史上最悠久的科学殿堂之一。为了表彰那些对微生物科学领域有贡献的学者，美国微生物科学院每年在世界范围内通过提名及同行审议，严格挑选几十名科学家授予其院士称号。消息传到青岛，青岛电视台闻讯要进行报道，他们表示要到家里去采访妈妈。我本担心已经 95 岁的老母亲年老体迈、精力不支，可能说不出话来了。没想到，那天妈妈精神焕发，笑容满面。当记者问及母亲："你儿子当了院士你高不高兴？想不想儿子？"我在美国从电视屏幕上看到妈妈慢慢地抬起头来，面对镜头，脸上堆着充满自豪的微笑，眼睛烁烁发光地答道："高兴！想！"看到这一幕，我顿时泪流满面，那一刻我心中的喜悦比我刚刚听到自己当上了院士还高兴。母亲那自豪的一笑就是对我人生和事业成功的最大鼓励和肯定。也就是在那一霎间，我突然意识到，我一生的拼搏奋斗似乎就是为了能博得母亲这灿烂一笑。

"孝顺"二字很早就在我幼小的心上扎了根。小的时候，母亲经常向我说起，在社会上做个好人要"尊老爱幼"，在家里要"孝敬父母"。按照中国社会的传统习惯，父母可以为儿女不惜一切，即使砸锅卖铁也要让自己的孩子健康成长、受教育、有出息；反过来，父母老了，儿女也要孝顺并且有赡养老人的责任。"我养儿就是为了防老"，这是妈妈常常笑呵呵地向我说的一句话。妈妈也经常向我夸奖我父亲对他母亲——我奶奶的孝顺。听母亲讲，我父亲非常孝顺，从小就很依从他的母亲，从农村来到青岛后，父亲很快就把我奶奶也接到了青岛。每天下班，父亲总是要给奶奶买一些零食或点心带回家。为了让奶奶不再为生活的贫苦担心，父亲给了奶奶5个"袁大头"银币作为她的私房钱。听妈妈讲那时候一枚"袁大头"值不少钱，可是奶奶到死也没舍得花一分钱。我奶奶有哮喘病，经常喘不动气，有一天父亲送奶奶去二叔家住几天，没想到，奶奶到二叔家的第二天就哮喘发作，突然去世。父亲悲痛欲绝，自责没有照顾好奶奶，即使在多年后，每逢提起奶奶，他也会热泪盈眶。因为父亲的孝行、母亲的教诲，久而久之，"孝敬父母"在我身上产生了潜移默化的影响，这个理念在我的心里变得根深蒂固，自然而然地转变成了一种不可推卸的责任。

这么多年走过来了，回首往事，我认为自己对母亲的确是全心全意地孝顺，为此，我也得到了许多亲戚朋友的夸奖，说我是个大孝子。然而我知道，真正的孝子是我的大姐秀梅和妹妹玉美。多少年来，是她们在母亲的床头床尾为母亲喂饭喂水、挖屎擦尿，日日夜夜、事无巨细地照顾着母亲。扪心自问，我的的确确深爱着母亲，衷心希望她老人家能长命百岁，但仔细想想，我其实也是有私心的。我虽然时时处处在替母亲着想，但心底深处也是在为自己，我想牢牢地牵住妈妈不让她老人家离去，因为我还想继续当她的儿子。只有母亲在，我才能继续保持着那种只在妈妈面前才能有的童气和稚气；只有母亲在，我才可以在心中继续保留着那魂牵梦系的牵挂，有了这个牵挂，我每天工作就感觉有动力，生活才会感到充实；只有母亲在，我才会想家，才有那种极其渴望回家的冲动；只有母亲在，我在世界上打拼，在外努力工作争取事业有成，心里面才有目标，其实这目标很简单，那就是想赢得母亲那为儿子自豪且得意的抿嘴一笑。所以，有妈妈在的感觉是那么美好，可以继续当孩子的感觉也是那么幸福。人活着就应该有牵挂，特别是对像母亲这样的至亲的牵挂，牵挂是一种幸福，是人生的一大乐趣，也是人生意义的所在。常言道"母以子为贵"，意思是说只要孩子成功了，母亲的社会地位才会提高，受人尊敬。其实，人们可能忘记了，如果没有母亲的辛勤付出，哪里来的孩子的成功，所以我是"子以母为荣"，为我有一位忍辱负重、为自己孩子无私付出、可亲可爱的母亲感到由衷地骄傲。

自母亲 1995 年回国后，我每个星期六晚上都会与她老人家通电话，后来用 QQ 聊天，再后来开始使用微信视频。25 年如一日，除非有特殊情况，风雨无阻，从未间断过。每次通话，母亲都很高兴，几乎每次都是她老人家侃侃而谈，往往一聊就是一两个小时。后来母亲开始老了，讲话也开始越来越少了。

再后来，母亲耳朵也听不见了，虽然买了助听器，但帮助不大。最后，她几乎讲不出话来，眼睛也看不清了。在母亲神智开始不清楚的时候，为了能让母亲在视频里认出我，我总是穿着一件大红颜色的衣服，那样她几乎每次都能认出我。母亲去世前的两个星期时，她神智已经基本不清楚了，我与母亲视频，大姐指着视频上的我，问她："他是谁？"母亲还能缓慢地抬起头来看看我，艰难地说"俺儿 lě"（我的儿子）。那情景让我既高兴又难过，眼看着自己的母亲日见衰老是非常无奈和痛心的一件事。

生活在西方国家，对亲人说"我爱你"是一件习以为常的事，但由于从小在中国长大，中国人对感情表达含蓄的传统在我身上根深蒂固，我从来没有对母亲说过"我爱你"；同样，母亲也从来没有对我说过她爱我。对生活在西方文化里的人来说，这是不可想象的，但我和母亲间的爱是不言而喻的，那爱有多深沉，只有我们母子之间才最清楚。

2019 年初的一天，她突然坚持让我外甥菁菁用轮椅推着她去东镇的一家老字号金银首饰店"万宝金楼"。在那里，她用自己最后的一点钱买了一个 24K 金的戒指。等到我再次回到家的时候，她拿了出来，坚持要送给我，我知道，那是她老人家想表达她对我的爱和我对她多年孝敬的谢意。2019 年底，我们全家再次回到青岛为母亲庆祝九十五大寿。在母亲的寿宴上，我戴着母亲送给我的戒指，特意在她老人家面前摇晃了几下，她看到了，我俩都会心地笑了。没想到那是母亲送给我最后的礼物，4 个月以后我们竟迎来了诀别。

上天的馈赠

  母亲走得很安静，世界却突然变了，变得沸反盈天，翻江倒海。母亲去世的当天，美国华尔街股市暴跌两千多点，创下了历史纪录。母亲去世的那年，中国南方也连续发生了严重洪灾，中国东北刮起了"三连击"台风；新冠病毒在全球肆虐，感染了几亿人，导致几百万人死亡。

  母亲自幼随外祖父定居青岛，历时78年直至去世，其间，1989年至1995年曾旅居美国6年，先后居住过俄勒冈州科瓦里斯、纽约及芝加哥；2006年重返美国在马里兰州蒙哥利马郡布鲁克维尔镇居住近一年，次年返回青岛直至去世。母亲的足迹跨过了东西半球。

  母亲一生养育了6个孩子，11个孙子，10个曾孙子和1个玄孙子——五世同堂，仅在我一家里就培养出5个学士、6个硕士、3个博士和一个院士。母亲虽然一生不识字，但为母亲致哀的人来自世界各地，大多数人都受过高等教育，其中很多是博士。

274

母亲去世的那个春天，我家小区路两边的树开出了厚厚的、如雪花般的白色花絮，铺天盖地，仿佛在肃穆致哀。有一天，

2020年3月，布鲁克维尔的树木为母亲的离去"披麻戴孝"。

我家上空突然出现了一个很大的犹如中国地图般的爱心状云朵，上面有一个小小的洞，犹如丘比特的爱心之箭穿透过的心，那大概是母亲自上天送来的爱和祝福吧。

天空呈现出"来自母亲的爱心"。

母亲的离去，让我难过，让我悲哀，那是一种失去了家，从此无家可归、无着无落的悲哀。那也是一种失落，一种再也没有机会在母亲面前撒娇、再也没有母爱的失落。然而，在悲哀的深处，我似乎也感到一丝释然，那是一种挣脱了惊恐害怕、摆脱了白发人送黑发人担忧的解脱，一种终于能为亲爱的母亲养老送终的释怀。如若母亲在天有灵，但愿她老人家能心静如水，一切平安！

2020年8月19日凌晨3点14分，在美国明尼苏达州，明尼安普拉斯一所大学医院妇产科的助产房里传出了一阵急促而明亮清脆的婴儿啼哭声。那哭声穿过了黎明前墨蓝的天空，透过了淡淡的云雾，直奔苍穹，母亲的重孙女——赵念珍（Sloane Zhao）出世了。小念珍到来的日子刚好是母亲离去的第二天。更凑巧的是，小念珍出生在中国阳历的8月19日，而母亲出生于阴历九月十八日，阳历的8月19日和阴历的九月十八日恰好象征着阴阳的交错和时间的轮回。母亲和小念珍又恰好都生肖属鼠，一个生肖轮回有12年，伴随着生肖的交替，8个生肖年的轮回，96年生命的跨越，小念珍，一个小女孩，携带着太奶奶健康长寿的基因，传承着太奶奶的血脉，延续着太奶奶大爱和仁慈的胸怀，开启了生命的新航程。

后 记

　　我亲爱的母亲真的走了。母亲在这个世界上走过了整整96个年头。这一天的到来虽然曾经在我的心里掠过无数次，但这一天真的到来了，我还是接受不了，心里依然感到有些始料不及和不知所措。时间又恰巧处在新冠病毒开始在全球疯狂肆虐之际，我没有能够回青岛老家为老母亲送上最后一程，在她老人家面前痛哭一场，心里非常难过。我不知道用什么样的方式来悼念她老人家，与此同时心中的巨大悲痛与日俱增，我感到胸堵心闷，不知该如何宣泄和表达对母亲的思念之情。我心里突然涌动出一股特别想写作的冲动，自上世纪80年代出国以来，我基本上没有机会写中文，更不要说写文章了，但这股冲动很强烈。我真的害怕会把母亲给忘记

了，我想把母亲在记忆里留住，希望能把母亲生平的点点滴滴都记录下来，留给自己，留给后代，也想把我普普通通但慈祥大爱的母亲的一生分享给世人。在母亲去世后的 18 个月里，我每时每刻都沉浸在对那些逝去往事的回忆当中，我几乎每天都在写，终于写下了这份《寸草心》以表达我对母亲的爱和深切的思念。

✾ 作者简介

赵玉琪，山东青岛人、美籍华裔科学家。1957 年出生于中国青岛一个普通工人家庭。1964 年进入青岛市北区陵县路小学就读。1971 年至 1976 年就读于青岛第九中学（又名礼贤中学）。1976 年高中毕业后分配到青岛港务局机修

厂学徒铆工。是中国改革开放后对社会公开招考的第一批 77 级大学生，曾就读于山东海洋学院（现中国海洋大学）海洋生物系，获科学学士学位。中美正式建交后成为国家教育部第一批赴美留学研究生，先后获得美国

俄勒冈州立大学科学硕士和哲学博士学位。曾任教于美国哥伦比亚大学医学院和美国西北大学医学院，荣获美国西北大学费恩伯格医学院"博纳·么肯哲学和医学博士讲席学者"教授称号。现任美国马里兰大学医学院病理学、微生物学和免疫学、人类病毒学和环球公共卫生学终身教授，以及马里兰大学医学院分子病理部主任、转化基因组实验室创始主任、马里兰大学医学中心分子诊断室主任。获得美国微生物科学院院士称号。担任中国国务院侨办专家咨询委员会委员，经济科技委员会委员。主编学术专著3本、专刊5本，发表学术论文160余篇。学术和医学专长为分子病毒学和分子病理学。中学曾学习过芭蕾舞，吹过单簧管。个人爱好包括科学、艺术、美食、旅游。《寸草心》是作者为了缅怀母亲首次用中文撰写的一部长篇作品。